刘心武作品

润

刘心武

著

東方出版中心

图书在版编目(CIP)数据

润/刘心武著. —上海：东方出版中心，2015. 8 (2016.2重印)
ISBN 978-7-5473-0826-4
Ⅰ. ①润… Ⅱ. ①刘…
Ⅲ. ①中国文学—当代文学—作品综合集
Ⅳ. ①I217. 2
中国版本图书馆 CIP 数据核字(2015)第 173591 号

润

刘心武 著

策 划 人　郑纳新
责任编辑　张芝佳
书籍设计　一步设计
责任印制　周　勇

出版发行：东方出版中心
地　　址：上海市仙霞路 345 号
电　　话：021-62417400
邮政编码：200336
经　　销：全国新华书店
印　　刷：上海文艺大一印刷有限公司
开　　本：890×1240 毫米　1/32
字　　数：208 千
印　　张：10
插　　页：4
版　　次：2015 年 8 月第 1 版　2016 年 2 月第 2 次印刷
ISBN 978-7-5473-0826-4
定　　价：39. 80 元

目录

辑三

辑四

辑五

—— 序 ——

润

六十年前，北京钱粮胡同，海关宿舍大院，我家一间屋的窗外，有古老的海棠树，时值仲春，满树海棠花盛开，真个是葩吐丹砂，丝垂翠缕，张爱玲说海棠无香，大概是因为她没在北京住过，没有在从明代开到清代再开到新时代的古海棠树下，置身在盛开的海棠花构成的华盖中，体验过那海棠花的气息，确实不是馥郁的芬芳，淡淡的，水气盈鼻，沁人心脾，那应该也是一种香，或者说，不是香，胜于香。

那天，我快满十三岁，坐在自家窗台上，在那海棠花的气息中，读一本书。忽然听到银铃般的笑声，抬眼看，原来是她。她比我大五六岁吧，是对面那家的小保姆，来自农村，还没有脱尽村气。她有一张胖圆的脸，头发又黑又浓，额上有刘海，梳两根粗大的辫子，末梢用扎眼的花布头系成蝴蝶结。

她问我："又看书啦？"

我就把那本书的封面展示给她。

她笑嘻嘻地问:“又换一本啦?你怎么有那么多书呀?”

我得意地宣称:“我的书可多啦!”跳下窗台,去屋里把我装书的一个抽屉取下,抱在胸前,再到窗前向她展示。我挑出几本,让她看封面,她大概正为雇主家洗完衣服,双手湿漉漉,不敢接过去细看,我就告诉她,那都是童话书,那时候我最钟爱的童话书是美国鲍姆写的《绿野仙踪》,意大利罗大里写的《洋葱头历险记》,还有本苏联作家写的《哈哈镜王国历险记》。我问:“你想借哪本?”她只是憨笑。忽然那边有雇主叫她,她转身去了。后来我才知道,她根本没上过学,是个文盲。

五年以后,我家要从那个宿舍大院迁出,先要把一些家具箱笼装车运走,一些邻居看到,提前来话别,她也出现了,她已经剪掉了双辫,是一头茂密的短发,脸颊上像开放着海棠花,她对我说:“你真行呀!原来你不光是看书,还写书!”其实那时候我还没有出版过自己的书,只是在报刊上发表出一些小文章,但是院里不少人都夸张地说我“写书”,她也就那么认为。

那一别以后,我再没有遇到过她,而且,应该说把她忘记了。但是前几天睡梦里忽然回到钱粮胡同那个院落,出现的一个镜头,就是我抱着放书的抽屉,让她挑去借读,背景是盛开的海棠花,而且那海棠花特有的气息,竟氤氲在梦境中。

醒后，有些伤感。从十几岁喜欢读书写作，如今七十多岁了，一路写下来，确实也出了不少书了。2012年把自1958年的第一篇发表出的文章，到2010年公开发表过的文字，汇集成了40卷的《刘心武文存》。2011年出了《刘心武续红楼梦》，2012年又出了《人生有信》的集子，2013年又出了《空间感》的集子，2014年出了新的长篇小说《飘窗》，都是《文存》的延续，当然，此外还有评点《金瓶梅》的书，还有《跨世纪的文化瞭望》增订本，现在，再把2013年到2015年至今写成而未收过集子的文字，以及此前接受采访及演讲的整理稿，编为一集，是再次延续自己写作跋涉的足迹，同时，也不禁问：还会有读者喜欢吗？

不知那位，海棠花树下笑吟吟，送别时眼弯弯，我该唤作姐姐的，她后来是否识了字？即使她后来始终不能读书，那么，可以断定，从她那时候对读书的我写作的我有关注有鼓励来看，她对她的儿孙，一定会培养他们读书、创造。她现在该有八十了吧？在她记忆里，还会有那与我接触的生命痛痒吗？她该记得我的名字吧？她会告诉她的丈夫儿孙乃至亲戚吗？这些人会看我的文字吗？

编这个新集子，是在马年与羊年之交。除了汇集、修订文章，我还选了自己的四幅水彩画，插在集子里。腊月二十九，村友三儿和他媳妇，兴冲冲地大老远跑来，为的是给我送来他们自制的，我最喜欢吃的炸饹馇和炸豆腐，两种美食都是很大的一包，说是我若吃不了，拿去给我儿子一家，以及其他亲友品尝。五年前三儿儿子娶媳妇，让我当证婚人，整个婚礼过程录了像，事后给了我光盘。我的若干散文随笔小小说的素材，来自三儿，以及的哥青岭，还有其他一些市井人物。我的短篇章，大多表现人性善。但是像写《飘窗》那样的作品，就还要揭橥人性的灰暗面，在与三儿他们的长期相处中，观察揣摩，若作为原型取材，是否也会无情勾稽？回答是难免的。文学面对人性，只有深掘，不能含糊。其实，面对自己的灵魂，即使大体清白，也还是要严苛拷问。这样的写作心得，很难与三儿交流，但三儿从我这里期许的，也不是什么文学讨论，我们相好，只是因为彼此间没有摩擦力，只有亲和力。

吃完元宵，新集子也就大体编成了。到端午前夕，我又补充了几篇新作。一位小我二十多岁的文化人，和我聊天时，说他对我文字的印象，可以概括为一个字。他算点中穴位了吗？于是觉得，用这个字来作为这篇序的题目，而且也作为这本书的书名，未为不可。

2015 年 6 月 9 日　绿叶居

辑一

土茉莉

原来教过的一个学生，现在年龄已经逼近花甲，定居美国多年，忽然跑来看他。闲聊中，谈及当年在中学任教时同过宿舍的一位卢老师，那学生报告："死了。烧死了。"他吃惊。

那学生也是听说。但消息来源是可靠的。因为告诉那学生这一死讯的，乃其当年同班同学，近二十来年开餐馆，一处扩展成五处，发了不小的财，卢老师烧死后，家属找到那餐馆老板，给赞助办理的后事。

美国回来的学生，问起当年的事。

他说，朝代年纪、地舆邦国皆失落无考，是很好的叙述策略，但是，你问我们是怎么住到一间宿舍，又是怎么分开互不理睬，却不能不提到具体的时间段里的一些笼罩在个体生命头上的重大因素。不细解释，你自己去查，也许能查清楚，就是有一个"三年困难时期"，那三年结束，下一年，非师范的本科大学学生，有许多，给分配到普通中学，当中学教师。他是学油画的，到中学教美术。卢老师是学数论的，到中学教数学。

他不说自己屈才，强调那卢老师是大屈才。国人多知道有个陈景润，在攻克哥德巴赫猜想上，有重大贡献。其实人类面临的最尖端的数学难题，不只是哥德巴赫猜想，比如，就还有费尔马大定理，卢老师在大学数学系，是尖子学生，他就是被教授选中，重点培养，要去攻克费尔马大定理的，所以他的专业，不能笼统地说成数学，而应该精确地说成数论，但是“三年困难”后削减了很多这类专业岗位，毕业后，就到中学，当中学老师，教低于费尔马大定理十万八千丈的勾股定理什么的。

他到中学以后，很难再画油画，除了给初一初二的学生上美术课，为学校和校外画宣传画，任务也很重，几乎都是些水粉画。但他一直怀抱成为一个出名的油画家的念头。

卢老师一直怀抱的念头，是继续大学里的学业，攻克费尔马大定理。

他们被分配住在学校里一间小小的宿舍里。直到那个狂飙十年以前，他们一直互相以礼相待。他们几乎没有交流过各自那成名成家的念头，但是心照不宣。卢老师注意到，他经常拿着图书馆借来的油画集翻看揣摩。他注意到卢老师经常在一些纸片上书写出一些莫名其妙的数字及符码。那当然都不是在备课，而是都“心怀鬼胎”。

“这怎么能说是心怀鬼胎呢？”

多年以后，学生仍不理解。

“心怀鬼胎”不是他扣给卢老师的帽子，也不是卢老师泼给他的污水。是“整团”的时候，别的团员老师对他们批判的时候，义正词严地道出的。有“整党”，也就有“整团”。是那个历史阶段常常要搞的。那时候学校领导要求教师们，特别是青年教师，又特别是非师范类院校分下来的如他和卢老师那样的教师，必须树立并巩固“专业思想”，就是发誓并履行“做一辈子人民教师”，决不能有其他的成名成家的错误思想。

“整团”中遭到批判实在也算不得什么。

到国庆节了。他和卢老师都是班主任。各班分配任务，他那个班，还有几个班，是分配去到公园参加联欢，这比其余几十个班分配去参加通过天安门的游行虽然逊色些，也总还有些乐趣。而卢老师那班，分配到的任务却是留在校园里打扫卫生。

国庆节前夕，在宿舍里，他积极准备着第二天游园活动要带去的道具，面有德色，而卢老师绷着一张脸，也顾不得旁人如何猜度了，只是在几张纸片上演绎费尔马大定理。

一而再，再而三，那年头，不仅十月一，五月一也会有庆典活动，卢老师担任哪个班的班主任，哪个班的学生就跟着倒霉，眼睁睁看着别的班的同学要么去参加游行，要么去参加游园活动，而自己和同窗却只能跟着卢老师，操起笤帚簸箕在校园里打扫卫生。

多年后来看望他，并且引他怀旧的那个学生，说回忆起，有年是卢老师的班主任，大过节的，跟着卢老师在校园里扫地，心里奇怪，为什么偏让他们班干这个，但是，也没往深里想。

他就说，我们那代人么，唱过一样的歌，“永做革命的螺丝钉，立场坚定斗志昂”嘛。

那学生说，倒也未必，那时候，我就已经对游行练队和游园排练烦腻了，倒觉得在校园里装模作样地打扫，其实是玩闹，挺赚的！

他就笑：“凡有人群的地方，就有左、中、右，你这家伙是个小右！”

后来就到了那个十年。

突如其来的风暴。学生们“造反有理”，校园大乱。他和卢老师都进退失据。

他只是想画出精彩的油画来。卢老师只是想攻克费尔马大定理。他们对政治没有主观上的兴趣，更没有政治野心。但是你不能不政治。

就是说，你在这样的时空中，政治上必须正确。

原来，政治上的对错，很明确的。一下子，辨不清了。

出现了红卫兵。他们“破四旧”，“横扫一切牛鬼蛇神”。进来了工作队，制止混乱。他和卢老师都觉得，靠拢工作队自然是正确的政治选择。但是没几天，工作队撤离，他和卢老师到校门口送别工作队，却发现有不少“小将”在朝工作队啐吐沫，后来知道，那工作队的头头，回到原单位就被揪出来游斗了。那就靠拢“小将”吧，却发现“小将”们分裂成好几拨。学校领导被一拨“小将”揪斗，“小将”们要教师们表态站队，那么，站到哪一边，才算政治正确呢？后来，“小将”们裹挟着教师，形成了两派。他和卢老师，分别参加了对立的派别。卢老师搬离了他们那间宿舍，跟同派别的“战友”住到一起。

那些年活得真的很累。累在政治上没有安全感。总而言之，怕右。开始，以为带头给学校党支部贴大字报炮轰的，是右，后来，发现中央“文革”支持的，恰是带头造领导班子反的，自己成了“保皇”，“造反”是左，“保皇”当然就是右了。卢老师那时候参加的，是“造反派”，他呢，也不知怎么搞的，搅和到“保皇派”里了。两派打起“派仗”，其大旨，是努力证明自己才属真左，对方是右的，或“形左实右”。进驻了军宣队，解放军还错得了吗？他们那个学校来的军宣队，给他的感觉，是暗中支持他们那一派的，因此，胆子壮了许多，但卢老师他们那派，有跟大学里得到中央“文革”支持的造反派联络紧密的，就并不把军宣队放在眼里。

军宣队主持了两派的辩论会。卢老师成为那一派的主要发言人，他则成了自己这派的发言人。唇枪舌剑。他从自己这派的人事干部那里得到“子弹”，就是卢老师的父亲，乃右派分子，于是也就明白，之所以卢老师当班主任的那个班级，在五一国庆时只能分派去打扫校园卫生，这是必要的控制使用啊。于是他当众点出，卢老师竭力要把学校的领导们打成“死不改悔的走资派”，是因为有阴暗心理。他所参加的那派，对学校领导班子，除了其中一位被查出系叛徒的，其余都认为是“犯了走资派错误、可以改悔的干部”。辩论会上，卢老师那派节节败退，军宣队后来更给予致命一击，宣布业已查明，卢老师那派，有校外高级走资派插进的黑手,被指认黑手的,是位教地理的教师,那位教师在被隔离审查的头一晚,就喝敌敌畏自杀身亡了,于是他就目睹了卢老师,也不得不在声讨那“自绝于人民的狗屎堆”的大会上,强打精神,念一篇连夜拼凑出来的批判稿,其实,卢老师和那位地理老师,平时关系情同手足,他理解,在强大的政治压力下,卢老师没有办法扛,不能右啊!

后来,军宣队带着全体教职工,下乡劳动。忽然,有林彪摔死在温都尔汗的消息,宣布出来,大家全傻了。这派那派,闹半天政治上全不正确。

但是,他和卢老师搞伤了。“复课闹革命”,他们都还让给学生上课,美术课取消了,他改教语文,其实就是和学生一起背诵默写最高指示;卢老师还教数学,不过已经不用过去的代数几何课本,而是教学生如何测估土方粮囤什么的。他们各自有了另外的宿舍,见面连招呼都不打。

那来看望他的当年的学生感叹,什么乱七八糟的,我听着已经一半不好懂,要给如今 90 后、00 后的人诉说,谁能懂?谁有耐心弄懂?

可也是。90 后里最大的那一批,到今年已经有不少从大学本科毕业,开始职业生涯了,而 00 后呢,最大的一批已经进入中学。他们对其生命开始前的事情,是否有了解的兴趣?他们大多生活在电子世界中,原来跟电脑粘着,现在则 4G 手机成了肢体的一部分,他们信息量极其丰富,但有几位会对他和卢老师经历过的那些“破事”,有弄懂的兴致?

他叹气。没办法，但那就是他和卢老师那一代人的青春期。必须政治正确。卢老师为了做到政治正确，付出的代价，比他大许多。当然是后来听说的，先是坚决与右派分子父亲划清界限，后来终于以“可以教育好的子女”的身份更以优异的成绩考取了名牌大学的数学系，为了入团，事事积极表现，就是决心攻克费尔马大定理，也真的是想为祖国争光。但是，那十年的最后几年，卢老师却背负着“站错了队”的精神重负，在一个个官复原职的党员干部眼皮底下，仍是被控制使用的待遇，在重大的政治庆典中，他担任班主任的班级，依然是由他带领，去完成打扫校园的“光荣任务”。他最后听到卢老师在全体教职工大会上的发言，其中有一段是感谢党组织没有把其定性为“五·一六分子”，但是卢老师自我深刻反省，承认确实是差一点陷入“五·一六集团”的反动渊薮。

什么是“五·一六集团”啊？“一部二十四史，从何说起”。他现在懒得跟年轻人解释。

那十年，终于戏剧性十足地结束了。而他和卢老师那一代人的青春期，也就都流逝过去了。他们进入了哀乐中年。

他们在那以后都调离了中学。他到一家出版社当上美术编辑。卢老师调到大学数学系任教。他画了不少油画，有的被选去参展，有的有了价位，再后来，更小有名气，被邀到国外访问。卢老师呢，教学之余，潜心钻研费尔马大定理，有篇论文，被权威性杂志采用。他们相继娶妻生子。虽然互不来往，其实，暗中也都关注着对方的生命轨迹，说不清是善意祝福还是恶意嫉妒，反正，二者的夫人，竟也渐渐熟悉对方的名字。

二十年前，有一天，他大惊小怪地跟妻子说："哇呀，费尔马大定理，被攻克啦！是英国的安德鲁·怀尔斯攻克的！全世界都承认了！"知夫莫若妻，他妻子冷冷地回应："如果是姓卢的攻克，你会这么高兴吗？"

十几年前，卢老师，应该改称卢教授了吧，其研究课题，已经转换成探究克拉梅尔猜想，跟妻子一起看电视，电视上出现了拍卖油画的镜头，卢教授不由得议论："靠油画出大名赚大钱可不是那么容易的，中国油画家里，像陈逸飞、蔡国强那样的，怕超不过一巴掌吧？"妻子"哼"了一声，然后说："你是怕当年同宿舍的，也终于混到他们那个量级吧？"

不管怎么说，他们两个，非政治性的生命，终于有了可以埋头自己专业，谋求自身名利的机会了。

但是，政治会主动找上门来。风波来了。他所在的出版社，有个既是名编，自身也是作家的美男子，年纪跟他相仿，积极投身政治。他感觉身边气氛，容不下作壁上观的。那个美男子对他，更是气势凌人。他知道那个美男子打心眼里瞧不起他。也难怪。那美男子头几年在某杂志上发表了篇回忆他那革命烈士母亲的长文，读来令他感动，也惭愧，想想自己的出身，更别提卢老师那样的家庭背景，只算得是"可以教育好的子女"，人家美男子不但形象美，嫡传血液更美，但是，很奇怪，这样一位美男子，却为什么忽然迸发出那么强烈的变革激情？当然，他懂，人是复杂的，美男子也许确是基于其后天认知，将生命奉献予其政治理想，人家毅然剪断了和烈士母亲连接的脐带嘛。他觉得不快的是，那位口口声声扬言反对专制的美男子，对他，以及其他的人，无论说话的口气，还是行事的方式，都非常专制。

“你要签名！”美男子把一纸宣言搁到他面前。

他想先仔细看看。

“你胆怯了吗？”

他知道君临跟前的是一种强大的政治磁场，他不能胆怯，不能让人笑话，不能沦为“犬儒主义”的活标本。这和当年无论如何不能成为右派一样，你必须站到正确一边。

他试图跟美男子讨论一下。可是人家没有时间，更没有耐心。当时编辑部那间屋子里还有另外的人。有的人已经签了名。有一位往外走说去医院看病，美男子就指点着其背影说：“在历史的关键节点，总有这样的逃兵！”

他签了名。

那以后，他为此付出了代价。参与政治，代价总要付出。好在还能继续画油画。他倒也坦然。那位美男子后来出了国，在境外传媒上设有专栏，坚持自己的理念。

就在他签名不久，被组织上认为是做错了以后，他在电视新闻里看到一系列正确表态的报导，其中就有某大学教职工表态的场面，有个镜头，是卢教授正在发言。这回，他右了，而卢教授正确了。

其实他后来也知道了，在中学的时候，卢老师固然是被控制使用，他呢，也是被控制使用，他的父亲当年没有划作右派分子，但档案里记录为“中右”，因此，他担任班主任的班级，也就不能参与通过天安门的游行，只能分配到公园里游园。

他问那从美国回来休假的，以前的学生，卢老师的非正常死亡，究竟是怎么一回事？

那学生就把从赞助处理丧事的餐馆老板那里听来的信息，报告给他。不幸事件发生的地点，是两栋居民楼当中。卢老师到那两栋楼之间去烧荒，点燃了枯焦的植物，不知怎么的，被烟呛着了，就跑离，却栽到一个浅坑里，没能爬起来，火烧过来，就呛死在那坑里，最后人被烧得卷曲变形！

不仅惨不忍睹，也惨不忍听。如果是小说，叫作“情节设计不合理”，而且，文本也太残忍，男女童叟皆不宜。但是，那竟是真的。这个世界上，从此没有卢教授。克拉梅尔猜想，只好拜托世界上别的数论专家去攻克。

那是个什么楼盘？怎么两栋楼之间，会出现需要烧荒的植被？又怎么会坑坑洼洼？事发时没有别的人在场吗？卢夫人呢？他们的女儿呢？还应该有了女婿，有了第三代，他们当时在哪里？

那学生说，也向餐馆老板提出了同样问题，但所答不得要领。那餐馆老板正困扰于跟妻子离婚的官司，没心思跟人细抠卢老师死亡的细节。美国回来的学生说，卢老师丧生的那个楼盘，他没有去过，但是头些年回国度假，去大学校区的教授楼看望过卢老师，后来还跟卢老师一起，到校区外的一家烤鸭店晚餐，卢老师只是自己跟他去餐馆，师母没有去，而且，那天师母跟他只是淡淡地打个招呼，就到别的屋里再没露面，他感觉，卢老师跟师母似乎不那么和谐。卢老师后来去烧荒的那个楼盘，在五环外，还没有搞好绿化，配套设施也欠缺，卢老师却自己一个人搬去住，说是可以潜心攻克克拉梅尔猜想。楼里一些住户，在楼与楼之间种些玉米，卢老师也种了，种玉米是为了摘玉米棒子煮来吃，还是为了夏天望过去绿油油的好看？说不清。头年摘了玉米，植株枯萎了，第二年，就以为可以烧掉再种，没想到酿成惨剧。

后来大学数学系给卢教授开了追悼会。当年中学一些同事也去了。

他就说，如果通知到我，我也会去。

那学生说，你必会去。以前你们的恩怨，算得什么呢？

据餐馆老板说，他赞助，把那丧事料理得很体面，特别是，花大代价，请来最贵的美容师，用了十多个小时，将卢老师遗容整成看去绝不再恐怖的模样。当年中学的同事，有的已经八十岁上下了，都念卢老师的好。说在那个时代，像卢老师那么有文明教养的人，真不多，举个小例子，他跟人离近了说话的时候，总把左手虚握个拳头，掩在唇前，是怕自己口里有不雅的口气，冒出来令对方感到不快。有的跟卢老师是棋友，说下围棋，就算揣摩过棋谱，跟他对阵，也无论如何赢不了他，后来发现，人家是搞数论的，围棋棋盘上再千变万化，他总能全记录在脑海中，时隔多日，复盘丝毫不差。

那学生问，你还记得，你和卢老师，因为土茉莉的事情，挨批判的事情吗？

他说，实在不记得了。几十年来，因为思想上、政治上不正确，挨批、付代价的事情，太多了。什么土茉莉？那是什么错误？

那学生就说，我们这茬人，跟你和卢老师，在那十年里，天然有别。我们可以放心“造反”，爱斗谁斗谁，少跟我说那时段是“文化空白”，“空白”的是你们，以及比你们更年长的那些家伙，你们若不是“走资派”、“反动学术权威”，起码也属于“旧学校培养的学生”、“修正主义教育路线的执行者”、“资产阶级的孝子贤孙”，你们除了老老实实读红宝书，哪敢再涉猎封、资、修？我们呀，到人家从图书馆里抄出来扔到操场上的书堆里，随便挑，好多世界名著，我就是从那里头拣出来，拿回自己家读的，大串联的时候，有同伙带着从“走资派”、“反动权威”家里抄来的“内部读物”，什么黄皮书、白皮书、黑皮书……全读到了！那些年，你们视为“文化灾难”，对我们来说却是“文化狂欢”，好开心！好啦，不扯远了，说那有趣的吧，学校档案室的一些档案材料，也被抄出来了，里头就有你们“整团”的材料，谁有耐心看那个？是放在厕所，当那个用，于是，偏巧我就看到了，运动前夕，你和卢老师写给组织上的自我批判材料，你们批判自己，也揭发别人，在你和卢老师写出的材料里，都提到土茉莉，就是有一天，在校园一角，那里生出一片土茉莉，于是就有了错误思想和言论，认为自己“沦落到教中学”，再成不了牡丹芍药，只好“凑合着乱开花”，到后来大运动起来，这些思想言论算不上什么，你们自然也早忘到脑后，可是，现在我要强调的是，我看到你和卢老师写的材料，都自我批判了那“成名成家”要当牡丹芍药的“资产阶级思想”，但却都把拿土茉莉作比喻的始作俑者，推到对方身上……

于是他回忆起，确有其事。在检讨的时候，拼命认错，同时又千方百计推脱自己的“首罪”，那当然不是第一次，后来有过更多。在巨大的政治压力下，不止他，不止卢老师，许许多多的生命，都施展过诸如此类的伎俩。在新的形势下，又会出现新的困境，比如在境外文化活动中，忽然那有烈士母亲的美男子出现，并登台发言，于是国内派出的团队集体退场，自己退还是不退？一起退了，有记者来问："你为什么也退?"不说："我自主要退。"而说："我恰好内急，必须去洗手间。"

他现在是自由画家。在那个颇有名气的画家村，也找到个栖身之地。他在庭院里，栽下大面积的土茉莉。土茉莉，学名叫紫茉莉，不是那支著名的歌曲《茉莉花》唱的那种，雪白芬芳，能用来熏制茉莉花茶的，是平凡的草花，夏秋小小的花朵在粗放的枝叶中杂乱开放，其实花朵未必都紫，有黄的，有红的，有黄中带红的。他画了许多幅以土茉莉为素材的油画。进入晚年了。不是牡丹，不是芍药。始终未能那么富贵华丽。毕竟还只能自比为土茉莉。偶尔会想起卢老师。想起时有要哭的感觉，但只是有哭的心，没有眼泪，甚至眼眶也没有湿润。

2014 年 10 月 6 日　温榆斋

煤球李子

在那条古老的胡同里，有个老年公寓。

老年公寓里最近出了档大事。有老流氓窜进去，猥亵了住在里面的老太太。

那老流氓，被扭送到了派出所。老流氓承认，他是有目的地进入了老年公寓，他摸了那已经不能说话的老太太的脸。他在做笔录的时候说，他们以前认识。

派出所民警训诫他一顿后，联系到他那已经是半老太太的闺女，把他领回家去，表示事情不能算完，如果那被猥亵的老太太的亲属绝不谅解，老流氓还得被处置。

那闺女觉得颜面丢尽。她和父亲一起走在胡同里。派出所也正好在那条胡同。下过小雨，胡同路面湿漉漉的。幸好在那样的天气，那个时段，胡同里过往的人不多。闺女说："你让我脸往哪儿搁？我把脸皮撕下来贴马路上算了！我要往妈的骨灰前头哭一场！"她妈去世快满三年了，骨灰还存在火葬场，若三年期满家属不把骨灰取走，火葬场将视为放弃予以处理。但是现今无论在哪里要买个葬骨灰的穴位，都需要一大笔钱。这笔钱她父亲出不起，她和她弟弟凑吧，她丈夫和弟妹就都有难听的话吐出口，姐弟二人始终协调不好，“这下好了！就让火葬场当垃圾扔了吧！反正你也对不起我妈，你不在乎她！”闺女哭出声来：“你不把儿子的手机号码告诉派出所，单告诉闺女的，你是柿子拣软的捏！你儿子要是知道，他才不来领你哩！来，也先啐你一大口！老不要脸的！”

他们走到了胡同里一处凹凸不规整的路段。有个四合院，现在被一家公司占据，院门外，在两堵成直角的墙面旮旯那里，有株主干弯弯扭扭但蹿得颇高的李子树，树上的叶片被小雨淋湿后，微微闪光，在树冠高处，可以见到结出的李子，圆圆的，黑黑的，像煤粉滚成的煤球。

那被视为老流氓的男子，年过七十了。他身板还很挺拔。他的肚子不鼓。他脸上瘦得有些嘬腮，出现了一些老年斑，但是从脖子的筋肉可以看出，他还相当结实，他那恤衫勾勒出的胸肌轮廓线，更证明着这一点。他在那株李子树前停住了脚步。他望着那些藏在高处的黑李子。那是煤球李子，他心里默默地说，如今这条胡同里，还有几个老人，能记得煤球李子这个说法？他的同代人，有的死了，活着的，不老少，都迁走了。他也迁出这条胡同二十几年了。就是他还住在这条胡同，他会在儿女们长大以后，告诉他们这株李子树的来历吗？就是他那死去的老伴，他们在这条胡同里结婚、生儿育女，他跟她说过许多的话，但何尝说起过这煤球李子？不说。不能说。人心里都会藏着秘密。文明的词儿叫隐私。不那么文明的粗人，心里头也藏着隐私。

六十多年了吧，那李子树虽然生存得窝囊，却一直没被砍伐，没有枯死。开春会冒出一树小小的白花。夏天会披满一树暗绿的叶子。低处刚结出弹丸般的果子,很快就会被人揪下打落。也不都是孩子淘气,有的大人也有摘青果的陋习。其实即使树上的李子膨胀了,熟了,也绝对是苦涩的。树上高处的熟李子会陆续自动掉下,在地上摔破瘪掉。西北风刮来,树叶纷纷飘落。冬天如果不下雪,它在人们视野里被忽略不计,雪后,会有路过的人感叹:"敢情这儿还有棵树。"

那棵树是那现在被视为流氓的男子,小学毕业的时候,亲手栽下的。精确地说,是他和另一个人一起栽的。那个人当年是个小女孩。他们在小学里同班,到六年级的时候还同桌。那时候,他总闻见女孩身上有股香皂的味道,那样的香皂他家是用不起的。而那女孩子,有时候就会跟他说:"去,远着点我。你怎么浑身煤球的味道啊?"没有冤枉他,因为他的父亲,是胡同里那个煤厂摇煤球的,他父母有五个孩子,他是当中间的一个,他们全家每晚挤在一铺炕上睡,他总是紧挨着他爸。

那女孩比男孩还淘气。跟别的女孩跳橡皮筋、拽沙包,她觉得还不过瘾,就常跟男孩一起弹玻璃球、拍洋画,疯起来的时候,她敢跟男孩赛跑,从胡同这头,疯跑到那头,她超过了许多同龄的男孩,唯一超不过的,就是他。

两个孩子疯跑过来,一群孩子在那边拍巴掌,乱叫乱嚷,那个疯跑在前的男孩是他,紧追在后面的是她,忽然他摔了个马趴,那女孩在他身前紧急刹住脚步,气喘吁吁,用手掌往嘴上拍了三拍:"哇,哇,哇……"那是当年胡同孩子们起誓的形态:"我不能臭讹!"意思是她不能超过他去算自己跑赢了。

那个四合院的大门会忽然开启，有个妇女会出来，朝那女孩呼唤："怎么还不着家？开饭了！"那女孩就住在那个四合院里，他没有进过那个院子。女孩会出来到胡同里玩，却从没请他到那个院里去过。他妈却进过那个院子，她每过一阵会去院里帮着那家人的保姆洗床单，她也很少形容那里头的情形，但是，三言两语，闲言碎话，能听出来，那个四合院里，住的人很少，花木却很多，他们家住的那个大杂院，人多，杂物多。

但是那个住四合院的女孩，却跟他玩得很好。有一个星期天，那个女孩来到胡同中段，遇到他，就递给他一个大李子，说是外地客人，送给她家一篮子，那李子很大，皮很薄，牙一沾皮，就能顺那破口，把里头绵软的果肉吮进嘴里，哎哟喂，填进嗓子眼，甜到心窝里了。女孩自己也吃了一个。最后剩两个核儿。他就跟那女孩，到那四合院门外的那个墙旮旯，用手指头把泥土刨开，一起把两个果核都埋了下去。第二天放了学他们就一起去那个埋果核的地方张望，一点动静没有。一连两个星期都没动静，他们也就懒得再去观望了。但是忽然有一天，那女孩跟他说，早上出门的时候，看到那墙根不但出芽儿了，都一巴掌高了。那天放了学他们就一起去看。他要摸，女孩吼他："不能摸。你会摸死它！"是的。美丽的，心爱的东西，是不能随便摸的。

那棵水李子树，就渐渐长得成形了。它为什么迟迟不结果子呢？他们小学毕业，都上初中了。那年头中学分男校女校。他们不在一个学校了，当然也就不能同班，更不能同桌了。但是他们还会在胡同里遇上。他们不再一起玩耍。偶尔遇上了，她先对他笑，他就也笑笑，被同龄人发现，一片起哄声，他先脸红了。

两个孩子都发育得很快，童年时代结束，少年时代短促，那棵李子树，也在发育。它结出了第一批果子。马上有人摘来尝了，都吐舌头，把进口的果肉猛力啐出来。果子不仅难吃，长得也丑。真的跟煤球一样。于是有人就把那棵树结出的果子叫作煤球李子。那男孩上到初三了，不再是个孩子，甚至嘴唇上都有一片隐约可见的黑乎乎的绒毛。他懂得了很多。比如，他懂了，那么甜的优质水李子，不是用其果核繁殖就能结出来的。需要在砧木上嫁接才行。现在该报出他的名字了，他叫霍振宝。那个也已经不再是孩提的少女，叫郎韵珍。

霍振宝有天正在教室里上自习，忽然班主任老师来了，把他叫到教室外面，起初他有点紧张，不知道自己究竟又犯了什么错误。其实是好事。来了两个体委的人，他们从区中学生运动会的成绩单上看到，霍振宝是铅球冠军，推出的距离相当可喜。他们是来选材，要为国家培养出优秀的三铁运动员。他们当即把霍振宝带到空旷的操场上，让他投掷铅球、铁饼和手榴弹。其实按国际标准投掷三铁运动员是要推铅球、抛铁饼和投标枪。但是那个历史阶段，中国的三铁投掷运动，是把投标枪改成了投手榴弹，当然，精确地说，是手榴弹模型。霍振宝也没进行准备活动，就傻乎乎地把三样都投掷了，体委来的人竟至于鼓起掌来。班主任介绍说:“他爸是煤厂摇煤球的工人，有时候他会帮着干那个活儿，所以他胳膊有劲儿。”于是就定下来，他半天在学校上学，半天到业余体校去接受正规训练。

霍振宝将被国家培养成破纪录的三铁运动员的消息，在胡同里传开了。有天郎韵珍骑着自行车，在胡同遇见霍振宝，主动下了车，上下打量他一番，问："你真的有破三铁纪录的潜力呀？我原来只觉得你跑得快。"他憨憨地点头："唔。"本能地把右臂抬起，让肌肉绷紧。郎韵珍不假思索地伸出手指，去感受他那隆起的肱二头肌。那次的肌肤接触，有半个多世纪了吧。如今回想起来，他仍觉得鲜活如在一分钟之前。

"呀，你还真有点钢铁的味道哩！"郎韵珍问："什么时候开始专业训练呀？"

"开始不了。"霍振宝垂下头说："我爸不让去。"

"咦，那为个什么呀？"

"他问人家，补不补粮票？人家说，一时落实不了粮票补助，让家里支持。我爸原来就嫌我吃得多。我哥也能吃。三个姐妹也不是小肚量。我爸黑着脸跟人家说，不补粮票，坚决不让去。"

当时郎韵珍也没说什么。过了两天，她忽然到他们那个大杂院，找到霍家，见到霍振宝他妈，叫声阿姨，递上一个信封，就说是给霍振宝的。她走了，他妈从那信封里，抖出一叠粮票，点了点，足足二十斤。他妈很高兴。但是他爸下班回来，脸上还抹着煤灰，没等他妈说完，就脱下一只布鞋追着他抽，还大声地骂："抽死你个不学好的！拍婆子了你！臭流氓！你先给我饿一顿！"

接受三铁运动员训练的事泡汤了。也不单是因为不给粮票补助的事。他爸在蹬着平板三轮给别的胡同住户送煤的路上，出了车祸，是那卡车司机醉驾，当时就把他爸撞断了气。那时他哥哥和姐姐都已经初中毕业走上工作岗位，哥哥当了电工，姐姐在副食店卖菜。他就辍学，去煤厂接了父亲的班。

那天他在胡同煤厂门外摇煤球。跟他父亲一样，光着膀子，穿一个背心式很长下摆的粗布黑围裙,用一个很大的笸箩,双臂有规律地摇动,以使笸箩里面的煤粉成为乒乓球的形状。那时候煤厂摇煤球常在胡同里的旷地进行,人们并不以为怪。忽然有个人影停在了大笸箩上,抬头一看,是郎韵珍。

郎韵珍那时候已经上了高中。她穿着碎花连衣裙,梳着两个抓髻,抓髻上扎着两个跟连衣裙材料一样的蝴蝶结。

朗韵珍笑吟吟地对他说:"我以为,这笸箩里,全是那树上的李子哩!"

"什么树?什么李子?"他并不是装傻充愣。他觉得自己离郎韵珍已经非常遥远。他确实一时把他们一起埋那水李子果核的事情忘记了。等他猛然想起往事时,笸箩上的人影已经消失,他听见离开的她一边骑车一边烦躁地按车铃的声音。

后来他好几年没再见到郎韵珍。郎韵珍高中毕业,考上另一个大城市的名牌大学,学的是建筑专业。他们的距离不仅在地域上,心思也越来越远,各自的喜怒哀乐再没有任何交集。他有时候会蹬着平板三轮,去给胡同内外的住户送煤球,但是那个四合院,另有卡车给运煤块去。那个四合院里住的,原来是享受高干待遇的人士。会有小汽车来接送郎韵珍的父亲,那位有身份的人士总是在上下小汽车的时候,才会在胡同里露一下面,胡同里的一般居民总看不清他的面容。头两年,蹬车路过那个四合院时,他还会偏过头,望望那两扇紧闭的门,再后来,他心里就觉得,那个院子跟他毫无关系,过那门时,就很麻木。那么,那棵结出煤球李子的树呢?他路过时,还会在意吗?也渐渐的,不太在意。小时候不懂事。现在懂了,有些人和事,就是会越离越远的。

郎韵珍大三那年的暑假，她回家来，在胡同里遇上过霍振宝，他们在距离一米半外站定，礼貌地打招呼。她告诉他，她学的是建筑。他问：“你要盖好多高楼吗？”她笑答：“不。我的兴趣不是造楼。我的兴趣是如何保护好这胡同和四合院。”她的这个志向，他完全不能理解。

郎韵珍大四快毕业的时候，狂飙似的运动爆发了。学校里一番混乱后，学生们开始大串联。郎韵珍赶回家来的第二天，她父亲就被揪走了，从她家抄出来的东西，有的就乱扔在那四合院门外。那株煤球李子树，默默地注视着种种狂暴。最恐怖的一幕是，因为那个四合院的女主人对抄家的红卫兵有所反抗，就不但被打，还被锁进了一个大铁笼子里，那大铁笼子原来是胡同里某家养鸽子用的，鸽子前些时“破四旧”时全弄死了，那天，那铁笼就被移到了那棵李子树跟前，锁进了人不说，还在旁边立了个大纸牌子，上头写着：“牛鬼凶猛，切勿靠近！”锁进人以后，一些红卫兵在笼外高声声讨笼里的“牛鬼”，一些胡同居民围观。红卫兵的行为全赖激情支配，他们并没有什么严密的计划，也没有什么明确的分工，一句话，他们进行的是没有规则的游戏，他们散了以后，没有谁再过问笼子里人的死活，胡同里的一般居民也没人再去围观，夜幕渐渐降临，几百年的胡同里，出现了史上最怪诞的一景。

那笼子里，关进的不是一个人，而是两个人。是两个女人。一个，是郎韵珍的母亲，一位此前养尊处优的夫人，另一个，就是郎韵珍，本来红卫兵们只是骂她“狗崽子”，并没有要把她关进去，但是，她拉着母亲的手不放，执意要跟母亲共生死，这才被一起关了进去。本来那个院里还有一些别的人，比如公家派去的锅炉工、保姆什么的，郎韵珍小的时候，在胡同里疯玩，常常从院里出来喊她回去吃饭的，并不是她的母亲，而是那保姆。但是风暴起来，锅炉工、保姆就都自动撤离了。

那个夜晚，铁笼子里的两个女性，她们肉体和心灵的煎熬，嵌在她们的心灵深处，唯有自知，后来她们之间，也都回避那一话题。

就在两个绝望的女子在铁笼中觳觫着，解救她们的人来了。那是霍振宝。他无言。走拢铁笼，就用一把钢锯，锯那铁条。钢锯是从煤厂里找来的。那铁条十分坚硬，锯起来非常吃力。郎韵珍要从里面握住钢锯另一端帮助发力，霍振宝压低声音，却是十分严厉地斥责她："你别动手！你动手，性质就变了！"郎韵珍就没再伸手。霍振保大约用了十分钟的工夫，锯断了两根相邻的铁条。郎韵珍后来回忆，那十分钟，比一个世纪漫长。

郎韵珍和她的母亲，就那样逃脱了。有意思的是第二天也没有什么人来及时追究。关锁她们的红卫兵那个晚上就都跑到火车站，唱着革命歌曲，搭车往外地串联去了。那个铁笼，以及另外一些扔到院外的东西，被一些胡同居民搬走了。那个铁笼，几年后又被一户人家用来养鸽子了，飞翔的鸽子发出的鸽哨声，是这座古城中最固执，也最动人的一种吟唱。那个四合院，后来一度成为军宣队区指挥部的办公场所。

小二十年过去了。一个艳阳高照的日子，那株李子树上又结出许多煤球李子，一辆出租车开进了胡同，停在了那个四合院门外。车上下来一位年过四十的妇女，从那发型衣装就能看出，是从国外来的。那是郎韵珍。那个夜晚，她和母亲先逃到同城一位亲戚家，借到了钱和粮票，第二天一早就往南方逃遁，乘过长途汽车、火车、轮船，也步行过，后来，到达广东，又偷渡到香港，找到香港的亲戚，去了美国领事馆，经过人家一番调查研究，等待了三个月后，确定为难民身份，飞往了美国。在美国的头几年，母女俩都在快餐店端过盘子，备极艰辛。后来熬出来了。她嫁得不错，生下一个女儿，已经亭亭玉立了。这边早给她蒙冤去世的父亲平了反。那四合院本是公家分配给他父亲居住的，后来使用单位几经转换，但是她觉得只有走到那里才算回到故土。虽然有这边一再的邀请，她的母亲坚决不回来，没有说别的理由，只称身体不好。当她再回到那个四合院门前的时候，她尽量压抑那年被锁进铁笼的记忆，她望着那株李子树，一些模糊然而亲切的往日烟雾，腾起在心头，令她深深地吐出一口气来。

那天她又和霍振宝在胡同里邂逅。他们又是相距一米半对站对望。岁月雕刻了他们的身躯、脸庞，变化都不小，但是他们双方都一眼就认出了对方。那天霍振宝休息，他去街上为了家里小厨房买了铅丝，就把那卷成几圈的铅丝套挂在了脖子上。他的衣衫陈旧但很整洁。她问他："你过得好吗？"他答："挺好的。再不用为粮票发愁了。闺女和儿子都上中学了。"他没有问她什么，她主动说："我女儿也在那边上中学了。"他仍然没有问什么，她就再主动报告："我定居美国了。这是头一次回来看看。"他还是没话，但是表情上能看出来，他是高兴的，他不希望马上分道扬镳。她就左右望望，说："这胡同划在旧城保护区里了。基本上没变化。我很欣慰。我回老院子看了。起头传达室还不让我进呢。后来里头的总经理招待了我。我在那院子里、屋里转悠了好久。我把青春储藏在那个空间里了。我真的欣慰。国家改革开放了。那院子保护得挺好。南墙根的玉簪花还在开放，还那么香。”他默默倾听着。他住的那个地方可大变样了。原来是个大杂院，现在不能再叫院子，因为家家盖出小房子，说是小厨房，其实好多是盖来住人，甚至是婚房，他家在最里边，从大门走进去，只剩窄窄的而且有些个歪歪扭扭的通道。他母亲也亡故了。一个姐姐两个妹妹嫁出去了，现在父母留下的空间，由他和哥哥两家居住，都娶了媳妇生了孩子，就接出去加盖了小厨房，挤在一起闹矛盾的日子就快结束了，因为煤厂合并进煤气公司了，早已经废除了煤球的生产，他早就是蜂窝煤的压制能手了，而且蜂窝煤在城区的使用开始限制了，今后会停产，那煤厂的一大半，已经是液化煤气罐的置换站了。煤气公司在另外的街区盖了宿舍楼，他正争取分配到一个单元，他哥哥也想住进去，但是他哥哥从未在煤厂上过班，而他已经是资深员工了，新领导更想起来，他父亲是因工牺牲的烈士，这样煤厂里其他的人也难跟他竞争了。他的生活前景很美好。那天阳光照耀在胡同里，胡同里飘散着槐花的香气。他们面对面站了多久？其实没有多久，但是后来各自回忆，却都觉得起码有放映完一部故事片的长度。

他们平静地告别。都没有提起那株他们一起栽种的树。当时他们埋下了两个果核，后来蹿出苗长成树的是哪一个？为什么一个活了，一个没有活？这一死一活，是由谁决定的？

再后来，他们又都经历了各自许多琐屑的哀乐。霍振宝一直住在煤气公司分给他的那个楼房单元里。退休前，女儿就嫁了出去，有了自己的住房。儿子娶媳妇给他生孙女以后，长年跟他住在一起。儿媳妇跟婆婆处不好。他老伴私下总跟他说,早晚会让那刁儿媳妇气死。后来,儿子要买商品房,首付他和老伴支持了不少,多年的积蓄啊,但是值得,从此耳边再没有儿媳妇的尖声怪气,但是儿子一家迁走以后没多久,老伴查出来肝癌,且是晚期,经过三个月的手术、化疗、放疗三部曲,就去世了,给他留下的遗言是,癌是那儿媳妇给她气受憋出来的,他们的那个单元,既然前些年从单位优惠价购下,有了房本,那就只要那儿媳妇不离不死,就绝不让儿子两口子继承,要写个遗嘱,他死了以后,房子由闺女一家和孙女儿继承。他也确实写了个遗嘱,病榻前念给老伴听了。老伴瞑目了。在遗体告别的时候,他看见儿媳妇掩面哭了起来。那不会是装的。她也没必要装。所以,人心难测,不只是说人性恶没法探测,人性善其实也是没有办法预料的。他就没有把那遗嘱跟儿子儿媳妇公布。这两年,他们那栋老居民楼所在地皮要征用、楼里住户要拆迁的说法越来越不像是谣言,儿子儿媳妇带孙女儿来看他的时候,就总问起:“什么时候能给补偿?能给多少补偿?”而女儿女婿带着外孙子来看他的时候,就又总提醒他:“若有补偿也是您个人的,您若要分,那我们也有一份!”这是他晚年闹心的事,晚辈走了以后,他把带来的东西——多半是吃的,分门别类往冰箱橱柜里放置时,总不免深深地叹气,他所需要的,难道只是这些个东西吗?晚上一个人看电视,逢到偶尔出现一点床戏,他就在沙发上伸出脖子,两眼直勾勾地盯着看,心里责怪那些镜头太短太含糊。夜深人静,躺在床上,他会有原始的冲动。

郎韵珍在美国经历了繁荣,也经历了衰落。母亲在她第一次回国不久就突发心肌梗塞过世了。她和丈夫离了婚。是非常平和地分手。女儿的青春反叛期很长很烈，她以坚韧和宽容应付了过去。女儿从常春藤大学毕业，在美国腹地，密西西比河畔的孟菲斯大学获得教职，先后和三个男子同居，却始终不结婚不生孩子。她靠跟丈夫离婚获得的一大笔钱维系生活。她不愿意到孟菲斯去住在女儿附近。她离不开纽约法拉盛的唐人街，那里有她觉得舒服的华人社交圈。后来她出现了心血管系统的毛病，她相信中医，回国来治疗。她父亲获得平反后，发给了她中国护照。她在中国轻微中风，右边膀子和胳膊严重麻痹。女儿飞回中国，要把她带回美国。她说她不回美国了。她就留在中国养老。她从电脑上查到，她小时候居住的那条胡同里的那家煤厂，已经完全迁走，改成了一家老年公寓。她让女儿把她送往那里。女儿去看过，也承认那条古老的胡同特别具有东方韵味。那家由原来的煤气罐换置站改造成的老年公寓，里面的仿古平房建筑，有现代化的卫生设备，庭院里花木扶疏，护工都经过职业培训，虽然本身的医疗设施比较简单，但是不远的地方就有很不错的三级大医院。这所老年公寓的收费标准，若按中国一般市民的平均收入衡量，是比较贵的，但是若按美国的标准，那是相当地便宜。女儿为郎韵珍包下了一个带卫生间的单间。若按母亲自身的存款数量，以及老年公寓不涨价为前提，那么，住五十年也住得起。何况，她作为女儿，就是母亲完全没有钱，负担起来也不困难。女儿在那老年公寓陪伴了母亲一周。母亲让她把轮椅推到胡同里去，本来老年公寓是不准许的，但是她们母女特殊，也就不那么严格限制她们。初期，郎韵珍虽然半边身子不灵活了，说话也比以往速度慢了很多，有些词语也吐不清楚，但是，还是能跟女儿交流的。她让女儿把她推到那个四合院门前，讲到许多往事，特别讲到女儿的外公，那女儿对外公非常隔膜，觉得只是一个虚无缥缈的符号，母亲跟她说，外公很了不起，那时候，享受像她外公那样级别待遇的，子女都送到特殊的寄宿学校去读书，但是外公却主张就近入学，“跟人民群众的子女一起上学不是很好吗？可以受到劳动人民勤劳淳朴优秀品格的熏陶啊！”女儿不跟她争论。女儿从外婆那里听到的是另一个版本，就是小学中学阶段，之所以没让她妈咪去那些离得远的特殊学校寄宿，是因为外婆想天天看到独生女儿的笑容，听到她的笑声。女儿没听过母亲跟她讲那株李子树的来历，但是记得母亲多次讲到院子里南墙的那一溜玉簪花。

但是郎韵珍的身体状况在女儿第二次利用假期来看望以后，迅速恶化了。她不能说话了，只能发出一些呼噜呼噜的声音。去大医院做了多项检查，结论是她的脑血栓是多发性的，无法手术，也很难靠药物将那些细碎的堵塞块化解。先是她的右下肢也麻木了。后来那些细碎的堵块恰好把大脑里主持说话功能的那部分微血管栓塞了。但是她大脑的其余部分的血液流动还算正常，她认人没有问题，你跟她说话，她能以表情作出回应，她有时候会优雅地微笑，有时候她会流露出感伤，眼角溢出泪珠。她的左臂左手功能虽然衰退但是还能弯曲。起初她能自己去卫生间，后来护工扶她去卫生间，再后来抱她去卫生间，再再后来，就不去卫生间，穿纸裤子铺纸垫子拉撒了。护工真的很好。每天早上会把她收拾得干干净净。会给她按摩。按钟点给她翻身。她始终没生过褥疮。逢到没有雾霾的天气，护工会把她抱上轮椅，给她盖严实了，推她到院子里花丛旁晒太阳。她会很享受地望着院子里阴影处的那些玉簪花。偶尔她会拼力伸出左手，指向大铁门，心里想的是，行行好，把我推胡同里走走吧，但是没人会满足她的这个愿望。老年公寓是公办的，公寓的领导是位中年妇女，常到她屋里看望她，总是感叹："老奶奶真了不起，七十多了，脸上还看不出皱纹来，一块老年斑也没有，脸颊上还有玫瑰花瓣似的颜色，我们若到您这个年纪，指不定锈成什么样呢！"她听得明白，只是无法用言语回应，就加重微笑，于是她那依然秀气的脸庞，就越发像是一朵开放了许久却仍不凋谢的芍药花。

于是就到了那一天。有个男子摸进了她的房间。当时护工不在。每个护工要照顾五位老人，不可能总在一个老人身边。郎韵珍当时醒着，她刚开始很害怕。那是谁呀？是坏人吗？后来那男子接近了她床边，窗外的光线，正好照到那人脸庞上。那是熟人啊！于是，她觉得是在做梦。她住进这个老年公寓后，多次梦到过这个人。怎么又梦见了？为什么脖子上这回并没有套着铅丝圈儿？又为什么跟以前那些梦里的形象不大一样？怎么会老了？意识到自己也老了，她现出自嘲的微笑……那人竟坐在了她身体左边的椅子上，微微俯身，唤着她的名字，她很惊异，因为那以前，他总没唤过她的名字呀，而她，似乎也总没叫唤过他的名字，那一刻她也想叫唤他，喉咙里胡噜呼噜的，她想叫的却并不是霍振宝，而是煤球李子，是的，是的，她的煤球李子，此刻活生生地出现在她面前，她心灵深处喷涌出一种极乐，她一瞬间仿佛飞速穿越过自己的一生，所有经历过的一切都化成轻烟，只有现在身旁的人是实在的，她第一次真真切切地意识到，她从少女时代就爱着眼前这个生命！

霍振宝先用右手握住她的左手,并不敢用力,但是郎韵珍的左手却有了相当明显的反应,她努力握起自己的手指,她怕那只温暖的大手退缩。霍振宝进一步俯身,望着她的眼睛,她用眼神积极回应,知道郎韵珍认出了自己,并且释放出接纳他的信号,他的心醉了,他在醉醺醺的甜蜜感觉里,大胆地用左手去轻轻摸了她的脸颊……

这个世界那一天发生着许多重大的事情,政治上的,经济上的,文化上的:局部战争,大数额订单的签署,新政策的出台,网络上的激辩,国际艺术活动的颁奖大典……但是,在古老胡同的一隅,在那老年公寓的那个单间,两位名不见经传的古稀老人之间,生命的电光石火正在迸发出瑰丽的诗画,历史对他们会忽略不计,于是我们应该懂得,许多永恒价值的存在,是在历史之外。

霍振宝被进屋的护工发现了。他赶紧起身出屋。岂能放过他?护工追到前院,大声喊叫,于是没多久他就被带到了派出所。对民警的询问,他只极简单地回答。他不想多说。说也说不清。说清了谁信?他接受处置。随便。他心里很满足。他就是想看看年轻时候的一个熟人。他看到了。他可以不再去看。他是怎么知道郎韵珍住在那里头的?后来闺女也一再问他,他总不说。

对于老年公寓来说,那是桩泼天大事。老流氓怎么混进来的?谁的责任?那天老年公寓请了几位师傅来修理空调,那家伙一定是跟着那些人混进来的。要不要通知郎韵珍在美国的女儿?有的说护工反映,事后郎韵珍病情并没有加重,晚上进食胃口倒比往常还好,因此,似乎不必急吼吼地通知家属。有的则说这事虽属丑闻,却万不能隐瞒,必须通知其女儿,老年公寓要就管理出现漏洞当面跟家属道歉，对于是否对那姓霍的老流氓提起公诉，要听取家属的意见。虽然打去越洋电话很贵，但是郎女士女儿也留下了电子邮箱，发个“伊妹儿”去是很便宜的。电邮如何措辞？又讨论推敲了半天，后来就通过“伊妹儿”联系了郎女士的女儿。

朗韵珍女儿生在美国长在美国，英文名字是 Katie，写成中文是凯蒂。凯蒂很快从万里外的孟菲斯飞过来了。她仔细听取了老年公寓和派出所对掌握的情况的汇报。她听中国话的能力比说中国话的能力强。她跟她母亲既说中国话也说英文。她单独跟母亲进行了特殊方式的交流。最后她获得了一张她母亲用左手费老大劲写出的纸条。那上面歪歪扭扭呈现出七个英文字母，是三个简单的英文单词，表达出一个明确的意思。她没有跟老年公寓和派出所方面出示那张纸条。她提出要跟霍振宝单独见面交谈。她约霍振宝到她下榻的酒店茶寮交谈了很长时间。后来她再跟老年公寓和派出所的人士一起交谈。她说那位霍先生不是流氓。不要再用老流氓这样的字眼侮辱他的人格。她认为霍先生和她母亲是一对有过青梅竹马恋情，并且现在又坠入爱河的恋人。一个是鳏夫，一个现在并无配偶，为什么要阻止他们的相爱？老人，病人，也有爱的权利。凯蒂的结论令老年公寓和派出所的人士大为吃惊。

于是又出现了新的一幕。把霍振宝请回了郎韵珍住的那个房间。凯蒂大声说：“妈咪，你看谁又来了？”霍振宝坐到床边的椅子上，伸出右手去握郎韵珍的左手，郎韵珍的左手手指明显地迎握着那只比她大许多的手掌，现出幸福的微笑，整个脸庞仿佛春风中胀圆的花朵瑟瑟颤动。站在稍远处的老年公寓和派出所的人士全都看清楚了。

凯蒂放心地返回美国了。此后,霍振宝常常来看望郎韵珍。

那天雾霾消除了。经过特许,霍振宝推着轮椅上的郎韵珍,出了老年公寓,到胡同里转悠。他把她推到了那个院门外,那棵李子树下。他们对望了一眼,于是互相都很清楚了,关于播种煤球李子这个秘密,除了彼此,他们始终没有跟任何其他人道出过。

2014 年 10 月 24 日　温榆斋

三粒芥

盘盘1992年出生。如今就要大学毕业了。

1

盘盘去年暑假有天看电影回到家里，身上有爆米花的气味。妈妈也没问她看的什么，她也懒得跟妈妈说那电影的事情。妈妈正在厨房炸虾片，盘盘进去，拈起一片炸好的嚼着，随口报告："真讨厌！又在楼门口遇上傻子了！"他们那个楼里，有个弱智男子，都三十多岁了，生活倒基本上能自理，但是无法就业，父母倒还富有，就白养着他。盘盘说："咱们家真不该买这楼的房子，成天指不定什么时候就撞见傻子，真败兴！"妈妈就说："傻子也是一个生命。世界上不会也不能都是聪明人。你可以不理他，可是别蔑视他。"

爸爸出差了，那天晚上吃完晚饭，母女坐在沙发上闲聊。妈妈说，如今的电影院真气派，可是如今的电影，我跟你爸大都不爱看。可是我们小时候，那是特别爱看电影的。那时候，村里头都有场院，就是收拾庄稼的地方，脱粒、扬场、晾晒、装袋……活儿告一段落，就会在场院里演电影。总觉得那时候的电影都那么好看，比如说柬埔寨那个西哈努克亲王来访问的纪录片，看着也过瘾。不过，对于我们小孩子来说，其实放映电影之前的那段时光，比看电影更欢畅。傍晚，流动放映队的叔叔就来了，挂起银幕，架起机器，接上喇叭，我们男女小孩，就都忙着拿来家里的大小板凳、椅子什么的，占座儿。大人们倒不慌不忙。妇女们会来得早些，带上没纳完的鞋底。大老爷们则标语口号的幻灯片都放上了，才抽着烟陆续来看。

盘盘就说，我知道，爷爷他们村，跟姥姥的村，紧挨着，无论在哪边的场院演，两个村的人都挤着看。你跟爸，是不是先青梅竹马，后来就眉来眼去，最后就办了喜事，有了我？

妈妈说，你那是胡诌八咧。直到上初中，一个中学了，因为不同班，我还根本就没觉得有他那么一号。他后来也说，在看电影的场院，他也总爱逗那个雄鸡哥，但是却从来没注意过我。后来赶上改革开放，我们分别考上了不同大学，毕业以后都分配到城里的工作，经人介绍，这才对上象的。

我要跟你讲的，就是姥姥村里，有个雄鸡哥。为什么管他叫雄鸡哥？这就跟演电影有关系。说起来，这个雄鸡哥，命真苦。他还没成年，爹妈先后得病去世了，就跟着哥哥嫂子过，没想到，哥哥嫂子在一次拖拉机车祸中又双亡了，他就跟侄子侄媳妇一起过。那对夫妇待他不能说好，也不能说很差。他倒是还有父母留下的老房子，跟哥哥嫂子的院子挨着，打通了，侄儿媳妇不欢迎他来一起吃饭，但是能做好了端给他一份，当然那时候吃的都很简单，无非窝头咸菜棒茬粥，偶尔也会有点炒菜，有点肉，吃顿饺子什么的。生产队编制的时候，他每天也都下地干活，挣工分。他平时闷声不语，村里场院演电影了，他也活跃起来。他平时没钱买香烟抽，演电影之前呢，也不知是怎么形成的游戏规则，你给他一支烟，他就给你唱歌。他翻来覆去唱的就是一首歌。那首歌你们这代人恐怕都不知道了，我们那时候人人会唱，就是秧歌剧《兄妹开荒》里的那首歌：

雄鸡雄鸡高呀么高声叫
叫得太阳红又红
身强力壮的小伙子
怎么能躺在热炕上做呀懒虫
扛起锄头上呀么上山岗
山呀么山岗上好呀么好风光
我站得高来看得远来么依呀咳
咱们的家乡到如今成了一个好呀地方
那哈依呀咳咳哎咳那哈依呀咳

盘盘就说，我知道这首歌，如今有重金属摇滚版演绎的，可潮了！

妈妈说，因为那个年纪不小却跟我们平辈的人总唱这首歌，而且，往往是拿根烟逗他的，刚听他用肉喇叭唱出头两句，就摆手：“成啦成啦，别吼啦！”他就只好停下，所以，他那头一句的高亢声调，成为我们童年时代最大的乐子，我们就一窝蜂地学他吼，雄鸡哥也就成了他永远的绰号。

那时候村里人都淳朴。雄鸡哥问人要烟，虽说人们拿他打趣，还都会给他香烟。经常是，他抽着一支，两边耳朵各夹着一支，胸前衣服口袋里还能装着几支。有一回，不知哪家的亲戚，来串门的，也来看电影，见他是个可以逗闷子的，就也说要给他烟，让他唱，而且要他把歌唱完，他就非常认真，脖子筋蹦着，高声地唱到"那哈依呀咳咳哎咳那哈依呀咳"，才大口喘气。那人就把一支烟插进了他嘴里，还说要给他用打火机点上，但是雄鸡哥马上把那支所谓的名牌香烟啐出去了，因为那其实是根粪草棍儿，那人就拍巴掌狂笑，周围的人有的没弄清情况，也都笑，弄明白的，有的就摇头。后来电影开始放映，我就坐在雄鸡哥身边，我偶然一瞥，发现他两眼里流出两行泪水，那刚开演的电影哪有什么感动人的地方？我那时候还小，但是雄鸡哥的那两行眼泪，却仿佛流到了我心上，粘住，一辈子再甩不掉了。

听到这里，盘盘明白了，妈妈为什么跟她说这些。

盘盘问：这个雄鸡哥，是个什么形象？

妈妈说：其貌不扬。也不丑。非常平庸。说实在的，他那两行眼泪我记得真，他的相貌，现在已经非常模糊了。

盘盘问：他后来怎么样了？

妈妈说：实行承包了，他种承包的地。村办企业办起来了，他到皮革厂干活。村办企业又纷纷倒闭了，村里劳动力就"八仙过海、各显其能"了。他能力差。村里各家纷纷盖新房了，他侄子家也起了两层楼，他还住着旧房，两个院也隔开了，他自己起伙，吃得怎样，没人知道。他始终没娶上媳妇。就在你出生那年，听说他得病死了。

盘盘一时无语。她的心土里，拱出叫作慈悲的嫩芽儿。

2

盘盘和爸爸聊天的时候不多。那天不知怎么的，聊起生病住院的事情了。盘盘说，净在电影电视上见着病房，什么时候自己也住回院，亲友同学都拿着鲜花提着蛋糕来慰问，那多好玩儿！

爸爸就说，不生病不住院，是大福气啊。能往病房里瞎送花吗？花会携带病菌，像你奶奶当年住院，因为哮喘，不但病房里不能放花，就是走廊里也禁止进花。再说蛋糕，你当住院是过生日哩，尤其奶油巧克力的蛋糕，病人是不适宜吃的。

盘盘出生前，奶奶就过世了。爸爸讲起奶奶住院的情况，是住在一个双人间里。奶奶就是一个农民。但是因为你表叔在那医院工作，住院部的那层楼，病房都是八人间，只有走廊尽头有两个小间，也属于普通病房，但是难得住进那里头。除了你奶奶，另一个病人，是个女青年。我当然常去照看你奶奶。那女青年呢，是她妈妈照顾她。她妈妈姓汤，跟你奶奶很说得来，我管她叫汤姨。那女青年可能不姓汤，但是，我从没见她爸爸露面，我跟汤姨有时候也聊几句，和那女青年偶尔过话，但是互相都没有称呼过，反正眼光一接触，点头，微笑，就算打招呼了。

那汤姨和她的女儿，是名副其实的弱势生命。现在有弱势群体一说，弱势是个笼统的概念，主要是按社会地位经济收入来说事儿，并不一定是指身体状态。那汤姨的女儿大概比我小两岁，医生诊断她得了骨结核，生命总是处在低烧状态，瘦弱的脸颊总是红得像蔷薇花，两只大眼睛总透着忧郁，有几分像《红楼梦》里的林妹妹。汤姨没病，但是她有的动作给我留下很深的印象，比如卫生纸，撕开卫生纸有什么难的？她两只手抓着，努起嘴唇用力，那个费劲啊！所以，我去看你奶奶的时候，就总要帮他们做些事情。比如给削菠萝。我能把菠萝肉削出旋转的花纹，先让她们欣赏，再削成小块搁盘子里，插上牙签让她们方便地享受。

你奶奶那次住院，有成效，家里人每次去看望，都明显在好转。但是汤姨的女儿没什么起色。我去了，也就尽量讲些让她们快乐的事情，安慰她们。汤姨的女儿会现出笑容，甚至笑出声音来，也许是害臊，笑的时候她把被头往上拉，掩住嘴。

你奶奶快出院了。有天我去，见汤姨在走廊里站着。开头我没意识到，她是刻意在那里等我。她招呼了我，脸上的表情有些异样，她叫出我的小名，那本是你爷爷奶奶才那么叫的，她跟我说："我想认你做干儿子。你能答应我吗?"我一下子愣住了。她见我反应不仅迟慢，而且表现出为难，就说："你别误会。我们没那个妄想。"那是什么意思，你懂的。

盘盘就笑说，她们那个妄想如果实现了，我就会有骨结核的遗传，我也就可以去住院，吃菠萝块了！

爸爸继续讲。面对汤姨那样的请求，我很难抵挡。但是我本身确实从未往那个方向想过。而且你要知道，那时候已经有媒人介绍了你妈妈给我，我们俩见面后都挺愿意。我就跟汤姨说："容我考虑考虑吧。"汤姨脸上仿佛有朵花在迅速凋谢。后来我们进入病房，像往常一样相处。

你奶奶要出院了。我用医院里一次性的输液管，剖开，编了一只金鱼一只虾。那是跟你表叔学的。医院里的输液管用过一次就报废了，有的医务人员会再予消毒以后，剖开当作编织带，巧手编成各种有趣的形状，最流行的形状是金鱼和虾，若编成金鱼，输液管上的接瓶嘴正好可以充当鱼眼睛。在接你奶奶走的那天，我跟汤姨和她女儿告别，直到那时候，我还是没有给予汤姨那收我做干儿子的请求回答。但是我的不回答，以及临别时送给他们东西，就是我的表态。我把编成的虾送给汤姨，把金鱼递到汤姨女儿手里，跟她们说："祝你们幸福！"我现在仍记忆犹新，就是汤姨女儿忽然用被子蒙住头，一定是在被子里哭了起来，那被子勾勒出她瘦弱的形态，看得出肩膀不住地抖动。

但是你奶奶出院，我必须照顾你奶奶，就转身走出了病房。

人在一生中，会遇见许多陌生人，有的会相处相当一段时间，甚至会熟悉起来，但是，多半一旦分手，就再也不会相逢。这么多年过去，我再没有遇见过她们。我们普通人，都是草芥。逢春拱出地皮，成为一根细细的绿针。阳光雨露充足，能伸展枝叶，开花结果，如果遭遇灾害，那就夭折，也不会在历史上留下什么痕迹。那病房女还在世吗？若在世，还记得我吗？还会留着那个金鱼吗？若不是你提起住院什么的，我也不会忽然想起她来。

和爸爸聊完，盘盘查了词典，草芥：小草，喻轻微纤细的事物。盘盘觉得，从这次爸爸讲的病房女故事里，归纳不出什么教益。不过，人生中头一回体味到了惆怅的滋味。

3

盘盘的爷爷为培养出了一个有出息的儿子骄傲。确实也是，运河边的村子里，能像他那样把儿子培养成大学生，后来又成为高级工程师的，扳手指头，扳不够一巴掌。可是爷爷很倔。盘盘爸妈在城里四环内贷款买下挺宽敞的单元房，三卧两厅双卫，接他来住，住不惯，还最烦盘盘爸爸说那个话："可惜妈走得早点，要不，你们一起住进来，多美！"爷爷的说法是："她更受不了这儿！接来了，怕比我逃得还快！"可是奶奶走了，爷爷一个人过，爸爸妈妈不放心，有天开车去老家，盘盘也去了，动员爷爷进城养老，爷爷上了车，说："听我指挥！"让把车子开到镇上养老院，他说，那里有他的发小，住的屋子朝窗户外头望，就能看见运河的水流，他愿意住那儿，儿子媳妇孙女儿只要常去看望，他就觉得日子蜜甜了。

盘盘知道，爷爷心里是爱她的。可是，爷爷不像奶奶，能把那爱意表达出来。盘盘爱爷爷，没什么道理，他是爷爷，能不爱吗？爷爷在城里小住的时候，跟盘盘有过冲突。盘盘从冰箱里取出头天吃剩的披萨饼，放微波炉里转几圈，拿出来咬一口，满脸怪表情，马上就扔垃圾桶里了。爷爷看见生气。盘盘解释说："爷爷，变酸了，吃了我会肚子疼的。"爷爷就数落她："你尽是些吃饱了撑着的说词。饿你几顿就好了！"盘盘就笑："爷爷好主意，这两天我体重又增了！明天只喝木瓜汁！"爷爷气呼呼，盘盘笑嘻嘻。盘盘说："披萨，木瓜，味道怪怪的，对吧？爷爷您是不爱的。"爷爷就说："凡能吃的都是好东西。都不能瞎扔！"怕老爷子从垃圾桶救出披萨饼来，妈妈趁爷孙俩说话，把垃圾桶及时清理了。

爷爷住进养老院以后，爸妈和盘盘去看望，爷爷话不多，眼睛也不怎么看他们，却总是盯着窗外的运河。盘盘知道，爷爷生在运河边，长在运河边，劳动在运河边，生育的运河边，最后也会在运河边告别人生。爷爷其实也就是运河的一部分吧。

冬天又到了。运河结冰了。盘盘自己去看望爷爷，爷爷也还总凝视窗外的运河。结冰的运河失却了秀丽，河边的树木光秃秃的，爷爷在那样的画面上看见了什么呢？

盘盘开始求职了。有天投完简历回家，爸爸下班早，妈妈还堵在回家的路上。父女俩就随意聊天。盘盘就说起爷爷总盯着运河冰面看的事情。爸爸就说，该讲给你听了，不过，还是等你妈回来，吃过晚饭，再坐下来讲。

又要讲草芥般的生命故事吗？盘盘也没太追究，爸爸为什么仿佛正式发布什么似的，非要在晚饭后茶话时才讲。

晚饭吃过了，爸妈和盘盘围坐在茶几边的沙发上，爸爸讲了起来。

你爷爷娶媳妇很晚。因为家里穷，过三十了，还是光棍。你的太爷爷，过世得早，你的太奶奶，一直守寡。那时候咱们运河这边的村子，比运河那边的村子，还稍微好些，那边特别穷。这边有大片的菜地，种大白菜，每年晚秋砍下白菜，会留下菜根，砍下的白菜装车运走的时候，会掉下些破烂的菜帮子。就有运河那边村里的妇女，过河这边来，挖走菜根、拣走那白菜帮子，好拿去充饥。过运河若从桥上过，需要绕很远的路，搭摆渡船，要花钱。但是，河那边村子跟河这边村子之间的河床，有一道凸起的石脊，河两边的人，都管它叫野马脊。它四季都没在水面下，秋天能透过水面模模糊糊地看出来。过河的人必须非常小心，才能踩着那道石脊渡过河来。

那些年，每到这边村子砍完白菜，那边村子就有妇女踩着野马脊，背着荆条筐，来挖菜根、拣菜帮。爷爷家的屋子外头不远，就是一片菜地。有天刮着大风，冻得人不行，居然还有对岸来的一个妇女，跪在那菜地里挖菜根。你太奶奶看见那妇女在寒风中直哆嗦，就让你爷爷出去，把她请进来，先暖和暖和再说。你太奶奶正熬了一锅棒子面菜糊糊，就盛出一碗请她喝。两个妇女就说起话来。敢情那也是个寡妇。临走的时候，你太奶奶就让你爷爷，往那妇女的筐里，装了好些个自己家腌的酸白菜。穷帮穷呀。这么着，两个寡妇就来往上了。你太姥姥还让你爷爷晚上也去挖菜根，给那寡妇存起来，那寡妇踩过野马脊过来，能给她装下大半筐。

就在她们认识的那年冬天，那寡妇有天就跟你太奶奶说，咱们两家都穷，你儿子娶不上媳妇，正好我有个闺女，如今也二十好几了，我就把我闺女，嫁你儿子吧。你太奶奶开头不敢相信，因为穷家的闺女，如果长得好，嫁出去也不难的，那寡妇就说，我不能拿闺女换钱。能嫁个憨厚人，比什么不强。就这么着，你的爷爷，就娶了你奶奶。

盘盘听了，大吃一惊，问："怎么，我的血脉里，有那挖菜根拣白菜帮子的穷寡妇的成分？我该叫她什么？"

妈妈说："这事你爸老早就跟我说过。那是你的太姥姥啊。不过，改革开放以后，中国整体解决了温饱问题，挖白菜根拣白菜帮子充饥的事情，似乎已经成天方夜谭了。所以我们这代人很少跟你们这代人讲这些旧故事。"

爸爸对妈妈说："可是，有个镜头，我一直没忍心跟你讲。现在我要跟你和盘盘讲出来。盘盘爷爷为什么总盯着那冰面看？

是因为，那一年，遇上百年不遇的情况，土话叫囫囵冻，就是原来河面还没有上冻，忽然气温骤降到零度以下，咔嚓，河面就封冻住了。那天天亮，有人在河边大喊，人们跑去看，在那野马脊上，冻死了一个妇女，她肯定是踏上野马脊后，忽然囫囵冻，她本能地跪下，再也拔不出身子，整个人就冻成个冰雕了，而她背上，还背着那陪伴她多年的荆条筐。你爷爷奶奶奔到河边，一眼看出，那是你太姥姥，顿时捶胸大哭起来……”

盘盘听到那一刻，仿佛树木的年轮，顿时扩展，原来词典上的悲怆一词，不再缥缈，她的心智成熟期，来临了。

2014 年 12 月 9 日　温榆斋

水　葱

一本书必得有序吗？其实，不放序，读者读起来或许更具探险感。

他这样说，来求序的那位写作者回应道，姜老师，我难以免俗，您不但是主编，也是著名作家，您托举我一下吧。

他就看了那位笔名巫兀的文稿。是通过电邮传给他的电子文档。那电子文档望去清爽，但逐行阅读，便发现病句不少。是部长篇小说，主题是孤儿寻求亲情，有些片断颇生动，虽不到催泪的地步，也还有令人鼻酸的潜在效应。作为资深编辑，他托举过的作者很不少了。巫兀看来还是值得一助的。他所主编的刊物是不刊发长篇小说的，他答应将巫兀的作品推荐给南方的某出版社，他跟那老总很熟。但是，他一再跟巫兀强调，把那书稿传给出版社时，一定要先从头到尾再认真修订一遍，尤其不能有病句。巫兀果然认真地修订了那处女作。再传给他，他忙于别的事，不及再看。巫兀就求他落实书序。想想也确实有话可说，就写了。巫兀就把自己的长篇小说和他的书序都传给了那家出版社。没多久就有回复，说可以考虑列入出版计划。

巫兀的书稿，坦言取材于自身经历，跟他说，活了三十多，还没有任何人给自己过过生日，离异的父母都还健在，且各自都又有了配偶子女，自己却成了一个有父母的孤儿！更悲催的是，也始终没有尝到过爱情的滋味，前些天情人节前夕，陆续给九个认识的女子打电话，想第二天能有个约会，接听的只有三个，两个极不耐烦，没几句就挂断，只有一位当年中学同学蔼然地应对了约三分钟，但提出明天一见，对方便告诉哎呀对不起，有约的了，祝你节日快乐，结束通话。节日快乐！那情人节，对于没有情人的巫兀来说，是节日吗？情人节无法过可以空缺，但一个人的生日是无法轮空的。他，资深编辑老姜，就跟巫兀说，到时候，我给你过回生日吧。

巫兀跑到编辑部去见他，是一位搞篆刻的忘年交小万牵的线。他给巫兀过生日，是约到自己家里。事前跟老伴说了，老伴听了也觉得应该给巫兀一些人际温暖，那天就不仅做出一大桌菜，还特意去买来生日蛋糕。请小万作陪。那天奇热。室外达到摄氏 40 度。室内空调持续制冷，也还是觉得满身泛燥。

事后，小万见到他，跟他说，巫兀感动得不得了，特别是一个细节，“姜老师让我坐沙发，自己坐个小木椅子，面对面聊天”。他说自己完全不记得那天都怎么坐的了。因为很少在家里待客，沙发布局只为自家方便看电视，若客人来了都坐沙发得扭着脖子说话，因此那天可能是为了能跟巫兀面对面聊天方便，就提来个小椅子随便那么一坐，算不得什么。

各人都有自己的生活轨迹。相忘于江湖很自然。他退休了。解除了编务，可以安心写作了，多么惬意！搞篆刻的小万成就渐大，可称篆刻家了，那天来看望他，给他送来一方闲章“得大自在”，试盖一下，阴文刀锋豪放，好爽目！他就说，听说你近来一字千金了，我可付不起润刀费！小万就说，姜老师，哪里话！俩人聊天，聊来聊去，他就想到了巫兀，问小万可有巫兀的消息？小万说偶尔还通电话，也约在一起吃过饭，巫兀和父母的关系还是那么僵冷，也还是没有结婚，至于有没有女朋友，过情人节是否能有接受玫瑰花的女子，却未可知。问巫兀那部长篇小说出版了吗？小万笑，姜老师，您真逗，您给写的序，要是出了，还该有您的稿费呢，您倒来问我。他就说，那出版社老总也退休了，我们这代人大都边缘化了。

那天小万来，他正在书房整理一些老照片，说是从老照片里，也能获得写作的灵感。小万就看见，有张老照片，十二吋大吧，显然是翻拍来的，翻拍时原照该已经发黄，而且有霉斑。他就让小万细看那张老照片，讲起相关的故事。

他说，看见吗，照片上，是上个世纪二十年代的情景。大宅院中庭一角。前景左边不知道为什么把一盆水葱拍得那么显眼。水葱右后边，是四个青春女性，背景应该是宅院里的游廊。小万你要仔细观看四位女子的表情和衣衫。都不一样。有平静的，有忧郁的，有开朗的，有矜持的。两位穿月白阔袖的中式上衣、黑色百褶裙，但发型有区别，一位是头上两侧盘双髻，一位是前面有窄刘海后面估计是长辫；另两位穿旗袍，但一位的旗袍是高领掐腰的，一位的却是宽肥而且左边露出排扣的，发型则一为西式烫发一为中式后髻。

小万问，姜老师，她们是四姊妹吧？您是要写关于她们的故事吗？他就告诉小万，是四姊妹，但我不能写她们的故事，她们的故事，实际上早有人写出来了，是位跟我同代的女作者写的，她那部长篇小说，拿来时，叫《忆秦娥》。

他给小万讲上世纪末的那段故事。那时候，他还没有调到杂志社当主编，他是在一家综合性出版社的文艺编辑室当编辑。那时候还没有个人电脑，没有用电脑写作的。写作一般还都是用笔在稿纸上填格。有天来了个亲自送书稿的，是位女士，穿了件素雅的旗袍，把一条同样素雅的手帕，别在左腋的扣袢上，她那梳理得很仔细的短发上，系着一条与衣帕呼应的素雅的发带。她送来的书稿，誊写得非常清爽，娟秀的钢笔字，望去就如清风拂面。她还拿来一些旧照片，其中一张就是前景有水葱的。他就问她：是纪实作品吧？那时候有的作家就把自己写的东西叫作“纪实小说”，她微笑道，不赞成那种把纪实和虚构混淆的概念，她所写的，大体而言，人物有原型，故事有依据，细节曾目击，语言有耳闻，但是，经过悉心虚构，形成现在的文本，就应该定性为小说。之所以还拿些旧照片来给编辑看，是作为参考，希望通过检视那些照片，能进入文本所呈示的那种时空和氛围。

他很快就通读了那部书稿。洵为佳作。马上送室主任和总编辑过审，顺利通过。通知那位女士来社，热情接待，告诉她立即安排出版。他建议把几张旧照片印入。女士不同意。小说就是小说。参考旧照片画几幅插图呢？她觉得也没有必要。小说里写了秦氏家族四姊妹的故事。大姐嫁一小官僚，台湾光复后随夫居台，后终老眷村中。二姐留洋学法律，后成为那边著名的为弱者求公道的名人。三姐大学未毕业就投奔延安，历经两次内部考验的劫难最后成为改革开放的开拓者。小妹险在爱的波澜里陨灭最后成为一位平静的陶艺家。小说虽然免不了触及政治，但其文本超越了政治，主要表现在诡谲莫测的历史浪涛中，四姊妹如何始终葆有亲情的认同，这应该是能令读者心动的文眼。他跟那位女士建议，书名是否改叫《水葱》。因为，您既然强调这是一部长篇小说，那么，《忆秦娥》的书名会误导读者，因为太像报告文学的书名了；您不愿意把旧照片插入，那么，可否将水葱为前景的那张作为环衬印入？读者一翻开，就会有种特殊时空的韵味袭来；书名呢，就叫作《水葱》，想必您是熟读《红楼梦》的，《红楼梦》里写到，一天大观园里新来了四位青春女性，薛宝琴、邢岫烟、李纹、李绮，书里借晴雯的话形容她们，说“倒像一把子四根水葱儿”，您这部小说里的四姊妹，可不也正像一把子四根水葱儿吗？那女士听了，眼睛一亮，表示愿意考虑……

小万听到这里就问：那这部《水葱》出版了吗？光您这么一扫描，我就觉得是茅盾文学奖的料！改编成影视，一定精彩！我也算文学青年了，怎么一直没有听说？难道它夭折了吗？

他就说，我们出版社始终愿意出这部书。可是后来没出成。我们始终认为这部书稿不但没有问题，而且非常优秀。没出，是作者方面的原因。

究竟怎么回事呢？原来，那女士在出版社肯定了书稿要出版以后，送来一篇书序，女士早就把书稿复印件给了那位人士，人家仔细地读了，又深入地思考了，再认真地写出了那序，写得颇有深度，文气酣畅，对读者大有裨益。出版社方面当然很高兴。但是，就在书稿下厂以后，那写序的人出了问题。序文本身并无问题，却也不好用了。虽然遗憾，出版社方面本以为抽下那序也就是了，谁知那女士却不同意，他出面跟那女士协商，就劝，为什么书一定要放序呢？没有序，一样有读者读的。就是非要篇序，也可以再请别的人写，其实，作为责任编辑，他对这部《水葱》，已经感受非常丰富，如果不嫌弃，他也可以写序，再不然，作者自序，也很好嘛。谁知那女士虽然表情柔和语气平缓，态度却十分明确坚定，就是她这部作品，必须与那序文合印，否则，她宁愿放弃面世。任凭他怎么劝说，女士态度不移分毫，甚至表示，她情愿按合同中所规定的，来赔偿出版社前期投入的损失。

小万就说，那个写序的，是不是政治问题啊，她那么坚持，岂不是政治不正确了吗，那样的话，你们不能出，别的出版社也没法出，除非她拿到外面去出。他就告诉小万，你那猜测并不准确。但涉及到那女士的隐私，他不能给小万更明晰的信息。他就说，社会复杂，人生万象，许多世态，并不在按一般逻辑推演的范畴之中。就他与那女士多次接触的感觉而言，那女士对政治有所关心，但绝对没有干预政治的兴趣。那女士对他说，写这部作品，不过是想进行一次心灵旅游，写完，已经非常满足。有几个人读过，能包容，能理解，甚至能有心灵对话，已是大福。她的本职，是搞精细化工的，不靠写作吃饭。对于登上文坛、作家头衔，以及相关的名呀利呀，了无追求。她也绝无拿到外面去出版的想法。她说，她可以等到写序的人问题解决以后，再来印这本《水葱》。她自信她的这个文本，是能经得起搁放的。她感谢出版社的善意，感谢我给予她这个作品选择了一个更恰切的符码。她说她喜欢水葱这种植物。她说知道在上个世纪，许多大宅门小独院里，都有大陶盆种植水葱的摆设,从暮春到秋初,水葱会迅速蹿高,碧绿直挺的葱杆犹如一丛纯洁的誓言,唤起人们对正直的尊崇,秋日顶端开出朴素的花穗,又昭示人们简单平凡才是人生最高境界。

小万就问,她就真的劝不过来了吗?那给《水葱》写序的人士,问题解决了吗?后来您又见过那位女士吗?他都给予了否定的回答。他说,跟那女士,是好说好散。出版社没有让作者赔偿。他把一份校样给了作者。作者则给了他一张有水葱和四美的旧照片翻拍件,说:难得你这么喜欢这张照片,原照不能给你,但翻拍得不错,你留下吧。他对小万说,从那时到现在,好多年了,估计那女士,也已经退休。她或许写出别的作品来了吧,但若改笔名发表,我们也无从知道。两人各叹息几声,小万又对桌上别的旧照片提问,那些都是与《水葱》无关的了,两人又闲聊了一阵。

退休以后,他成了个电脑控。当然还是落后。跟他一辈的,有的早已成为手机控,更有成为微博控、微信控的。他眼神不好,老早戴了花镜,手机只用来打出接听,只爱对着电脑大屏幕,时不时敲出些心中流淌出的文字,要么到网上遨游,悠哉游哉其乐无穷。那天他在网上书店搜索自己著作的销售信息,忽然发现有本书不是自己写的,却因为腰封上有他推荐的字样,也排列进去了。仔细一看,在由他推荐的那行字上面,有更大号的字标明,是一位比他年龄小一轮的名人作序。什么书呢?就是巫兀的那本孤儿寻求温暖的长篇小说。再往细里搜索,就发现,里面没有用他写的那篇序,也没有把他的序作为跋,只有腰封上出现了他的名字,以及一句推荐语,一看就不是他的造句,他少不得从D盘里把自己当年写的那篇序找出来,他的序文里并没有那么一个句子啊!

再回到网上书店相关页面，细看，原来巫兀那书已经出版了两年多！顿时胸闷。

他呼唤老伴把救心丸给他送过去，正在厨房拌饺子馅的老伴一时没有听见，他就自己站起来，颤颤巍巍去拿，手抖，把装药的匣子打翻在地，老伴听见响动跑过来，一看不妙，忙把他扶到客厅沙发坐稳。他见老伴一脸焦急，忙心中自劝息怒，摆手，表示不要紧，老伴知该喂他救心丸，就往他舌下放入十来粒。他闭眼，让舌下药丸化解，释放出些辛辣的感觉。再睁眼，见老伴还痴痴地站在跟前盯住他看，就又摆摆手，表示没事儿了。老伴知他前些天刚参加过单位年度体检，没查出大问题，大概还是情绪波动导致的自感异常，给他倒杯开水放茶几上，也就再去厨房操作。

他觉得胸口松快了，就回书房，给小万打去电话。他问：最近见到巫兀了吗？小万说前两个月找来一趟，为的是让给一位名人刻章。他立刻道出那个给巫兀的书作序的名人，问：是给这人刻吧？小万道，您怎么一猜一个准儿啊？他就把在网上看到的信息，告诉了小万。小万吃惊，说，巫兀没有说起那本书已经出版的事呀，出两年多了？可是这两年里我们见过好几次，从没提起过书已经出版的事呀！那书的序不是您给写的吗？当时巫兀好激动啊！还几次跟我说，那序写得太好了，点铁成金，都不知道以后该怎么报答才是！还跟我埋怨过出版社，说这样大手笔的序都给他们了，却总拖着不印！对了，您三年前退休的时候，巫兀见到我，跟我提起您，问怎么是裸退，何必把几个社会头衔也辞掉，很惋惜的口气，现在看来，一定是嫌您利用价值不大了，就不用您的序，另请高明了！他愤愤地说，不用我的序，其实也没有什么，为什么又非说我倾情推荐？那推荐语又是生造的！若说是出版社的主意，那也可以来一趟，或者来个电话，或者电邮告知，不用我的序，用正热火的名人的序，我无所谓，但把我放在那名人后面，充当陪衬，岂不太残忍了！我比那名人大一轮，人家见到我尊称大哥的，估计人家也不知道我先给写过序……就算全是出版社的安排，事前懵然无知，见到样书，吃惊之后，也该跟我联系，道声对不住呀，呃，哪里是不知道，那名人序开头一句，就是作者去求序……说着，胸口又憋闷起来。

到晚餐吃完饺子，他平静下来，把整个事情跟老伴细说端详。老伴劝他，什么大不了的事情！不过是势利眼，中外古今，到处皆有，什么稀奇？咱们以前没见识过吗？何必耿耿于怀！不过，回想起那年酷暑，在家里给巫兀过生日，忙活一下午直到晚上，为了买到质量有保障的黑森林蛋糕，顶着大太阳走了好几里路，种种情景，人心肉长，也不禁有些个忿然，为及时压抑下内心的不快，转移老姜的思路，就说还是应该到医院再细查查，干脆自费到外资的保健机构去查，虽说你这可能只是假性心脏病，总这么一点小事就无名火起，假的那也就变成真的了；又说起他们一个朋友，前些时做了心脏搭桥手术，也不知预后究竟是否良好？真该先电话预约一下，过去看望看望，他就不禁哼出几句："过去我总以为自己能够帮助别人，现在才终于明白，我现在没有能力，甚至没有资格，去帮助别人，实实在在的，我现在才是最需要别人帮助的人！"老伴就知道，他又绕进不愉快的思绪里去了，若再劝说必然抬杠，就不搭言，只去把苹果削皮切块再插上牙签。

小万打来电话，说要来看望他，他说那股子愤慨已经过去，不用了。但小万还是过来了。小万说，他不会刻那章子，没这些信息也不想刻，两年里头，巫兀已经是第三回找来要求给那名人刻章了，这回指明要刻枚“山外青山天外天”的闲章，不要阴文要阳文，说是给那人祝寿的。小万说，那位给巫兀写序的，有政治头衔，有文坛职务，而且也有一定票房，更常被聘为奖项评委，掌握相当的话语权，难怪巫兀拼命投靠。只是不明白，您也并没有出问题呀，就算边缘化了，也并没化出局，没有完全丧失话语权呀，若说趋利避害是人性的必然，您的序也并不会给他带来什么害处呀！怎么巫兀就把您弃若敝屣呢？

他变得非常平静。他对小万说，你猜我现在为什么心平气和了？你来之前，我在网上又查出东西来了，这回我不发怒，我发笑了。我发现，在一个相当有影响的读书网站上，有巫兀那本书的页面，上面有网友给他那本书的评论，以及打的分数，一共还没十条，但那第一条评论，好长啊，评论者给他的书打了 8.5 分，很高的分数啊！我就看那评论，怎么好多句都那么眼熟啊？原来，那就是我给他写的那篇序，但是，掐了头，去了尾，删了话，添了字，最搞笑的是，他没有署我的名字，当然不署我的名字，而是取了一个网名，就是给穿了一个马甲，你猜是哪几个字？是“树上罗非鱼”！哈哈！我是个缘木求鱼的家伙！……

小万笑不出来，说，没想到，巫兀竟是这么个人！他不把您的文章放在书上当序也就罢了，甚至在那书的腰封上盗用您的名字以配角身份给他捧场也不去深究了，怎么能又下作到这种地步啊！估计他还要“一鸡三吃”，指不定还会拿您那序来怎么敲骨吸

刘心武水彩画：为宗璞大姐生日而作

髓呢！我是今后再不跟他来往了！也后悔当年把他带去见您！

他就说，又是一课，人性的一课。

小万忽然想起来，关于《水葱》的那件事情，鲜明的对比啊！就提起《水葱》，说对比那位女士的性善，巫兀的性恶厚黑得太浓酽了！

他变得更加淡定。说，不要对比，不适合对比，对人性的认知，不说我们，至少我自己，其实还真是劣等生。

他找出那张翻拍的有水葱和四美的照片，凝望一阵，然后告诉小万，那张原照后面，其实还有十个字，是那女士的一位长辈题写的，只是照片光翻拍了正面，没有翻拍背面，但是，他现在还能想起来，原来也没觉得有什么，现在忽然顿悟。

小万就问他，那照片原件背面究竟写的哪十个字？

他说，是两句唐诗。他就取笔，在那张翻拍的照片背面，写了出来：

世界微尘里　　吾宁爱与憎

2015 年 5 月 6 日　温榆斋

辑二

回忆无禁区

我有三个集子是先在《上海文学》上连载，然后编印的，它们是《命中相遇》《人生有信》和《空间感》，都是回忆性的文字，有的人读后对我说："你可真敢回忆啊！你这是极限写作吧？"

我有个舅舅，曾是上海的名医，他退休以后，总爱坐在沙发上打瞌睡，多年前我去看望他，因为自己年轻，就觉得人入老年很奇怪，你瞌睡，为什么不到床上去躺着呢？难道坐在沙发上，头往胸前靠，猛地一激灵，稍微动一动，再接着那么瞌睡下去，会很舒服吗？有天他没打瞌睡，拿长嘴喷壶给窗台上的盆花浇水，精神头很好，我就趁机把我的疑问道了出来，他呵呵一笑，告诉我："我那样坐在沙发上，哪里是打瞌睡，我是在回忆呢，信马由缰，随心所欲，真是舒服得很呢！"

那舅舅早已仙去。现在我自己入古稀之年了，竟也会坐在沙发上，闭眼回忆，那状态会持续许久，小时工小袁那天也趁我站起来浇花时问我："大叔那么坐着打瞌睡，舒服吗？"我不由得重复了从舅舅那里听来的话。

那天小袁来之前，我偶然从网络上搜到一部苏联老电影《没有说完的故事》的视频，一口气在线观赏，赏完坐到沙发上，仿佛成了浸在热水里的蚕茧，任回忆的无形之手，将往昔人事光影，丝丝缕缕缫出，浮想联翩，感慨万端。

1953年斯大林逝世，苏联人，当然包括文学艺术家，都必须过一种没有了神的生活。斯大林在世时，他有如万能之神，小说如何写，音乐如何奏，电影如何拍，甚至包括语言学的问题，都听他一槌定音。那么，斯大林不在了，电影拍什么？有他在，或者拍《幸福的生活》那种歌功颂德的，或者拍与国内外阶级敌人坚决斗争的，总归不会大错。他不在了呢？确实，就有点“乱套”，1954年有揭露莫斯科高官“包二奶”阴暗面的《忠诚的考验》出来，1956年有表现红军女战士与白匪军官在特定情况下产生爱情的《第四十一》出笼，稍后更有为二战中被德军俘虏的苏军飞行员平反的《晴朗的天空》，以及以中间人物为主角的二战片《雁南飞》出现……而1955年列宁格勒电影制片厂拍出的《没有说完的故事》，则别辟蹊径，走的是温馨、诗意、人情味的路子，表现一个社区女医生和一位因工伤而下肢瘫痪的船舶设计师的爱情故事，扮演女医生的贝斯特里茨卡娅（她后来在《静静的顿河》三部曲中扮演女主角阿克西妮娅），扮演船舶设计师的邦达尔丘克（他还主演了《奥赛罗》），都是那时最具魅力的名演员，他们把两个性格不同而能互补的人物演绎得活灵活现。

坐在沙发上，轻闭双眼，就回忆起1956年秋天，观看那《没有说完的故事》的情景，是在北京新街口豁口内东侧，积水潭畔的一个剧场，当时叫解放军总政文工团排演场，记得那天因为去晚了，虽然有票，却座位已满，就站在最后一排后面看那电影，那年我才十四岁，也许是早熟吧，竟能把那爱情故事看进去，而且能领略银幕上的诗意，最记得那个场面，白夜，女主角独行街上，忽然迎面来了一群中学毕业生，多数是穿百合色连衣裙的女生，他们刚联欢出来，在大街上走成一横排，哼着青春的旋律，遇上了，欢悦的年轻人涌上前随机提出问题，她真诚回答，然后和那些青春的生命走在一起……

那时候，因为我姐姐的一位中学同学成为了总政歌舞团的演员，她和姐姐情同姊妹，常送票给我们家，除了歌舞演出，还有周日的电影票，那些电影，无论是国产片还是译制片，都是电影院还没放映，他们那里就先睹为快的。观看《没有说完的故事》那天，最开心，看完电影，还被请到街对面胡同里，他们歌舞团的楼里楼外玩耍，在那些演员的宿舍里，能听到从苏联弄来的密纹唱片，包括柴可夫斯基的全套作品，而在院子里的葡萄架下，那天能和独唱演员黄源尹对话，也令我十分兴奋。

黄源尹是个归侨，个子不高，微胖，对我极其友善，他那时候在我眼中是个叔叔辈的了，但是对我那样一个少年，一点架子都没有，我告诉他，我前些天在中山公园音乐堂(那时是个露天剧场)看过他们团的演出，听过他唱《教我如何不想她》，我觉得那歌词太美了：“啊，微风吹动了我的头发，教我如何不想她？……啊，这般蜜也似的银夜，教我如何不想她？……”他微笑，两眼像月牙，望着我说：“你真早慧啊，听你姐姐说你喜欢读文艺作品，最近在读什么呢?”我就说在读《罗曼·罗兰文钞》，他现出吃惊的表情：“咦呀，小鬼，不简单啊!”又感叹：“真正是百花齐放啦，像《教我如何不想她》，原来是封存的啦，你这么小就能读到罗曼·罗兰，好呀好呀……”

唯有今天，我的回忆才能连贯下去，因为，到 1957 年，大人告诉我，黄源尹划右，赶出军队了，你以后忘掉他吧。我也就努力忘掉他，却又终于忘不掉，其中一个重要原因，是在那个看过《没有说完的故事》的下午，在那个有葡萄架的院子里，黄源尹拿出一个相机，与他的战友们分别合影，没待我主动要求，他也拉过我，搂住我肩膀，跟我合影，而且，我记得他分明是这样交待的：“里头可是彩色胶卷啊！现在国内还没有办法冲洗，明年有朋友从外面来，我会托他带到外面，冲印好了，人人都会拿到照片！”我曾热切地盼望着，从他那里得到我人生中第一张不是染成彩色而是天然彩色的相片！

“文革”当中，在父亲所在的解放军外语学院，一位从巴西归国的，教授葡萄牙文的女士，被抄家，并且还专为揭露批判她“腐朽没落的资产阶级生活方式”办了一个展览，其中就有她在国外拍摄的天然彩色的照片，除了指斥她穿“奇装异服”，也怒斥她“拍个照片居然也要五颜六色”！

上世纪七十年代末，有同事问我：“你拍过天然彩色照片吗？”我几乎就要回忆起那个葡萄架下的歌唱家了，却自动掐断了回忆，我在很长的一段时间里，都对回忆自设禁区。前些时一位小我十来岁的人士跟我聊天，她说她还是要拼命地清除群殴学校校长的回忆，因为：“那么多人动了手，又不是我一个，我为什么要自惹痛苦？而且，我总关闭那段时间的记忆闸门，因此，一切都模糊了，我觉得也许根本没有那么一回事，起码我自己，只不过是站在一边罢了，根本没有上去动手。”

我坐在沙发上肆无忌惮地回忆，美好的，丑恶的，得意的，沮丧的，说不清道不明，却实实在在是耳闻目睹、亲身经历的，我会欢欣，也会羞赧，我在回忆中陶醉，在回忆中忏悔……对于一个有尊严的生命而言，回忆无禁区，而且，应该与人们分享回忆，将我们各自的回忆整合起来，也许，那就接近于信史。

2013 年 7 月 6 日　绿叶居

也曾隔窗窥新月

我十四岁那年，在一个绿皮本上写诗，第一首叫《绿色交响乐》，被母亲偶然发现，她说："倒有些'新月派'的味道，不过现在是新时代，你不要学那种旧格调！"我驳她："我看过鲁迅文章，知道'新月派'不好，我怎么会去学？何况我到哪里去看'新月派'的诗？我一首也没有见过啊！"母亲也就算了。那一年我订了《文艺报》，那时的《文艺报》4开左侧有骑马钉，是杂志，但封面报头下就刊发文章，又很像报纸，记得有期封面的文章标题赫然是《繁琐的公式能指导创作吗？——与周扬同志商榷》，署名唐挚，父亲瞄过几眼后说："能跟周扬同志商榷？看来真的是推行'百家争鸣'了！"那时《文艺报》为周刊，有期上发表了个座谈会报导，与会者里有个陈梦家，当时已经搞文物研究，但作为三十几年前的"新月派"诗人，又被请出来重返诗坛，他在发言里自称："我是出土文物。"但似乎也还没有马上出版他的诗集。我问父母是否当年读过他的诗？母亲说记得一句："一朵野花在荒原里开了又落了……"父亲说连这句也不记得，但见过照片，是个美男子。我那时就想获悉陈梦家除"一朵野花"以外的其他诗句。

那一年又开始了普选。母亲参加街道工作，为此忙碌。我未成年，没有选举权与被选举权，当然置身事外。如今从人民网上中国共产党新闻栏目查到：1953 年的 4 月 2 日，中央选举委员会发出《关于基层选举工作的指示》和《关于选民资格若干问题的解答》，拉开了新中国第一次人民代表选举的序幕。这两个文件是根据前不久公布的《中华人民共和国全国人民代表大会及地方各级人民代表大会选举法》的要求发出的。这个选举法是新中国的第一部选举法。根据这个选举法，中央人民政府选举委员会作出决议，在年内召开由人民普选产生的乡、县、省各级人民代表大会，并在此基础上，召开全国人民代表大会。文件指出，在基层选举中，必须充分发扬民主，让每一个公民都有选举权，广大人民群众充分行使当家作主的权利。全国基层选举工作，从 4 月开始全面铺开，近 6 亿人参加选举，选出基层人民代表为 550 多万。1956 年下半年，我国举行了第二次基层普选。此次印发的选民证由竖排改为横排。纸张由灰色改为粉红色（这一颜色的纸张一直沿用至今）。印章也由方形改为现在通用的圆形，字体二列横排。1956 年 1 月 18 日，国务院第二十三次会议通过了简化字方案，所以该证书"选民证"的"选"字和"选举委员会"的"选举"二字和"会"字均已采用了简化字。

记得那年夏天，我们钱粮胡同的部分选民，在我们住的那个院子里发放选民证，我在家里隔着有花式隔栅的玻璃窗，能望见那边马缨花树下的景象。母亲自然是张罗者之一。她在回屋取东西的时候，笑对我说："幺幺，隔壁的陈梦家先生在帮忙核对姓名呢，你不看看他吗？"我就赶紧隔窗窥望，于是一位俊逸儒雅的中年男子进入我的视野，他虽然穿的也是蓝布的干部服，但是浓黑的头发梳理得一丝不苟，衣裤和皮鞋一尘不染，一脸蔼然的微笑，在那里与一些人交谈。

三十二年以后，我和唐挚成为了邻居。唐挚是笔名，真名唐达成。再两年以后，我们都赋闲，有时我就去他家闲聊。不知怎么就聊到陈梦家。达成说梦家不仅诗好，还是古文字专家，家里收集的明式家具，价值连城，美轮美奂。我补充说："还是个美男子。"达成淡淡地问："你见过？"我告诉他："那时我家住钱粮胡同35号，是海关总署宿舍，很大的院子，隔壁34号缩进一块，是个小四合院，那就是陈梦家私宅。"达成想了想，摇头："不对吧。北京的门牌，都是路这边单号，那边双号，34号怎么能跟35号挨着？"偏那时候我正研究北京的胡同，就告诉他，原来北京街道胡同的门牌编号都是从一边编起，顺序往前到头拐到另一边，直到七十年代才改成一边单号一边双号的。达成感叹："多少事，经历多少变迁，越往后越难弄明白了！"我就把当年曾隔窗窥望陈梦家的故事讲给他。达成叹道："我那时候糟糕，毕竟是写了大块文章跟周扬叫板。陈梦家只不过是有一次发言，建议文字改革应当慎重。他是研究古文字的，他的意见可供参考啊。"我那时也曾从后来的《文艺报》上见到陈梦家糟糕的报导，但不清楚他究竟说错了什么。达成那么一揭秘，倒令我倏地忆起母亲讲到的情况。母亲说，她去34号院请陈梦家帮助街道核对选民证，陈很高兴，说应该出力，可是就在我们院那棵马缨花树下，有位七十一岁的选民，不接他那张选民证，他说自己七十年来一直姓葉，现在凭什么给他改成了姓叶？如果接过那张证，他怎么对得起葉家列祖列宗？

竟声泪俱下。那一年刚刚公布推广了简化字方案，有的字，确实简化得好，比如把“體”简化为“体”，“人之本为体”嘛，“幣”简化为“币”，也很容易接受，但“樹葉”简化为“树叶”还好，把人家姓氏“葉”简化为“叶”，一时难以接受，也应该理解。母亲当时只把这件事当成一个好笑的插曲道出。她还讲到，陈梦家就建议在选民张榜时，遇到每位姓名中有被简化的字时，后面加一括弧将原来写法列出，不过他的这一建议未被采纳。那么，当年陈梦家之所以在鸣放中发表“文字改革应当慎重”，是否也与他那天在我们院子马缨花树下的遭遇有关呢？

我四十四岁那年，在一个中外文学交流活动里，见到赵萝蕤女士。我知道她是陈梦家的遗孀。但那时候也还没有《梦家诗集》出版（在我六十四岁的时候中华书局才出），我也仍然只是知道梦家有句“一朵野花在荒原里开了又落了”的诗，但我知道赵萝蕤女士恰是美国现代派诗人艾略特长诗《荒原》的中译者，两个“荒原”令我有宿命的惆怅。我那时候也知道赵女士住到美术馆后街她父亲赵紫宸家去了。那次我和赵女士邻座，她知道我，我也知道她，但是她没有问及我的写作与编务，我心里有陈梦家，有《荒原》，有钱粮胡同，但我们彼此没有以上内容的交谈，我们谈及西洋古典音乐，那时候CD盘在中国还远没有普及，我们家里都只有收听大唱盘和盒带的音响，我们各自道出最近最心爱的盒带，她听说我有法国作曲家、管风琴演奏家弗兰克的盒带，眉毛上挑，非常惊异：“你哪里得来的？从巴黎买回的？”我就告诉她，是在金鱼胡同东口对过（现已拆辟为金宝街）的一家国营商店买到的，那一家专卖进口的大唱盘和盒带，时常可以遇到很特别的品种，比如弗兰克的这盘管风琴曲，他们只进口两盒，我买时仅剩一盒，说到这里，她笑道："那盒该是我买啊！不知究竟谁给买走了！"我就表示将我那盒赠与她（我知她父亲是神学家，弗兰克的管风琴曲多为圣乐），她说："哪能呀，咱俩互通有无吧！都允许对方翻录，完了物归原主，好吗？"一言为定后，我首先将弗兰克的盒带换来她的好版本的德沃夏克《致新大陆》，后来我们又有所交换。但这种美好的交往未能持续。我 56 岁时从网上看到赵女士去天堂与梦家会合的消息。下一年，达成兄去世。再一年，赵家那极具文物价值的四合院被强拆。"人散后，一钩新月天如水。"

2013 年 7 月 22 日　绿叶居

悠悠头上走三魂

《二堂舍子》这个剧目，一般票友轻易不敢彩演，因为无论戏里的须生还是青衣，唱、念、做都十分吃重，就是两个配角娃娃生，戏份也很不轻。半个多世纪前的北京大学学生社团京剧社，从排演《拾玉镯》《三不愿意》《打渔杀家》开始，逐步提升难度，又排演了《武家坡》《大登殿》《二进宫》《三堂会审》《二堂舍子》等对专业演员来说也非同小可的折子戏，而我的小哥心化，攻梅派，在这些戏里都出任主角青衣，那时他在学校里课余排戏，休假日回到城里家中，也会穿上简易的水袖褶子，低吟浅唱，揣摩身段，我那时十三四岁，就总给他搅局捣蛋，他呢，并不生气，反拉我为他配戏，比如《二堂舍子》里，他扮演王桂英，我则轮流充当两个打死官府公子闯下大祸的娃娃生沉香与秋儿，岁月如磨盘，但那时学会的道白，竟未碾碎，如今仍能戏腔呐出，王桂英道：打死人是要偿命的呀！我(或以沉香身份或以秋儿身份)回应：情愿偿命。王桂英又道：儿可舍得一双爹娘？我回应：难以割舍！王桂英再道：如是你就去偿命么？再回应：命该如此啊！道白罢要模拟用水袖擦拭眼泪的动作，小哥总纠正我，说是京剧要讲究形式美，那动作不能粗糙，水袖与眼睛的距离既不能太近也不能太远，我不耐烦，而且笑场，他就将水袖一摆，道出韵白：你个小奴才，怎生得了啊！

心化小哥之所以如此痴迷地票戏，是受到家父的影响。家父拉一手好胡琴，会唱须生，而且钟爱奚啸伯的行腔走韵。记得我十三岁那年，天桥剧场梅兰芳与奚啸伯合演《二堂舍子》，家父没有去剧场，而是坐在家中洗耳恭听电台的实况转播，那并不是舍不得票钱车费，记得他说："梅老板嗓音亮丽自不消说，奚先生的嗓音搁在那么大个剧场里，仿佛闹市听箫，就不如还是听实况转播，电台有技术，能把他那洞箫清音滤出播放。"果然，那次的实况转播，令家父有绕梁三日之喜，回味无穷。家父有叹：赏奚腔，最好是能近距离，听其清唱。没想到有个星期五晚上，小哥从北大回家，告诉家父，他们京剧社联系好了，周六就到奚家做客，奚先生会亲授他们《二堂舍子》，我在一旁听见，也很兴奋。

奚啸伯早被称为与马连良、谭富英、杨宝森并列的"后四大须生"（前四大须生为余叔岩、言菊朋、高庆奎、马连良，因前三位或谢世或息演，故有"后四大"称谓出现），他原来也是票友，因为唱得不让科班出身的演员，就下了海，梅兰芳、程砚秋、尚小云、荀慧生、筱翠花等名旦都看重他，请他配戏。高级票友的文化修养，往往比许多科班出身的演员高出许多。小哥他们见过奚先生后回来说，不像是戏曲演员，倒像个大学教授。他嘱咐京剧社的成员，揣摩行腔固然重要，却先要把戏词吃透。他说有的科班出来的，也不能深怪，师傅就缺文化，全凭口传，后来也没补上文化课，唱《空城计》，诸葛亮有句唱词是"我本是卧龙岗散淡的人"，不知何谓"散淡"，以为是"三代"，唱到这句竟伸出三根指头来。他相信大学生绝不会出这样的错，但是，也容易忽略掉对唱词的深入理解，他知小哥将在《二堂舍子》中扮演王桂英，就问：当王桂英得知两个孩儿在学中失手打死了秦府官保，昏死后醒来，有句散板："悠悠头上走三魂"，那"三魂"何指？一下把小哥及同学们都问住了。

后来小哥告诉我："三魂"之说，完全国粹。出自道教。也不止一种解释。最常见的说法，"三魂"指天魂（灵魂，主人的思想意识）、地魂（觉魂，主人分辨善恶的能力及羞耻感）、生魂（主人的身体寿命）。《二堂舍子》是大戏《宝莲灯》里的一折。男主人公刘彦昌曾有人神之恋，天上的三圣母爱上了他，生下沉香，被二郎神以触犯天条压在了华山底下；刘彦昌在人间高中状元，授任罗州知府，又娶王桂英生下了秋儿，此时他们生活正比较安定舒适，忽然天降横祸，两个孩儿在学中看不过秦府官保对塾师的取闹追打，过去干涉，不想沉香失手用砚台将那秦府官保打死，回到家中报告这凶信后，两兄弟争先承担责任情愿偿命，刘彦昌束手无策，请出妻子王桂英来作判断，王桂英毕竟是秋儿生母，不免有所偏袒，但到头来念及沉香特殊来历，放走沉香，忍痛舍去秋儿偿命，当秋儿真被秦府锁走后，心如刀割，欲悔不能，在舞台上，最后王桂英跌倒，与同样悲痛的刘彦昌有互相配合的跪步身段，小哥为那最后的身段，反复排演，演出时，因为融入了角色，神态造型绝佳，博得满堂彩声。

小哥在北大排戏时，常出入燕南园，是去请马宛颐女士指导，马女士本是正式登过台的大青衣，乃北大西语系希腊文教授罗念生的夫人，因此，小哥虽主要受益于马女士，却也从罗教授那里获得启迪。罗教授并不加入马女士给小哥排戏的事宜，但既在他家，过来过去，也不免发表些意见。罗教授那时已经翻译了多部古希腊戏剧，我就是通过小哥，间接知道，去买来他的译本阅读的。罗教授说，京剧里，如《赵氏孤儿》《二堂舍子》，意蕴最与希腊古典悲剧相通，个体生命在被限定的时空中，奋力与命运抗争，虽然往往徒劳，但那种悲壮惨烈，体现出生命的尊严，足令人太息。小哥告诉我，他演《二堂舍子》里的王桂英，因为吃透了"三魂"所指，因此将那段故事里她的心理活动及生死抉择，分层次演绎了出来。"悠悠头上走三魂"，当然是魂不守舍了，但面对五雷轰顶的突发灾难，她分步骤将"三魂"陆续回归，先是"生魂"归位，寻求继续生存的可能，然后"地魂"返窍，对自私产生耻感，再后，"天魂"重现，升华出舍己子保三圣母之子的良善意识，虽然最后如剜心肉，有反悔之闪念，但终究是在命运的打击前，闪烁出成人之美的光辉，当然，就整出《宝莲灯》而言，也是为最后沉香的劈山救母，将人间的正义推及仙界，进行了必要的铺垫。

奚啸伯先生后来遭遇坎坷，偏瘫后于 1977 年仙去，享年六十七岁。小哥那一代人，命运也多有跌宕起伏，他于 2008 年谢世，享年七十七岁。如今我年过七十一了。重读罗念生教授翻译的古希腊悲剧大师索福克勒斯的《俄狄浦斯王》，从电视上观看京剧音配像的《二堂舍子》，不禁回味起梅兰芳那"悠悠头上走三魂"的行腔，有一种浓酽的情怀充溢心臆，就是无论遭遇到什么样的命运，在初期的"悠悠头上走三魂"之后，一定要再努力地将"三魂"回归躯壳。

2013 年 8 月 3 日　绿叶居

曾经的“锦绣年华”

五十八年前，我的二表姐到武汉出差，在招待所里，发现那里面住着一些拍电影的人士，其中在影片里饰演女主角的演员，听说她是北京建筑设计院的技术员，就主动结识她，因为那女演员所扮演的，恰是一位在建筑工地负责施工质量检查的技术员。两个人一拍即合。二表姐热爱文艺，是个电影迷。女演员不但问长问短，还仔细观察二表姐的形象做派。当时北京建筑设计院在西郊，那片地方被称作“新北京”，当时在建筑界最有影响的梁思成，提出了保留老北京、再造“新北京”的规划设想，政府部门以后都要迁往“新北京”，城墙圈里的老北京则保持“半城宫墙半城树”的活文物状态，那规划似乎很快就能被采纳而付诸实施，二表姐告诉那女演员，他们设计院当时的领导是部队转业的，跟工程师技术员们闲聊，坐沙发不适应，把鞋脱了，把双腿挪到沙发上盘着，那是北方人在炕上的姿态，院领导说起建设“新北京”，兴奋不已，宣布：“要靠你们来设计，来落实！今后你们都是‘新北京’的功臣啊！”那女演员听了对那场景的形容，搂住二表姐笑得好欢畅！

那一年我十五岁。二表姐出差回到北京，到我家把跟女演员结识的事讲给我听。她说,那女演员叫陶白莉。好生疏的名字!二表姐就再宣布:“她是陶金的女儿。”陶金!那我太知道了!他演过分上下集的名片《一江春水向东流》啊!二表姐说陶白莉眉眼很像她父亲,才二十出头,非常漂亮。我就问陶白莉演的那部电影叫什么,她说:“最后定下的名字,是《上海姑娘》。招待所里有人议论:肯定卖座,‘上海’就吸引人,何况‘姑娘’,两毛五的票价里,‘姑娘’得占一毛五哩!这部电影,编剧是张弦,导演是成荫。”我说张弦、成荫全知道,二表姐对知道成荫不以为奇,因为那个年代,他导演的《钢铁战士》《南征北战》大家都看过不止一遍。她问:“你怎么知道张弦呢?”我就立刻找出一本 1956 年第二期的《中国电影》,翻开,递她手中,那上面刊登着一个电影剧本《锦绣年华》,署名正是张弦。二表姐调侃我说:“啊呀,原来你人小心大,看《大众电影》不过瘾,还看《中国电影》,你是不是想从影迷变成个写电影剧本的人呀?”那确是我当时怀有的野心。

二表姐和我等着看《上海姑娘》,却不知为什么久久没有上映,也没有什么宣传。大约到了 1959 年初,电影院才安排了它的放映,我去看了,一开演,发现是黑白的,不对呀,陶白莉跟二表姐说过,明明是拍的彩色片呀!演了没几天,也就收起来了。后来知道,是张弦坏了事,电影被认为有“小产阶级情调”,不健康,但耗费了不少资金拍成,毕竟影片也没有更大的政治问题,为收回成本计,洗印成黑白的拿出来演一下。从那以后二十年,张弦销声匿迹,陶白莉也再不出现于银幕。

三十五年前,改革开放了,中国作家协会被砸烂十年后得以恢复,主持了全国第一届优秀短篇小说的评奖活动,我 1977 年年底发表的《班主任》获头名，很兴奋地去领奖，结果在众多的获奖者中，见到了张弦，他获奖的那篇小说是《记忆》，记啊忆啊，人活一世，最不能剥夺的，就是记忆的权利与能力。我和张弦一见如故。我尝试跟他聊聊《上海姑娘》，他只浅笑，不怎么呼应。但是我提到他那个没能拍成的电影剧本《锦绣年华》，他眼睛忽然亮了，有些惊异地问："你看过？还记得？"是的，记得。我现在就还记得，那次领奖后，作家协会安排大家在崇文门外的一家招待所里，连开了几天短篇小说创作的研讨会，有天中午，七八个人没吃食堂，而是跑到崇文门内一家餐馆去欢叙，我坐在了陆文夫和张弦中间，大家喝了不少酒，离席后散步回招待所，忽然张弦想起来，旋着身子问："咱们给钱了吗？"面面相觑后，都摇头。于是大家又一起返回餐馆，餐馆的人觉得很奇怪，怎么酒足饭饱了还要重吃？听说是来补钱的，才哑然失笑："怪我们！因为觉得你们一群文明人，不会出问题，所以你们走了也没理会！"记得后来是陆文夫付的款。那时候大家都觉得年华又似锦绣，告别阴郁，锐意创新。

三十二年前，我终于圆了写电影剧本的梦。北京电影制片厂要把我的小说《如意》搬上银幕，本来戴宗安女士已经完成了一个改编本，并且刊登在了《电影创作》上，导演黄健中觉得火候不够，请我自己再操刀改编，我欣然应命，后来电影拍成上映。一天戴女士忽然来告诉我，成荫要跟我见面，原来那时候成荫正执导《西安事变》，上下集，在当时来说是大制作了，戴女士担任成荫的助理。我很高兴地去见成荫，满心满意想跟他聊聊《上海姑娘》，我知道在执导《上海姑娘》之前，成荫到苏联莫斯科电影制片厂进修好久，《上海姑娘》的情调很明显有1955年莫斯科电影制片厂拍摄的《生活的一课》的印记，我想他是在坚持《钢铁战士》那种阳刚粗犷的风格时，力图拓展自己的艺术功力，融进诗意柔美的意趣。但是成荫见到立即开门见山地说，他要请我看《西安事变》的样片，并且要我写一篇影评给《电影艺术》杂志发表。我吃一惊。当时获得解放的著名影评家不少，新锐的影评人也已涌现，作为大导演的重点片，在电影界权威的杂志上发长篇评论，怎么轮得到由我来写？但是他说服了我，大意是，在新的局面里，他希望他的新作品，能够和锦绣年华紧密地联系在一起，而我，在他眼里，就正当锦绣年华，可以写出与资深评论家不同的文字。我应命写成的评论一字未动刊发了出来，如今收进《刘心武文存》第38卷。

那以后又几次跟张弦谋面。一次笔会，在某风景区，我和张弦各自散步，在池塘边迎面会合，我见他面色如春，是身心大舒畅的状态。坐在长凳上，我们没说什么话，但心照颇久。记得王蒙跟我说过，张弦和他落难后，曾相对默默无一语，只轮流叹声气。张弦的落难，是因一篇并未刊发的小说《苦恼的青春》。青春不许苦恼，年华如何锦绣？落难后的张弦，在马鞍山的电影院里扫地，直到终于复出。后来见到他的作品，特别是先小说后电影的《被爱情遗忘的角落》，就特别理解他如何为自己，更为众生，那被压抑的合理的七情六欲，寻求诠释肯定，和冲决的勇气与出口。二十八年前，我和他在香港相遇，一起消磨了一个下午，他跟我讲起刚访问过的一个国度，他的软幽默，令我忍俊不住。过了几年，忽然有天接到他电话，告诉我他和北京电影制片厂的导演秦志钰结婚了，邀我去北影宿舍他家欢聚。后来他编剧、秦执导的影片连续推出。他终于为自己构筑了最理想的生活。但天公作美总有限度，十七年前，张弦因癌症去世，享年仅六十三岁。

一群麻雀在我书房窗外飞过，它们那断续的叫声，听来总觉得是“去了，去了，去了”。是的，年华在流逝。记忆呢？有的记忆令人惆怅，却也不应任其湮灭。和年届八十的二表姐通电话，在如烟往事里随意捕捞，就互相忆起，“新北京”的规划终成画饼，倒是CDB的摩天楼拔地而起……在《上海姑娘》拍摄成的二十一年后，看到一部电影《斗鲨》，导演是陶金，里面那个中年女特务，扮演者竟是陶白莉，从“上海姑娘”到这女特务，当中二十年她的青春美貌与表演才华与银幕绝缘！而陶金，当今三十岁以下的，所知道的是另一位只活了三十六岁出演过电影《摇滚青年》的舞蹈家。从网络上查张弦，最先跳入眼帘的，是非常年轻的美术家和名模。祝福年轻的一代！却也愿包括自己在内的老去的一代，能和年轻人一起拥有好的生命环境，葆有创造的活力。不分男女老幼，互祝年华似锦绣吧！

2014年春节前　温榆斋

山谷里遍响着流水的琤琮

从网上看到一篇博客文章《中国为何出不了门罗那样的作家?》,文章命意是不能轻视短篇小说而只追求长篇小说的“宏大叙事”,希望中国作家也能像门罗那样以短篇小说表现日常生活并探究心灵的“深洞”。文章的内容我是赞同的,不赞成的是那题目。这题目虽然醒目,也属于“宏大叙事”,试图以门罗获诺奖一事,来对中国作家下一个全方位的判断针砭,这样讨论问题,窃以为会缠夹不清的。按此逻辑,则以《加拿大为何出不了莫言那样的作家?》为题写篇文章,奉劝加国作家不要孳孳于以短篇小说去探测“覆盖着厨房油毡的深洞”,更要重视魔幻现实主义长篇小说的创作,似乎也挺过瘾。其实当代中国作家写短篇小说的大有人在,那篇博客文章里也提到林斤澜,林就是一位短篇小说大师,堪称中国的契诃夫,他没出过长篇小说,中篇小说寥寥无几,一生致力于短篇小说,积累起来的数量也很可观。我 1978 年结识林斤澜以后,就尊称他为林大哥。2008 年他病重住院,我去看望他,大声呼唤:“林大哥,心武看你来了!”他睁大眼睛望着我,几秒钟后,忽然现出一个灿烂的微笑。就在我离开医院约一小时以后,林大哥驾鹤仙去。他赠我的，我自己买的，那些他的小说集，是我枕边常备书。林大哥虽去了，像他那样基本上以短篇小说为主业的中国作家，写日常生活，探究人性中的“深洞”的，我想起来的，至少就还有刘庆邦、曹乃谦，庆邦还曾亲得林大哥指点。

契诃夫曾有那样的话，大意是大狗小狗都有叫唤的权利。“犬吠水声中，桃花带雨浓”，我们需要对大大小小形形色色的造美者都予以尊重。林大哥是美男子。抗战时期，作为流亡学生，在重庆成为舞蹈家戴爱莲的学生，攻芭蕾舞。那时他只有十七八岁，戴老师有时会带些学生参加文化界的活动，因之他得以目睹那时重庆文化界不少人士的风采。多年后他与我闲聊，有回就说到冯亦代。冯比林大十岁，那时候他的正式身份是印刷厂副厂长，当然也有若干社会团体的头衔，经常参与进步文化界活动，他写杂文随笔，翻译海明威的作品。林大哥跟我形容，他所看到的冯亦代，三十来岁，西服革履，鬓如刀裁，面若美玉，风流倜傥，谈笑风生。但是到上世纪八十年代我见到冯亦代时，却分明是一位眼袋突起、面有褐斑的老人，不过双眼依然炯炯有神，总是笑眯眯的。

1978 年我参与《十月》的创刊，编辑部派一女士去找林大哥约稿，去时见林大哥正坐在小板凳上，俯身椅子进行写作，“远看他像赵丹，近看像孙道临”，现在 80 后、90 后可能不知赵、孙何许人了，上世纪六十年代，他们是全国电影院统一悬挂的 22 位大明星中的两位帅哥明星，林大哥一人兼具两位帅哥之美，非同小可！后来我请他到寒舍小酌，说起那位女士对他的印象，他先呵呵一笑，忽又正色对我说：“人不可自以为美，美是脆弱的！”他回忆起上世纪五十年代初，那时候他是北京人艺的编剧，他写出的剧本有人叫好，出过单行本，但是从未搬上过舞台，他告诉我，那时候著名的小说家路翎，也写剧本，有一次戏剧界人士在老北京饭店宴请苏联戏剧家，他忝列末席，观察到位列前席的路翎，俨然美男子，也是西服革履，扎着领带，其潇洒俊逸，不让当年在重庆看到的冯亦代，当时路翎微醉，举着盛葡萄美酒的玻璃杯，很销魂的模样，给他留下非常深刻的印象。但是两年以后，路翎就作为“胡风反革命集团”的主犯锒铛入狱，多年后刑满释放，住胡同杂院一间破屋，衣衫褴褛，满脸皱纹，每天需扛大笤帚扫街。改革开放以后，“胡风反革命集团”分几步平反，路翎重返中国作家协会，在虎坊桥分到了宽敞的住房，我后来成为《人民文学》杂志的负责人，去往虎坊桥找一批包括他的作家约稿，在作协那栋住宅外面的街上，见到一个两眼发直、脊背佝偻的老人，衣衫倒整洁，那愣愣地朝前痴走的模样，令我惊异，后来知道，那正是路翎。他也还能写作，他的短篇小说《钢琴教师》，后来刊发在了《人民文学》杂志上。我亲眼见到的路翎，那形象给予的刺激，使我想到《红楼梦》里的“好了歌”及甄士隐的解析，想到了曹雪芹祖父曹寅说过的“少年色嫩不坚牢”，这句话被曹雪芹的合作者脂砚斋写进了《石头记》的批语里。

1985年春，忽然有一天冯亦代找到我，赠我一本三联书店所出的他的《龙套集》，而且说，《人民日报》副刊打算推介他这本随笔集，让他自己找合适的人来写书评，他说想了想，打算请我，不知我是否愿意？我的第一反应是不敢当，他长我几乎三十岁，而且我知道，跟他一起经历过时代冲刷有过类似悲欢的文化界人士那时健在的还很多，这个“瓷器活儿”应该由那些有“金刚钻”的长辈来揽，我算老几？怎堪承接？但是他诚恳地对我说：“看了你的一些作品，觉得你应该是能够理解我们这些老龙套的！”于是想起我跟他的初识，是在叶君健先生家中，他们1949年以前都属于进步的文化人士，1949年以后都在党外为党出力，他们不是共和国文化主流里的主角，都属于跑龙套的一类。当然叶先生因为翻译了安徒生童话属于“大龙套”，冯先生则更接近于戏曲舞台上的“零碎杂角”，他们本来都是有大本事的人，比如叶先生在上世纪四十年代根本就是英国著名的索尔兹伯里精英圈里的人物，跟维吉尼亚·伍尔芙是一个沙龙里的文友，那时以世界语、英语写出的《山村》等小说很获好评，但是1949年以后他放弃了成为英国作家的灿烂前途，毅然回到祖国，甘居边缘；冯先生原来是个成功的文化运营者，也具逶译全套英语名著经典的能力，后来却也甘愿在中外文化交流的事务中打杂。他们磕磕绊绊地穿越了诡谲的世道，迎来了改革开放，但就有跟我一辈的人，对他们深为鄙夷。我理解了冯先生的心思后，欣然受命，细读他的《龙套集》后，以《池塘生春草》为题，写了书评在《人民日报》发表。在他2005年谢世的前五年，我见到他出版的《悔余日录》，他对自己被划右后充当“卧底”一事——就是通过接触塌台的政治人物，向有关部门报告其思想动向——自我曝光，有人读到深恶痛绝，有很严厉的批判，但是我觉得他自我揭发，也就是表达了忏悔，我们这些没有因他当年的行为受到伤害的人，应该能比较冷静、客观地对待所谓“卧底”的事。那是被伤害者的悲剧，也是冯亦代的悲剧，除了政治，还有很多复杂的因素，我比较愿意从脆弱的个体生命的生存困境这个角度，以大悲悯的情怀，来看待冯亦代晚年勇于公开自己当年日记的行为，读他的那些日记，我们可以了解人性在苛酷的生存环境里，其中的善恶等因素在如何激荡，那种痛苦挣扎令我们不忍自居审判者，去予冯亦代那样的生命存在挞伐，而宁愿把他的那些文字当作一面镜子，来检视自己人性的弱点。

最近重读冯先生根据英语译出的挪威作家西格丽·恩赛特的散文《挪威的欢乐时光》，里面写到春天来临，“山谷里遍响着流水的琤琮”，忽然联想到许多许多。“中国为何出不了……”那样的宏观思考非我所能，我无法鸟瞰大江的奔流，但我愿把我所知道的中国几代作家的秘辛絮絮道出，也许，那些细琐的溪流里的琤琮音响，也能有助于理解直到如今我们还共同置身其中的这个空间，以及它在人性深处引发的种种复杂效应。

2013 年 10 月 26 日　温榆斋

弹一曲没弦的琴

人的记忆里会有痛点，这痛点往往出乎他人的意料。人们在公开的发言或文字里，多半会对逝者奉献记忆中的暖色与谢赞，在私下的交谈或私信中，又多半会对与逝者接触中所呈现的冷色有所不悦不敬。公开回忆文字其实并非易事快事。把所经历的人与事严格地还原，会招致误会訾议，但若要令真人真事真实地储留在历史中，则必须克服自我人性中弱点，又勇于面对看官人性中的弱点，把那记忆里的痛点照直写出。

韦君宜，我这辈人私下里多有称她为韦老太的。近来从报纸副刊上看到所连载的冯骥才的《凌汛》，对改革开放前后的韦老太有许多生动而温暖的回忆。这确实是一位值得以暖色描绘的老革命、老作家、老编辑。冯骥才对韦老太扶植他进入文坛感恩之心溢于言表，应该的，读来暖心。其实最应该感恩，而且也早多次以文字表达了感恩之情的，是王蒙。1956年王蒙在《人民文学》杂志发表了《组织部新来的青年人》（原题目是《组织部来了个年轻人》，发表时编辑部调整了题目并且在最后改动补充了若干关键文字）以后，当时韦君宜和黄秋耘在中国作协主持《文艺学习》杂志，立即开展了影响非凡的讨论，所引出的动静很大，上至毛泽东，下至普通读者，当然还有许多评论家和作家，对这部作品都有所评议。鉴于毛泽东对这个作品表达了基本肯定的态度，所以，这个作品本身并没有导致王蒙的落难，但 1957 年的大形势下，王蒙还是倒霉了，韦君宜岌岌可危，要不是当年在延安与她共事的胡乔木打电话到中国作协，进行政治担保，韦君宜也跟王蒙归为一类了。但是韦君宜自身情况稍有好转后，便不时给予王蒙温暖、伸出援手。1962 年初，韦君宜主动通知王蒙，他那部 1957 年初已经开始在上海《文汇报》连载并已由人民文学出版社发稿，却由于情势突变而夭折的长篇小说《青春万岁》，正考虑安排出版。但正如 1957 年一样，上半年觉得没问题的事情，下半年就绝不可再做，《青春万岁》再次夭折。王蒙 1963 年决定去新疆，临行前韦君宜对他鼓励有加，在王蒙自传第一部《半生多事》中，他写道："韦君宜支持我去新疆，并说一个是去新疆可以写一些少争议的题材……一个是，她说，我可以改变一下那种比较纤细的风格。"1963 年底，王蒙全家乘火车，经西安奔赴乌鲁木齐，那远行的人际温暖里，韦君宜的份额不是一个微小的量。

我是在改革开放以后才接触到韦老太的。那时候我这一茬的青年作家里，流传着关于她的许多趣闻。其中一条是 1935 年的"一二·九"运动里，呼吁抗日的游行学生，被军警赶进了景山，四围高墙，大门紧闭，爱国学生奋力反抗，韦老太当时当然不老，乃妙龄少女，却也攀到墙边大树上，大声斥骂墙外军警，学舌的模仿她愤怒地爆粗口，令我辈大为仰慕，因为我辈那时都读过长篇小说《红岩》，觉得她的气概不让书里那位"双枪老太婆"，因此，韦老太之称绝非不敬倒是美称。当然后来学舌者被我诘问：你那时尚未落生，哪里听来？他告是某革命前辈所述，此传说虽然真伪待考，但韦老太首先是个性格带棱带角的老革命，则是无可置疑的。

1978年初，那时我是北京人民出版社（现名北京出版社，不是跟人民文学出版社长期在一个楼里的那个人民出版社）的一名编辑，忽然接到一个电话，是韦老太打来的，口气很硬，让我马上到朝内大街166号人民文学出版社她的办公室去一趟。我去了，办公室就她一个人，她见了我就把我批评了一顿。由于我事前毫无思想准备，那大我二十五岁的"双枪老太婆"的气派，竟让我憋屈得流出了眼泪。我当时的委屈是，她批评我对境外访问者应答有错，如果有错，也应该是由我所属的单位的领导找我谈话，或者是当时负责这类事情的三联书店的老总范用（那次访谈是他安排的）来批评我，而且我知道范用的办公室那时候就在同一栋楼里，我本以为她找我去是为了写作上的事情，而且那时候我们出版社正筹办《十月》，我也正好跟她约稿，万没想到却是她把我当面数落一通。我一憋屈流泪，轮到韦老太不知所措了。她本良善，绝非要我那么难堪。她态度很快柔和下来。她回忆起1939年在延安编《中国青年》杂志种种情形，我们也就渐渐能自然交流。最后她送我出办公室，并答应给《十月》写稿。那以后无论我自己单位的领导还是范用都没有对我那次访谈进行批评。但是我对朝内大街166号，也就不可能有大冯那般提起来就春意盈心的共鸣。

后来中国作家协会恢复了，有了外联部，不时组织一些跟境外作家交流的活动，有时韦老太会跟我同时被邀去参加，她会穿上旗袍，衣领下别一个不小的银制花形胸针，因为我心里总梗着“双枪老太婆”的印象，见了多少有些惊诧。我有点躲着她，她却似乎很愿意跟我攀谈。印象深的，是一次她对我说：“现在从美国回来的那些人，其实当年在大学里都是功课不怎么样的。像我们功课好的大都参加革命了，他们功课不好的那时候大都出去留学了。”1984年我的长篇小说《钟鼓楼》在《当代》杂志分两期连载，韦老太很快在《光明日报》上发表了赞扬鼓励的书评，我打电话去表示感激，她说：“我是先看后半部，觉得有意思，才找前半部来看的。”后来她出版了《露沙的路》，立刻签名寄赠给我。再后来，她病得不行了，抱病完成了《思痛录》，一天忽然有人按我家门铃，开门见是一个憨憨的小伙子，对我说：“妈妈让我把书给你送来。”我见扉页上有她歪歪扭扭的签名，感动莫名。我让她那儿子进来坐下，想多聊聊，对方却只是憨笑。于是我明白，这就是那个她和夫君杨述双双被打倒后，被一些借势欺人的家伙打傻了的那个儿子，我眼睛潮湿了。

前些时王蒙邀我去他家跟他和新婚的妻子单三娅小聚，三人闲聊，不知怎么就提到了韦老太，我说，我注意到，有一件事，在王蒙的回忆录里有，在仙去的瑞芳嫂的回忆录里也有，而且，在王蒙的长篇小说四部曲“季节系列”里，又化为了一个情节，那就是，支持鼓励王蒙多年的恩师韦君宜，忽然呈现出她人性中阴冷的一面，在王蒙自传第一部《半生多事》里，他这样忆及：“已是‘四人帮’垮台后，芳去北京探亲，我仍要她去看望一次韦君宜，韦对芳也是一句话也没有，直到芳干干地告辞，说是她说了一句：‘代问好。’整个拜访，得到的就是这三个字。芳说……她认为自己从来没有受到过这样的侮辱。"行文中之所以用了"我仍要她去"、"也是一句话也没有",那是因为,1975 年韦君宜以人民文学出版社负责人的身份去乌鲁木齐,王蒙找到她的住处,感恩之心热似火,说了许多的话,但韦君宜几乎不跟他对话,只冷冷地说了几句,其中最锥心的是:"你现在不能写作。"

一个投身革命的大家闺秀,一个不仅可称编辑家,而且自己的散文小说也写得非常出色的作家,为什么在历史的那个节点上,对以前关怀备至的晚辈作家夫妇,忽然呈现出那么阴冷的面目?前些时在王蒙家谈及时,王蒙感叹说:"那种你兴冲冲去拜望她,她却面无表情,一句话也不说,只等你自己意识到必须离开的情景,确实像掉进冰窟窿。但是后来我也理解了,其实她心里对我还是好的,哪怕能看到一丝我的希望,她也不会那样啊。"而直到她在北京朝内大街 166 号里扶植大冯创作《义和拳》的时候,她对王蒙那样的作家重返文坛的可能性还是没有看到一丝希望。她何以会对有的事情那般绝望?

2006 年,我应邀到美国讲完《红楼梦》乘航班从纽约飞回北京,太巧了,旁边正好坐着韦老太的女儿杨团,我们攀谈起来。父母都为组建中国新民主主义青年团(后改名中国共产主义青年团),并为编辑团刊团报奉献了生命黄金期,但是先是在"抢救运动"里被诬陷打击,后来更在横扫一切的运动里被抄家批斗,韦君宜虽然在粉碎"四人帮"前重新启用,在人民文学出版社签发"新人新作",但是,她后来在《思痛录》里,对那段编辑史进行了痛彻的否定与忏悔,"四人帮"被粉碎前,已有一些被打倒的干部得到解脱,粉碎"四人帮"以后,平反运动中的冤假错案更是天天有新的进展，而她的夫君杨述，却一度被罩在“两个凡是”下，不得平反，你想韦君宜是什么心情？后来我读到她在七十年前的“抢救运动”中身处困境时写的两首诗，一首古体《四三年审干后作》：“小院徐行曳衫破，风回犹似旧罗纨；十年豪气凭谁尽，补罅文章伏笑谈；自忏误吾唯识字，何似当初学纺棉；隙院月明光似水，不知身在几何年。”一首新体《家》：“家呀/让我再呼唤这一声！/我们对得住你/你愧对了我们/世界/人生/革命/学来好大个聪明！/如今/已变成无家的流民/夜晚寻不上宿头/让我弹一曲没弦的琴/你听/站在旷野里/呆望着/最远的星星”。经历一次劫难从绝望中复苏过来已属不易，没想到还要重复经历而且烈度更大，你想她人性中的良知良能，被挤压到了怎样的程度？在那个历史的节点上，她那样以绝对的冷漠对待王蒙夫妇，也就实在不难理解了！她是在“弹一曲没弦的琴”啊！她在生命的最后时段写出《思痛录》，“银瓶乍破水浆迸”，是想给后人留下警世涤心之音啊！

2014 年 3 月 20 日　温榆斋

写熟悉的，写相信的
——追记拜访沙汀艾芜

“那件事，你就不要问了。”林大哥听说我要去成都，笑呵呵地嘱咐我。

怎么可能不问呢？当时只觉得那是一桩趣事：1961 年，五十七岁的艾芜领着三十八岁的林斤澜和一位三十郎当岁的女作家，一起到云南体验生活。艾芜年轻的时候曾从云南浪迹缅甸、马来西亚，1932 年出版了根据那段生活写成的富有传奇色彩的《南行记》，三十来年后他旧地重游，领着林大哥和那位女作家抵达中缅边境，住下来观察体验世道风气的变化，本是再自然不过的事情，而林大哥那时候是初到云南边陲，满眼新景，满心欢喜，一天夜晚与艾老对酌，把酒论文，胸臆大畅，酒后精力充沛，遂取傣族长刀，在大榕树下舞动起来，那本也是文人浪漫常态。没曾想，回到北京，那位女作家竟向中国作协举报，说那天林斤澜表现异常，有越境叛逃之嫌。作协立即展开调查，首先当然是询问艾芜，艾芜担保林斤澜绝无叛逃境外之想法，更无丝毫相关的可疑举止。那位女作家，却在很长的时间里，都觉得自己的怀疑举报，正体现着“阶级斗争的弦应随时绷紧”的义正品质。

1986年秋天，我以《人民文学》杂志常务副主编的身份到成都组稿，特别用两个下午的时间，分别去拜访景仰已久的老作家沙汀和艾芜。说实话，去见他们，约稿倒在其次，主要是欲一睹风采，并从言谈话语间，捕捉些创作经验。他们都是1904年出生的，与我父母正好同龄，那一年都已经八十二岁了，执笔自然已经有些个困难，但思维依然条清缕晰，谈吐兴致盎然。

那时沙、艾二老都住在成都作协的宿舍大院里，家中朴素无华，没有任何一样东西令我眼睛一亮镶嵌在记忆里，但他们本人都却仿佛充满气根的大榕树，给我留下独木亦可成林的深刻印象。

头天下午是去拜访艾老。我告诉他自己非常喜欢《南行记》和《南行记续篇》，也看过他到鞍钢体验生活写成的长篇小说《百炼成钢》，他笑道："你怕不喜欢啊。你知道吗？我原来还打算写个修造十三陵水库的长篇哩，素材一大堆，提纲都有了，终究还是放弃了。"我开头有些拘束，艾老平等地跟我交谈，蔼然可亲，随意而又真挚，我也就渐渐放言不羁。聊到川籍作家，我们都推崇李劼人，艾老说："你看《死水微澜》多圆熟，《暴风雨前》也不错，到《大波》，就好比绣工虽好，裂成片片，不成整幅了。"于是归纳道："作家还是要写熟悉的东西。"我回忆起读过的老作品里，有叶永蓁的《小小十年》，写加入和离开黄埔军校的故事，还有穗青的《脱缰的马》，写抗日时期一个逃兵归队的故事，还有欧阳凡海的《无辜者》，写底层包括穷困的知识女性生存的艰难，看得出，这些作家写的都是自己经历过的生活，因为熟悉，所以生动。但是艾老又说，这些作家，大都一部力作之后，就沉寂了，因为作家总写自己，总写自己所熟悉的，会写空的，因此作家去自己小世界之外的大社会里，体验大时代的新东西，也就实在必要。问题是，往往又会遇到问题。那问题是什么？他只含蓄地告诉我："要写相信的。"后来我常常回味艾老的这话。再读《大波》，我就悟出，本来李劼人是可以还像《死水微澜》那样，写显微镜下看到的真实，但是执笔整理《大波》时，就仿佛有无形的手，非要他写出大全景，道出"历史规律"，他就为难了，他只能有限度地写，"写相信的"，拿不准的，不相信的，就回避，于是文本就碎片化了，真的很可惜。回顾我自己的写作历程，真真惭愧至极，1977 年之前，写熟悉的、相信的甚至独立思考的文字不是一点没有，但发表都极难，于是为了追求公开发表，就去写自己并不真正相信的。那天跟艾老交谈甚欢，不知不觉两个多小时就过去了。觉得艾老有疲惫之态，赶紧告辞。但是走出院门以后，猛然想起，竟忘了问及那年林大哥边境小村月下舞刀的公案，难道单为这事，再去叨扰艾老吗？遗憾！

第二天下午去拜访沙汀。艾芜原名汤道耕，沙汀原名杨朝熙，沙汀这个笔名，应该是"砂丁"的意思，砂丁也就是矿工，在"劳工神圣"口号响彻神州的大革命时代，取这样笔名再自然不过。沙老 1927 年就加入了共产党，原来见到 1938 年入党的老革命就觉得资格了得，比起沙老来"三八式"却得算是后进了。艾芜和沙汀同年出生，是四川省立第一师范学校的同窗，1931 年在上海邂逅，抵足而眠，彻夜论文，并且联名给鲁迅写信就小说创作题材讨教，鲁迅先生很快给了他们回复，这是现代文学史上著名的篇章。但是我是直到近年才知道，艾芜这个笔名的取意，却是来自胡适的一句箴言："人要爱大我，也要爱小我。"艾芜应是"爱吾"的谐音。比起"砂丁"自居，"爱吾"的命意确实颇为"布尔乔亚"（小资），这恐怕也是艾芜直到沙汀党龄已经逾半个世纪后，才入党的一个缘由吧。

艾老给我的整体印象，是清癯儒雅。我以为沙汀会具有我想象中的老革命风范，谁知见到了，交谈了，却越来越觉得他像是成都茶馆里的普通老人。他知道我生在成都，问我重回成都的印象，去没去茶馆的旧竹椅上坐坐？结果我准备请教他的文学创作问题竟都没有来得及提出，倒是一起津津有味地聊起了成都风情。我说我在望江亭露天茶座，看到几个掏耳朵的师傅游弋在茶座间，有的茶客就招呼那师傅给掏耳朵，那么长的耳挖子，师傅专注得歪起嘴巴，顾客受用得眯起眼睛……沙老就笑："对头，对头。"我说读过他的长篇小说《淘金记》，里头有个何寡妇，记得在他笔下，就特别写到发髻上插个耳挖子，有时候还要取下来用一下，给我留下鲜明的印象，只是不记得那耳挖子是银的还是锡的还是别的什么材质的了，沙老也不澄清我的模糊回忆，只是说，写现实主义的小说，就是要注重细节，要逼真的细节，缺了这个，拿概念来搪塞，胡乱想象，那都是不行的。回想沙老的那些作品，白描的功夫了得，真个逼真到家！

那年从成都回到北京，就准备第二年杂志的改版，谁知常务副主编的身份刚转换成主编，新的杂志甫出，就酿成一个事件。哪里还顾得整理拜访沙、艾二老印象。又过两年，居然有人诬告我要叛逃。不论我走红还是倒霉总对我关照的林大哥感叹："有的人对别人的想法就那么阴暗。你现在遇到的更是荒诞，恐怕是还有私心。”更滑稽的是，一前一后诬我们要越境叛逃的，一度竟又有着极其亲密的关系，而他们亲密时，林大哥和我对他们则都十分友善。

二十八年过去，今天才终于从容地把拜访沙、艾二老的情形追记下来。沙、艾二老 1904 年同生于成都附近，又同于 1992 年仙逝，一个自命矿工，体现出亲和社会脊梁的霞色理想，一个既爱大我即族群，也珍惜自我保持尊严，他们交融互补，是文学史上必将永镌的双子星座！

2014 年 6 月 27 日　温榆斋

在边缘微笑

三十五年前的1979年，一般中国人是很难有出国机会的。我有幸在那年夏末参加中国作协代表团到罗马尼亚访问，那是一度被“砸烂”后又“锔合”的中国作协派出的第一个访问团。团长是老诗人严辰（1904—2003），团员是鄂华（1932—2011）和我，还有文化部的一位翻译。鄂华在吉林省文学界无人不知，但是在全国范围内，从那时候到现在，知名度似乎都没达到所谓“一线”程度。中国作协复苏后，乘改革开放的春风展拓中外文学交流，第一次组团就特别安排鄂华，是很有道理的。因为鄂华在上世纪五十年代和六十年代初，是以写外国题材小说见长的一位作家。那个历史阶段“百花齐放”实施中的风雨盛衰整体评价另说，但鄂华所写出的那些外国题材的小说，他自称，许多人，包括我也认同，可算是“第一百零一朵花”。那样的取材，那样的写法，真的很特别，在那个时代属于在百花园的边缘上静静地绽放。当然，在那个历史时期，他的那些外国题材的篇什，多半是抨击法西斯、呼吁世界和平的主题，但他笔下所描绘的外国，不是东方的朝鲜、越南之类，而多半是欧美，尤其是西欧。直到1979年以前，鄂华并没有出过国，他对外国的描写，主要依仗文字资料、图片资料和有限的影视资料，从中生发出想象，然后透过笔端，开出他那“第一百零一朵花”来。

罗马尼亚在东欧，当时还属于社会主义国家，跟苏联的关系紧张，跟中国十分友好。到达布加勒斯特，我们都很兴奋。我第一次在那里看到了把大西洋放在中间的世界地图，中国竟被“挤”到了地图的最东侧，从视觉到心头，很是震动。布加勒斯特没有布拉格、布达·佩斯那么富有古典美的震撼力，其城市建筑先被苏联模式嵌入，北京和上海现在仍健在的原来称苏联展览馆的以尖剑高举红星，就是这类建筑最典范的营造高潮的方式；后来，罗马尼亚和苏联闹翻，跟美国交好，于是又有了美式摩天楼酒店，我们所下榻的多洛班济酒店就是其中之一。但是，毕竟罗马尼亚是一个欧洲国家，西欧与东欧在历史上就宗教文化包括建筑而言，是交融得相当充分的，布加勒斯特也就仍然有着非常多的欧洲古典风格的建筑，哥特、巴洛克、洛可可等众多的文艺复兴前后的，以及古典主义、浪漫主义、新古典主义风格的建筑都可以见到，也有某些现代派建筑会闪入眼中，对于被长期锁国禁锢、对西方缺乏感性认知的中国作家来说，实在是大饱眼福。一路上我和鄂华总合住一间酒店标准间，临睡前交流见闻心得，我把见到地图上中国“挤”到一侧的新奇感道出，鄂华就说，二战之前，布加勒斯特有“小巴黎”之称，我们可以在这个东欧国家，窥探出东西欧相通的那些元素。

那次接待方用一辆面包车，在一位罗马尼亚作家和一位司机陪同下，把整个罗马尼亚转了一圈，其中一站，是特尔古·日伊乌市，在那里，有雕塑家布伦库什（1876—1957）的著名作品。那时候也是刚从“砸烂”噩运中得以“锔合”的中国《世界文学》杂志，在1979年4月号封底上刊出了一幅布伦库什的抽象风格铜雕《波嘉妮小姐》，因此我们都事先知道了布伦库什在世界美术史上的巨擘地位。《波嘉妮小姐》只是个小品，而他在特尔古·日伊乌的作品，穿越全城，堪称世界上最宏伟的雕塑巨作，欧美、日本都有研究者为之写出厚厚的专著。首先是在全市中轴线公园里的“默悼之桌”，低于一般桌面的直径两米的大石桌周围，是与之距离稍远的十二只沙漏状石凳，人们可以坐在那石凳上，低头凝视桌面，默悼流逝的岁月和仙去的亲人，然后，站起来沿着桌前的林荫道前行，道旁是与那些石凳对应的沙漏状造型，桌边的十二只石凳代表一年的十二个月，道两旁各三个一组共四组的石凳则代表四季，但第四组前面，偏又多出一个半石凳及一段“留白”，仿佛文章中的省略号，意味着还会有更多四季来临。再往前，则是相当高大的“吻之门”，这石材雕就的厚重大门上，有许多抽象的“吻”的符码，以及取材于罗马尼亚民间舞蹈霍拉舞的曲线装饰，雕塑家希望人们观赏并穿过这座大门时，能意会到吻即是爱，而爱是人类健康发展延续的内驱力。千万不要以为这组雕塑到这里就结束了，不，我们乘车穿越全城后，在中轴线远端，看到了这组雕塑最激动人心的高潮部分，那是以合金铸就的“永无休止之柱”，全柱以沙漏状的连续叠加与升腾达到三十米，顶端给你“并未终结”的感觉，意味着人性善美与人类大同的提升是没有止境的。我们全被布伦库什这组了不得的作品征服了。那晚回到酒店，鄂华让我先洗澡，我洗完后见他伏案认真地写着什么，还没有问，他就转过头，笑眯眯地对我说，要及时记下观摩布伦库什这组巨雕的印象。那晚我们入睡比较晚，聊到苏联的电影导演爱森斯坦(1898—1948)和他那谴责镇压革命的《战舰波将金号》，西方右翼的文化人也对之一唱三叹，承认他是电影“蒙太奇”的发明者；又聊到最后选择东德定居的戏剧家布莱希特(1898—1956)，西方文化界更是尊他为表现主义的祖师爷，那时中国青年艺术剧院正排演他的《伽利略传》，我们都准备去看；还聊到我们中国穿越过几个时代的梅兰芳(1894—1961)，从达官贵人到市井百姓，从苏联另一国际公认的大导演普多夫金(1893—1953)到美国好莱坞电影泰斗卓别林(1889—1977)，无不对梅兰芳的舞台艺术激赏……这就说明，艺术家段数高了，是能超越政治，超越意识形态，超越东西方，超越时空局限，达到融通致远的。

我们曾到罗马尼亚最西边的小城蒂米什·瓦拉，登上当地一所教堂高高的钟楼，在那钟楼宽阔的石栏上，用箭头标识出一些西欧名城的方向及距离那个地方的公里数，其中指向西北有巴黎，我不禁和鄂华对了个眼神，他依旧笑眯眯，但我们心照不宣，都在想：什么时候也能去巴黎一游呢？

鄂华和我都是改革开放的受益者、幸运儿。从罗马尼亚回来不久，他就又出访了澳大利亚。我则很快又去了日本、法国和西德。我们也曾邂逅。但是，我注意到，鄂华及时地调整了他的写作路数。改革开放以后，打开门窗，西方文化蜂拥而入，看翻译过来的外国人写的外国小说还忙不过来，谁会再通过中国人写外国故事去认知外国呢？他那“第一百零一朵花”，也就没有再栽种下去。但他和我一样，从小热爱文学，他大学学的是化学，却心甘情愿以文学为正业，后半生一直定居在长春，孜孜不倦地写出一部又一部的作品。上世纪八十年代以后，他写太平天国的石达开，写打捞大洋深处宝藏，写景德镇瓷工……有的还拍成了电影，但是，在中国作协开始操办各种评奖活动以后，无论长、中、短篇，他似乎都没有获奖，只有儿童文学作品获过奖，他依然只是在边缘发光。

三年前，从媒体上看到鄂华去世的消息。他的遗像，从网络上能够查到不少，从标准像，到社交场合的留影，从青年时期，到老年，他总是笑眯眯的。一位吉林的中年编辑告诉我，在吉林，鄂华没有对头，他对影响超过他的后起之秀只有扶植从不嫉妒，他对各类新的文学尝试总抱着支持包容的态度，他的微笑，在吉林是有名的，“那是一位微笑着生活的好人”，鄂华一直在边缘微笑着，淡泊奖项，谦和礼让，写作只因爱好，随缘执笔，从容塑美。从旧相册里找到他和我在罗马尼亚的合影，我身上的西装掩不住土气，而他那微笑，却是十足西方绅士味儿的。

就在我检索旧照片的当口，忽然接到一个电话，是一位亡友女儿打来，唤我刘叔叔，预祝我生日快乐，我问她在哪里，答曰和她先生在巴哈马度假！

哇噻，回想 1979 年，那时鄂华和我，觉得能去巴黎已属不易，而现在的中国富裕人士，自费出国旅游不是非分之想，去普罗旺斯亲近薰衣草，去阿尔卑斯山滑雪，去南极观帝企鹅，乃至周游列国，都大有人在。我望着那张和鄂华的合影，顺便问她：“你知道作家鄂华吗？湖北简称的那个鄂，他本是湖北人，原名程庆华，这个笔名有湖北花朵的意思。”她说：“喂呀，好难的题目。真想不起来！不过，一个人，又何必非得让天下人全知道全记住呢？比如，刘叔叔，这边见到的几个中国人，就全不知道您。有我这样的晚辈挂念您，不就挺好的吗？”听了那话，如醍醐灌顶。其实，我也早就边缘化了，之所以还写作，只是因为那是终身爱好。从鄂华的微笑中汲取营养吧。他那在边缘微笑的留影，沁入我的心灵，我要在边缘中淡定，心灵的微笑既是与世无争，也是节操的持守。

2014 年 8 月 22 日　绿叶居

太庙拾翎

太庙在天安门东边，明、清两代是皇家祭祖的地方。我自1950年八岁随父母来京，定居于此已有六十四年，可谓已把京城“十二栏杆拍遍”，太庙当然也是多次去过的空间。

1955年，我十三岁，正上初中，那时就热爱文学艺术，因此，当知道劳动人民文化宫里面有印度美术展，就乘“当当车”（司机脚踩响铃的有轨电车）去观看了。劳动人民文化宫就是原来的太庙。那个大型展览就在太庙的大殿里举办，沿着以活动木墙隔出来的迂回廊道，特殊布光照亮着琳琅满目的印度美术佳作。有一幅尺寸不算很大的油画，题目是《绿色交响曲》，把印度田园那层次丰富的绿色之美，表达得酣畅淋漓，我驻足凝视良久，小小的心，深受浸润。回家的路上，联想起曾和小伙伴们手持鱼竿、捕虫网，在京郊田野玩耍，也曾被自己土地上的各种绿色唤起浓酽的美感，于是手痒，回到家就写了首《绿色交响曲》的诗，第二天上学的路上，投入邮箱，希望《北京日报》副刊能够刊登出来，没几天，人家回信了，原稿退还，附一封油印的统一格式退稿信。那时候同班有个同学，喜欢画漫画，也总给报纸投稿，我们二人互相鼓励，常一起去学校附近邮局投寄，那时候报刊杂志负责投稿者的费用，叫作“邮资总付”，我们一起走到服务窗口，递上封好的作品，得意地告诉窗口里的人：“邮资总付啊！”有个职工，渐渐熟悉我们，一见我们过去，就笑吟吟地说：“人家退稿也是邮资总付，我们挣他们不老少钱啊！”但是我们总不灰心。1958 年，我上高中的时候，才终于投稿成功，后来虽然退稿依然不少，但也陆陆续续地发表出了一些。2012 年我出了 40 卷的《刘心武文存》，第 39 卷《懵懂集》把从 1958 年发表出的第一篇文章到 1977 年 11 月以前的所有文字全收进去了。

那时候的写作，确实懵懂，就是想公开发表作品，闻到铅字墨香。现在抨击“文革”的人士，多有用“八个样板戏一个作家”来概括当时文艺状况的，也不能说完全不对，狂飙初起到 1972 年，“横扫一切牛鬼蛇神”，大体是那么个情况，但是 1973 年起，有文学杂志复刊，有出版社恢复出版文学作品，有新的样板戏出演，也有新电影、新舞台剧目、新歌曲、新舞蹈产生，从数量上说，已经远不是 8+1。1973 年以后，我又尝试投稿。怎么写才能获得发表呢？听说劳动人民文化宫大殿里有浩然辅导业余作者的讲座，当然积极地跑去聆听。那天太庙大殿里做了十分简单的布置，西头是个讲台，面对讲台的折叠椅早被占满，我作为业余作者之一进去时，只好和若干也晚去的席地而坐。忽然面前走过去一个穿蓝布棉大衣的消瘦男子，我旁边的几个人便小声报告：“傅用霖也来啦！”声调表情甚是羡慕乃至崇拜，和如今歌迷追星并无二致。那时候业余作者想成为浩然的不会太多，因为高不可攀，但是，傅用霖作为北京一家工厂的业余作者，《北京日报》用一整版刊登了他的小说，似乎是可以作为标杆也去求得一逞的。那天浩然所讲，印象最深的是“反着来写”的秘诀，他举一例：在通县过运河时，遇一摆渡农民贪财，渡河费漫天要价，令他和同行者十分气愤，回去以后，他就以此为由头，“反着写”，就是发表在当时《北京少年》上的《霞光满天》，所写是要渡运河，遇一农民不但不要摆渡钱，还对过河者关怀备至。我当时虽懵懂，对“反着写”的诀窍，还是觉得别扭，没有效颦。

个体生命，难以抗衡社会大趋势，但社会发展大趋势，必定会影响个体生命的发展轨迹。1977 年夏天，我决定进行一次当时的“文学冒险”，就写出了短篇小说《班主任》，几经犹豫，秋天投给了《人民文学》杂志，11 月，杂志刊发了出来，反响强烈。1978 年，我又陆续写出发表了《爱情的位置》《醒来吧，弟弟》等作品。有人指出，那都不过是“工农兵文艺的变种”，意思是还只不过是原有格局里的变化。我从那时到现在，都认为能在原有格局里促成良性变化，是值得做的事。不多举例，只说邵荃麟，1962 年，他当时是中国作家协会的党组书记，他只不过想改变一下那时候工农兵文学只允许写英雄人物和阶级敌人两类人物的格局，提出来也写点“中间人物”的“变种”文字，结果，在“文革”前就被批判为“修正主义文艺主张”，“文革”中被批斗，最后惨然瘐死。促成大格局前提下的良性变化，也会牺牲，也很悲壮，这我进入中年就深知了。

我很幸运。正当被认为是由我带头的“伤痕文学”承受巨大的被指斥“缺德”的压力时，理论界开始了真理标准的大讨论，最后“实践是检验真理的唯一标准”的说法胜出，到 1978 年年底，就有中共十一届三中全会的召开，明确了改革开放的大方向，“伤痕文学”无罪，而文学潮流也就有了更多的“变种”，原来与“伤痕文学”划清界限的某些“地下文学”，也部分地进入“地上”，融入了促进原有文学格局中不仅涌现“变种”也冒出“新种”的大潮。1978年是马年，我的本命年，下一年即羊年来到之前，中央电视台要录制一个供羊年春节时播出的节目，那时候还没有创建如今的春节晚会形式，但录制时也力求搞成个拼盘，我被邀参加节目，到哪里录制？太庙大殿！又是这个空间，但物是人非，原来在那里传授写作诀窍的人士边缘化了，新的角色被时势拎出。那晚电视台将大殿空间划分成几个区域，我首先见到一对当时刚冒红的相声演员，在那边录制他们说的一个段子，他们也是初上台盘，我听见其中一位年轻的问录制者：“我们穿着布鞋行吗？”我在录制自己那段采访时也傻傻地问：“录的是黑白的还是彩色的？”到节目播出时，不仅我家，我当时所住的那个杂院里各家都没有电视机，也不好意思跑老远去找有电视机的地方，就没看到。但是当时北京市文联一位中层领导，是位有革命资历的女士，她看了，很不以为然。电视里采访者最后问：“你下一部作品写什么？”我回答：“作为一个作家，应该埋头写作，不必事先宣布自己的写作计划。”她的批评是：“他算什么作家？太狂妄了！”后来有人把她的强烈反应告诉我，我才意识到自己的问题。她是对的。在“文革”以前，即使被作家协会吸收为正式会员了，也不能妄称作家。那时有森严的文学固有秩序，“鲁、郭、茅；巴、老、曹”，请注意，就是这前六位，其中的老舍和曹禺也始终没有安排文集的出版，后来有的长篇小说如《青春之歌》《林海雪原》《红旗谱》《红日》《创业史》等那么走红，但是作者的相片是没有资格印到书上的，到浩然走红亦如此，我不过是一个业余作者，竟僭越地自称作家，当然大错。但是到了1980年，我和一大批业余作者不但被吸纳为作协成员，我和另外七位业余作者，还被北京市文联接纳为驻会专业作家，当年在太庙大殿遇到的傅用霖，也进入《北京文艺》杂志（现在叫《北京文学》），后来成为负责人之一。而那位曾善意批评我的老大姐，正好成为专业作家这摊的组织者之一。她也很快适应了新形势下层出不穷的新现象，后来她对我十分友善，对我说："你进步很快，像骄傲自满这样的缺点，相信你稍带脚就能克服掉！"

一些人从中心退到边缘，一些人从边缘游到中心，乃社会生活常态。我1986年从北京市文联调离，到《人民文学》杂志任职，那恰是当年邵荃麟担任过的职务，1990年我从杂志社去职，没有恢复专业作家身份，算是又成为业余作者了吧，虽然边缘化了，我却仍很活跃，比如持续地向一般读者，特别是年轻一代，推广《红楼梦》，在中央电视台《百家讲坛》录制播出了累计六十一集系列节目，出版了相关书籍，还从八十回后续了二十八回《红楼梦》。我也还写小说、随笔。今年9月，北京电视台《书香北京》邀我再跟青年朋友谈谈《红楼梦》，一位老朋友提醒我："你知道两串话吗？一串是：七十不出国，八十不出游，九十不出屋，百岁不下床。还有一串，是专门针对你这种人的：七十不出镜，八十不受访，九十不臧否，百岁不闻问。"说得我心静。但是，《书香北京》告诉我，邀我去录制的地点，是太庙大殿前的月台，那里2009年曾由张艺谋执导上演过实景歌剧《图兰多》。我就又心动了。《红楼梦》的作者曹雪芹，他的家族参与了明清两朝的更替，他的祖父曹寅一度是康熙皇帝的侍卫，应该多次跟随康熙进入过这个空间，《红楼梦》里交汇着汉满两族的文化，《红楼梦》的文本和太庙这个空间有着千丝万缕的关联，在太庙谈红，滋味别样，机会难得啊。我就去录制了节目，已经在十月分两集播出。这说明我离禅境还远，还不甘隐退出局。

录完太庙谈红的节目，在大殿月台下空旷的庭院，从地砖上拾到一只两寸多长的雁翎。由于京城多有雾霾，已经很难看到春分北飞和秋分南飞的雁阵了，但这只小小的雁翎，证明着，正如人们到处生活，而生活总要继续一样，大雁也仍如古人们所看到的那样，辛苦而甜蜜地延续着自己的种群。雁如人，人如雁，“泥上偶然留指爪，鸿飞那复计东西”，卑微的个体生命啊，镶嵌在当下时空里，如何使自己能具有些微的创造性价值？

2014 年 10 月 31 日　温榆斋

向周立波约稿

不是去向“壹周立波秀”的那位清口演员约稿，是向一位生于1908年的老作家约稿。那是在1978年。那时候我是《十月》丛书的编辑。我骑着自行车，奔驰在北京各处。约稿中若干有趣的细节镶嵌在记忆中。比如到友谊宾馆找到丁玲，她说：“我有人家退的稿子，你们能用?”我说：“读者等着您的文章。”她拉开身前抽屉，拉了一半，望着我眼睛。到右安门内找到雷加，他热情地擂了我一拳。到北池子一个招待所找到王蒙，他沏了一杯新疆奶粉给我，放多了，成了糊糊。找到刘绍棠，他把我引到他那个小院的树下，指认他划右后悲哀地埋葬长篇小说手稿的位置……那么，找到周立波的时候，有怎样的景象呢?

现在的年轻人，几乎都不知道老作家周立波了。而我从上世纪五十年代起就成为文学青年，对他就不仅熟悉，也相当钦佩。那时候我甚至并不知道诺贝尔文学奖，而把斯大林文艺奖当成衡量文艺作品价值的权威标准。许多人知道丁玲因长篇小说《太阳照在桑干河上》获得过斯大林文艺奖的二等奖，周立波因长篇小说《暴风骤雨》获得过三等奖，但是很少有人注意到，周立波是中国唯一两次获得那个奖的作家，中苏合作拍摄了大型彩色长纪录片《解放了的中国》，主创人员基本上全是苏联人，影片获得了一等奖，而那部影片的解说词作者，是周立波。我不仅读过周立波获奖的那部长篇，他 1949 年以前的老作品《铁门里》，1955 年的长篇《铁水奔流》，都通读过，但是要承认，他 1963 年前后写成出版的《山乡巨变》，则未能卒读。

我对周立波的兴趣，还有另一原因，就是我知道，他的爱人林蓝，是个儿童文学作家，那部到现在仍经常出现在荧屏的电影《祖国的花朵》，人们多半只记得其中插曲《让我们荡起双桨》的词作者是乔羽，而忽略了其编剧是林蓝。我去找周立波，其实也是去找林蓝，欢迎他们伉俪一起支持新生的《十月》。

我是辗转得到周立波那时候的住址的。是在北京阜成门外甘家口小区。那个小区有一大片简易的居民楼，每栋楼造型雷同，我费老大劲才找到他住的那栋，不在一楼，忘了是几楼，爬上楼梯，找到号码对头的门，便敲。那时猫眼还远没普及。门半天没开。我都快绝望了。正当我要转身时，门开了，一位瘦高的老人，穿一身干净的旧干部服，戴眼镜，出现在面前，但他手还把着门，问我找谁？我说出名字，他说："我就是。"却并没有马上让我进去。我说明身份、来意后，他才请我进去。他把我引到一个小房间，自己坐到床上，让我坐椅子。屋子里光线很暗。度其状态，那应该是他借住的一处地方。他端详我，说了句："你很年轻。"那一年他已经七十岁。我三十六岁。

那以后很久，我都没有参透他那"你很年轻"的谋面反应。其他前辈作家也有说我年轻的，从表情语音里都可以知道，是赞叹。

但周立波那端详我的眼光，和令我感到阴郁的语音，实在难解。

我介绍了我们出版社和《十月》筹备的情况。他默默地听着。我也端详他。他显得格外憔悴。我就忍不住说："您在'文革'里受苦了。"他惨然一笑："那时候，他们什么时候想斗我，就把我揪去斗。那时候，我只剩一身脏衣服。"但他不愿意说更多，主动把话题引开，问我们的第一期已组到的稿子。

直到多年以后，有一回，我听一位只比我小几岁的人士说："'文革'有什么不好？那时候我们想斗谁就斗谁。"口气表情并没有开玩笑的意味，我不由就想起周立波那句"他们什么时候想斗我，就把我揪去斗"。我得承认自己是一个超敏感的人。我再回忆起那年周立波望着我说"你很年轻"，表情语音那么样，就恍悟，他是在思忖，以我的年轻，当年是否当过红卫兵、造反派，是否属于"他们"一伙，以随时随地"想斗谁就斗谁"为乐。

和我上下差三五岁的人士，确实，多有当过红卫兵、上山下乡的经历，但我在"文革"前已经到中学任教，身份定位与人生经历就跟他们有诸多不同。我们是一代人。改革开放前后，这代人里，有的很早就跟工农兵文艺决裂，对周立波那代作家写出的《暴风骤雨》之类的作品嗤之以鼻。有的崇尚西方的新左派，听他们中部分人的部分言论，我总觉得有为他们自己在"文革"中"与人斗其乐无穷"辩护的意味。我对各种站位和论辩都尽量去理解。我后来形成，并一再重申的认知是，每一个生命都无可逭逃于所置身的时空环境，因此，以大悲悯的情怀作为理解的前提，是必要的。我自省，如果我在那个年纪没有成为中学教师，我很可能也是红卫兵，并且斗人不疲。如果我是周立波，我多半也会在年轻时参加左翼作家联盟，后来投身红色根据地，土地改革时怀着满腔激情投入斗争，然后以深厚的积累与饱满的笔墨写出《暴风骤雨》那样的作品，再后来，明明经历了三年困难时期，却听命一种高于生命体验的原则，又去勉强自己写出粉饰性的《山乡巨变》之类的卷帙。在中国作为一个作家，是多么不容易啊！即便你一贯地歌颂革命，当“文革”浪潮卷来，你也会被残酷揪斗。周立波还算幸运，他没有死，他被斗得只剩一身脏衣服，依然向往liberty，他原名周绍仪，立波这个笔名，正是那英文名词自由的译音。

我见到周立波时，他已经平反，已经 liberty，但是，显然，还有诸多遗留事宜有待处理，而且，那时候，十一届三中全会还没有召开，“两个凡是”的阴云还罩在头上。虽然我已经不是第一个找上门跟他约稿的编辑，但是，那时候上面还并没有明确像他那样的，特别是划过右的作家的作品，是否能公开刊发。我们这些编辑，完全是出于自己的良知，去主动向这些作家约稿。

周立波渐渐对我建立起信任。我跟他讲起十几岁的时候读《铁水奔流》的印象。他严肃地说，那部长篇艺术上粗糙，如果能够再版，他想做比较细致的修改。又微微一笑：“时间哪里还够哟？这不是，你也来约我写新的。”我提到读过林蓝的《杨永丽和江林》，还有拍成影片的《祖国的花朵》，他似乎惊异我连林蓝的作品也熟悉，我说来这里也是想跟林蓝约稿，他告诉我林蓝有事外出了。和现在许多人只知道比作家周立波小五十九岁的同名清口明星一样，现在有的人也知道林蓝，不过是比写《祖国的花朵》的林蓝小五十一岁的广东女画家。

我还跟周立波提到，读过他翻译的，苏联作家肖洛霍夫的《被开垦的处女地》。他说，作家最好至少掌握一门外语，能直接阅读原文的外国作品，对于自己的写作，肯定有好处，他鼓励我学外语，告诉我："口语对作家不那么重要。你能读懂就行。建议先在读上下工夫。"我说我喜欢肖洛霍夫的短篇小说《一个人的遭遇》，以及改编拍摄的那部电影，他沉吟一下说："我们把他批得好惨啊。"我心里想，肖洛霍夫可没有你惨，人家得了诺贝尔文学奖呢。

我跟周立波的约稿，没能开花结果。他在"文革"后写出的第一个短篇小说《湘江一夜》，大概在我去他那里的时候已经成型了，但是他没有交给《十月》，后来刊发在《人民文学》上面。那时候我已经和林斤澜熟悉，大哥相称，见面时总不免把酒论文，他对我说："周立波文笔老辣，写湘江战役，很有戎马倥偬的味道。"坦率地说，我读后只为老作家有新作品高兴，并没有更多体会，经林大哥点拨后再读，才觑破其叙事策略与遣词炼句的功力。

转眼到了1979年。恢复活动的中国作协举办了第一届全国优秀短篇小说评奖活动。我和周立波都在获奖名单中。我期待着跟他在颁奖活动中邂逅。但是他因病难以出席。就在那一年秋天，他溘然而逝。

作家和作品被人淡忘、遗忘，是很正常的事情。在历史的大筛子里，每个时代，只会有少数的前代作家、作品，跟簇新的作家、作品，留在筛面上，依然被读者关注、阅读。簇新的作家也会变成老作家，一时热闹的作品也会冷寂，从历史筛网的筛眼里滑落。

当然，也有那样的现象，就是已经被筛掉的作家、作品，因某种机缘，又被拾回到筛面上。历史的筛子随时都在摇动。如果还没有被漏下筛眼，就依然创造吧。

2015 年 1 月 31 日　温榆斋

杜宣欠我一杯咖啡

1981年,中国作协派三人组成的代表团去日本访问,杜宣为团长,我为成员之一。去之前,一位“发小”跟我说:“你不是喜欢《上海屋檐下》吗?嘿!记得那剧情吗?一位革命者把妻子托付给朋友,几年后回来找妻子,发现妻子已经跟那朋友同居了!”我当然记得那个话剧,我上中学的时候,中国青年艺术剧院演出过,那是部群戏,但革命者、其妻、其友确实是其中最勾人思绪的三个角色,都是好人,都不得已,最后革命者为了成全另二位,悄然离去。但那是夏衍编的剧,“发小”提它作甚呢?“发小”就告诉我:“那就是用杜宣跟赵丹他们的事情编的!”当时我竟信以为真。后来,查了资料,才知道夏衍那个剧本早在1937年就写出了,赵丹1939年去新疆以前还在重庆演过这部戏。“发小”的说法虽然不对,但对于赵丹来说,确实也是“一戏成谶”,他和两位朋友1939年夏去往新疆,本以为可以在那里开辟新的戏剧天地,不曾想却被盘踞新疆的军阀盛世才投入监狱五年,他的妻子叶露茜曾去新疆找他,听到的消息是他已被处决,悲痛欲绝,回到上海后,得到杜宣的慰藉照顾,后来结为夫妻,赵丹获救后回到上海,屋檐下呈现的状况正和他演过的那出戏一样,“人生如戏,戏如人生”,信然!作协通知我随杜宣去日本前,我与赵丹、黄宗英伉俪已经熟稔,但还没有见到过杜宣,觉得他很神秘。觉得他神秘的另一原因,是上中学时看过北京人民艺术剧院演出的话剧《难忘的岁月》,编剧正是杜宣,剧中有一场是上海地下工作者在咖啡馆接头,舞台装置在大背景前使用滑轨移出了一家咖啡馆剖面,给我留下很深刻的印象。那时候就知道杜宣的这部戏是根据他的亲身体验编写的。革命者也出入咖啡馆呀!

终于见到杜宣了。跟他密切接触后,神秘感没有消失,反倒增加了。那一年我不满四十岁,杜宣却已经六十七岁了。我之前也见过一些老革命,包括老一辈的革命作家,他们身上,都焕发出一种令我尊敬的土气,其中一位多年在根据地的老作家就跟我说过,他很怕作协派他出国,因为他不喜欢穿西装,更怕系领带。但是杜宣呢,他的革命资历,比说那话的作家还早几年,呈现在我眼前,却是一身极为合体的西服革履,系很精致的领带,头戴法兰西帽,玳瑁框眼镜,手里捏好大一个烟斗,他浑身的色调,以暗蓝为主,分几个层次,都属于中间过渡色,毫不招摇,却透着高雅。我为出国,开出介绍信,到当时很有名的华都服装店定制了西装,又备置了色彩鲜艳的条纹领带,穿上了厚重的新皮鞋,前面提到的那位“发小”见到,惊呼:“洋得可以呀!”但是站到杜宣边上,我立马就意识到,自己其实还是土得掉渣。

作协那时为什么派杜宣这位老将出马?是因为那次日本的邀请方,不是一贯跟中国友好的左派团体,而是文艺春秋社。文艺春秋社后来又有变化,但 1978 年 10 月邓小平访问日本,回国不久就有中共十一届三中全会的召开，正式开启了改革开放的航程，到1981年春，中国的新局面已然灿然呈现，文艺春秋社感到再不能对中国文艺界采取漠然态度，便主动派员到中国与作协接触，最后发出邀请，作协也就派团出访。杜宣作为"老外事"，经验丰富，善于应对，领到任务，当仁不让，我们随他前往，也就有了主心骨。

飞到东京，到新大谷酒店，先到大堂吧等候分发客房钥匙，邀请方问是否喝点饮料？杜宣先点头。然后，杜宣检视饮料单，推荐几样让我和林绍刚选择，最后他要的咖啡，我们要的果汁。从那一刻起，我觉得杜宣就在身教，昭示我们什么是不卑不亢。那是我头一回到发达的资本主义国家，头一回置身在那么富丽堂皇的高档酒店大堂，记得大面积的落地玻璃窗外，是日式园林，人造瀑布与朱红拱桥令我炫目，看到杜宣一派气定神闲，我也就绝不惊惊咋咋，只慢呷果汁，暗中观察种种对我而言是初见乍识的陌生细节。那次我们除了到文艺春秋社本部做客，还去著名的日本作家松本清张家中做客，会见了井上靖、陈舜臣、有吉佐和子、司马辽太郎等各不相同的作家，在东京观看了歌舞伎，在京都见到了艺伎……杜宣引领我们柔和幽默地向日方介绍改革开放初见成效的中国新貌，特别是文学艺术方面的复苏与蓬勃生机。我是从那时候才懂得，作家的书不是印得越多越光荣，畅销书作家并非一种褒称，松本清张的书非常畅销，他用那些版税造出的别墅宏大而精致，但是他强调自己是得过日本纯文学大奖(芥川龙之介奖)的，以那个为荣。有吉佐和子听说她那本写日本老龄化危机的长篇小说《恍惚的人》在中国一版印了5万还要再加印5万，竟然把桌子一拍，满脸溅朱："谁让你们印那么多的?"她是觉得把她那样一个纯文学作家混同为畅销书作家了，因而愤怒。我和杜宣独处时，告诉他我对此很是惊诧，他就告诉我，出访，就是要多知道些这类的"文化风俗"，以为我们发展自己文化的参照。

在一次与日本文化人的交谈中，我随机引用了两句唐诗"二十四桥明月夜，玉人何处教吹箫"，又提到更早的关于萧史、弄玉的典故，日方表示没想到中国青年作家还有这般的古典文化学养，其实那都是我少年时代受家庭熏陶记住的，经历了十年的文化断裂，这些东西已经推压到意识的最边缘了，那天不过是因为话题涉及到扬州和吹箫，我偶然忆起，随意道出的。事后杜宣表扬我，说收到改变日方某些人偏见的效果，鼓励我更好地从民族传统文化中汲取营养，又敦促我学习外语，我发现他既能说日语也能说英语，后来知道他年轻时在日本上过大学，回来在上海洋场从事地下工作，1949 年以后又长期搞对外文化交流，西服革履、法兰西帽、烟斗咖啡、英日口语，都是革命工作的需要。他对我也有批评。一次在参观名胜古迹期间，到一家比较朴素的餐馆就餐，那餐馆的菜式只有两种，翻译林美由子小姐问我："您想吃鸡，还是鱼?"我随口应道："吃鸡吧!"杜宣就微笑纠正我："不能这样说话啊，你应该说：吃鸡。或者说：我想吃鸡肉。"我顿时脸上发烧。那以后，无论外事内事，我都注意不要随口爆出粗鄙的语音来。

那次随杜宣访日，于我来说，大长见识，印象深刻。但是就杜宣而言，不过是他繁多综错的涉外活动中小小不言的一次罢了。回来以后，我把日方拍摄洗印出的一厚摞彩色照片拿给文首提到的那位“发小”看，那时候中国还很少有彩色照片，他说：“哇，这么多，你就不怕折福呀！”又挑出一些有杜宣出镜的照片指点着说：“学着点！瞅瞅人家，一招一式，总透着那么潇洒倜傥！”他对杜宣产生了兴趣，后来买杜宣的书看，把报刊上记者采访杜宣的问答转述给我听，说杜宣告诉记者，他信仰共产主义，他从事地下工作时，随时准备着牺牲，他的一些战友就牺牲了，但是他在那样险恶的环境里并没有被敌人逮捕过，不过他在那断裂的十年里，倒坐了好几年监狱，被冤屈囚禁，并没有让他丧失信仰，他乐观地迎来了改革开放。我在随杜宣访日时，没有跟他谈及过信仰，但是我感觉他是一个真诚的人。在 1978 至 1988 那十年里，我接触到不少杜宣那一代的老革命，有未脱土气的，也有他那样颇为洋气的，他们的信仰，概括起来，就是要先改革开放，奔现代化，实现共同富裕的社会主义，并相信经过一代再一代人的努力，最后实现人类大同，那也就是共产主义。他们的思维逻辑是清晰的，言行基本是一致的。

直到 1994 年，我才再次与杜宣见面。1993 年，我的长篇小说《四牌楼》由上海文艺出版社出版，很幸运的是，第二年我就凭此获得了上海优秀长篇小说的奖项，在颁奖活动中，我和一些上海老作家坐在一桌，身边正好就是杜宣，他对我非常亲热，虽然我们都没有谈及十三年前一起访日的事，但他对我是以老相识相待的，那一年他已经八十岁了，看上去却并不显老，依然是西服革履、法兰西帽、玳瑁框眼镜、手握大烟斗，我说他一点没变化，他笑着举举烟斗，说：“这就是变化，完全是道具，不再填烟丝了！”我说从杂志上看到他的剧本《彼岸》，可惜这戏只在上海演，北京看不到，他说："自己就不满意。力不从心了。"他说访日回国后才看到我1980年发表的中篇小说《如意》，回来又看到改编的电影，这次又看到长篇小说《四牌楼》，鼓励我说："人道主义是马克思主义的题中之义。悲悯情怀很可贵，是共同富裕的推动力。"我告诉他因为又去过欧洲和美国，学会喝咖啡了，他就说："我家里有好咖啡，你来，我请你喝我自磨的咖啡。"我好高兴，跟他说："我一定去，我还有问题要请教您啦！"

但是，那次在上海，因为未曾预料到的原因，我没能去成他家。有上海的朋友告诉我，两年前叶露茜去世了，杜宣多少有些消沉，常常一个人在淮海路踽踽独行，走累了，便到一家牵动他无数回忆的咖啡厅，点一杯卡布奇诺，一牙提拉米苏，默默地坐在一隅享用。离开上海的时候，我想，反正上海常去，总有机会喝到杜宣亲磨咖啡的。没曾想到，2004年传来他仙去的消息。杜宣欠我一杯咖啡。如果我能喝到那杯咖啡，我会向他提出什么问题呢？我想问的是：从西服革履人类共享这一点，是否可以悟出更多的道理来呢？

2015年5月21日　绿叶居

三颗仁慈的心

我曾经热衷于儿童文学的写作，那一年我四十岁，见到比我大二十岁的杲向真，知她是写过《小胖与小松》名篇的资深儿童文学作家，就跟她聊起儿童文学比成人文学更难下笔的话题，又告诉她我开始向成人文学大踏步前进，正构思一部长篇小说，不消说长篇小说驾驭起来就更难了……杲向真蔼然可亲地应对。那情景，被林斤澜大哥看在眼中，林大哥在跟我对酌时就告诉我，莫以为杲向真只是个写儿童题材短篇小说的高手，其实，在抗日战争时期，人家就写出了长篇小说《灾星》，杲向真比林大哥长三岁，林大哥说他当年就从一本杂志上读到过《灾星》的部分章节，文笔极好，中年时一起在北京市文联供职，曾问起过《灾星》出过单行本没有？杲向真跟他说，还没等印成书，战乱中大撤退，连交给杂志的原稿也散失了，后来也曾试图重写，但事过情迁，收拾不起精神，终于放弃。但是，林大哥透露，进入八十年代，喜逢改革开放，杲向真心情大畅，也正默默地耕耘着长篇小说，只不像我那样张扬罢了。

我1980年以后，试图调整自己的写作路数，跳出社会问题小

刘心武水彩写生：虎丘印象

说的格局，力求去探索人性，写出了中篇小说《如意》《立体交叉桥》，引起一些关注、一些批评，但1980年投给《北京文艺》的短篇小说《乔莎》，响动不大，只是有一回见到周雁如，她是负责审读小说的，亲切地对我说："注意到你在调整文笔，往婉约上转，有些句子真的很优美：我望着她，她在夕阳中融化了，随后她的身影飘飞在湖面上，浑身闪着乳白和柠檬黄之间的那么一种颜色。"她竟能引用出我小说中的句子，令我受宠若惊。周雁如又对我说："有一阵只许大江东去，不容小桥流水。希望你今后既能擂鼓也能吹箫。"又是在与林大哥独处交谈时，他告诉我，周雁如比他小四岁，曾在丁玲主持的文学讲习所进修，也曾发表过作品，但后来一直从事文学编辑工作，那可是个认真的编辑，对病句视若仇寇，凡经她过手刊发的作品，绝无病句及标点符号上的舛错，但她却又绝不胶柱鼓瑟，比如对林大哥那种独特的文风，终审者对一些文句表示疑惑，她却能道出一番必须保留尊重的理由，毕竟，人家是经历过一番美学训练的。但周雁如在狂飙岁月里，面对着革命群众的大字报，有时候竟也职业性地咬文嚼字，"毒草出笼"，她总觉得草是植物并不笼养何谓"出笼"，应该写成"毒草出土"才对。

林大哥跟我讲起狂飙岁月里的往事。开头，狂飙没有重点扫他，后来，"清理阶级队伍"，就要开他的专场批斗会了。我问开斗前他紧张不紧张？他说也不紧张也紧张。不紧张，是因为见多了，也该轮到自己了。他说狂飙初起时，一场"横扫"的批斗会，北方昆曲剧团的名演员白云生（工小生）、韩世昌（工小旦）等"反动权威"全揪上台去了，但是与白、韩艺术成就和社会名气齐肩的侯永奎（工武生），因为在剧团里人缘实在太好，"造反派"点名往台上揪了很多人，就是不点他，他是什么反应呢？他就自己站起来，大声喊："还有我呢！"侯永奎那行为值得从社会学、伦理学、心理学等各种角度去剖析，林大哥说，不管后人怎么评价侯永奎那气派，当时目睹到，便有一种大感动大悲悯涌动于心怀。林大哥说，轮到批斗他，也无非"还有我呢"，所以并不为自己紧张。但是，他又很紧张，因为听说，当时的掌权者派定的两位写批判稿并作重点发言的，正是杲向真、周雁如二位。

林大哥深谙当年的斗争策略。掌权者指派杲、周二位，是欲取得"一石三鸟"的效果。让林大哥低头认罪那不消说了，同时，还分别要考验杲、周二位。杲向真在 1959 年因被认定"右倾"开除党籍，狂飙中本是个"泥菩萨"，若她对林的批判再露"右倾"马脚，那下一个被批斗的就非她莫属！林大哥默默企盼，杲大姐你火力就猛上加猛吧，反正我那些"事儿"，自己心中有数，问心无愧，你就对我夸大、歪曲、侮辱、唾骂一番，又能怎么样？到云开放晴，还不是一风吹，谁还记得？我更不会计较。但是林大哥又深知杲向真是个绝不愿乱捶乱唾的人，为准备那批判稿，不知会多么地痛苦难熬！周雁如呢，平日说话总那么柔声细语，是个从不发怒发飙的人，因此，历次运动里，"斗争性不强"是她总摘不掉的帽子，那么，这回批斗林斤澜，人家就要考验她的斗争性了，批判稿写的力度不消说要摧枯拉朽，念稿的时候更要"听话听声，锣鼓听音"，若不做狮子吼，恐怕也难过关！

批斗会召开了。林大哥站立低头，双臂下垂，开始手掌指头并拢下垂，后来就免不了握成拳头，拳头里捏出两把汗来！杲向真发言了，认真念稿，努力地声色俱厉，林大哥听着，为她着急，怎么还不提到我“妄图越境潜逃”呢？虽然那原始揭发曾被否定，但现在那否定者已被打倒，你不抛这个“重磅炸弹”，怎么卸得下你“一贯右倾”的恶谥？你念出的这些内容，都不足以满足考验你的掌权者啊！林大哥又期待着杲向真抛出“法币”的“炮弹”，因为曾有大字报揭发他拥有过“法币”，怀疑他是“法国间谍”，虽然“法币”是1935年国民党政府发行的一种通用货币，并非法国货币法郎，但是他是温州人，温州人移民法国有久远的传统，多年来法国乃至欧洲其他国家的侨领多由温州商人担任，据此怀疑他有某种可疑的“法国背景”，也还符合运动中的逻辑，你杲向真就是这么批了我，我未必就真打成“法国间谍”，而你岂不就保住自己，不至于成为下一个挨斗者吗？但是，林大哥认真地听完杲向真以“打倒林斤澜”为结束的批判稿，却发现杲向真几夜未眠、眼圈黢黑纂出的这篇批判稿，硬是不对他“狂轰滥炸”，坚守住良心底线。

轮到周雁如发言了。周雁如拼命提高嗓门，但声音越来越发颤。周雁如的批判稿也是杲向真的那个路数，尽管嵌入了更多“打倒林斤澜！”“林斤澜不投降就让他灭亡！”一类的口号，但是哪有什么实质性的战斗力，而且，林大哥深知周雁如是个写文章字斟句酌的人，太平年月，尚且怕念稿时出现口误，现在是冲锋在阶级斗争第一线，岂能有所错失？那年月，有人急切中把频繁出现的“无产阶级革命路线”与“资产阶级反动路线”念颠倒，被当作“现行反革命”处治，周雁如念那篇熬了好几夜攒成的批判稿，如履薄冰，如滚钉板，林大哥低头听得心惊肉跳，不是为自己遭批判，而是生怕周雁如真的内心崩溃，言语错乱，祸从口出，遭到清算。呀，只听周雁如终于呼出最后的口号，稍微抬头一瞥，那周雁如紧张得鬓角都挂满汗珠!

林大哥告诉我,劫后赶上改革开放,再与杲、周二姐妹相聚,提起那场批斗会,二位告诉他,当时都是一边念批判稿,一边生怕林斤澜承受不住,就算自己没有乱捶乱唾,毕竟上面定下的调子是“打倒”啊,所以,捏稿子的双手也出汗,她们说,想想布谷,才多大啊,倘若斤澜三长两短,如何是好?布谷是林大哥的独生女,被派定的批判者念批判稿时,意识流中竟漂浮出对其幼女的怜惜,这是怎样的仁心慈怀!而林大哥在批斗会上,更是满心关怀两位女士,生怕她们由此派生出问题,惹出祸端。我虽然比他们三位小十几二十岁,在那样年月里已经长大成人,完全理解他们所经历的一切,而当我把这些事又讲给比我小四五十岁的年轻人听时,有的就问:“林斤澜为什么非得去让人批判?杲、周二位拒绝扮演批判者角色不就结了吗?”我竟一时无力去解释那个历史阶段。现在这篇文章写到的三位,周雁如 1990 年就去世了,享年 63 岁,林大哥与杲向真分别在 2009 年、2011 年去世,各享年 86 岁、91 岁。我只是想起他们来,就觉得他们那三颗仁慈的心仍在跳动。在许多情况下,我们真的没有办法改变事态,更没有办法不去充当所派定的角色,但是无论如何我们应该像他们一样,固守心中的仁慈。

2015 年 6 月 13 日　温榆斋

辑三

护食神

“不饿。”

他就知道，儿子必定这样回答。这几乎成了儿子的口头禅。儿子上到大三了，周末也很少回家，两口子对儿子总体上放心，不回家多半是跟一些同学去郊区旅游，那些孩子里似乎没有品质恶劣的，都是独生子女，“为爹妈也得爱惜自己注意安全”，成为他们的共识，出游次数多了，回家让爹妈看手机里的照片视频，野游不冒险，眼神都纯真，也就心安。如果手机通话儿子宣布回家来，当妈的就忙个不停，准备出一大桌美食，儿子刚进门便问：“饿了吧？”儿子那照例的回答，并不扫当妈的兴，她总能以一样儿子想不到的菜肴，终究是勾得儿子胃口大开。

这天当妈的回娘家去了。当爸的自己做晚饭吃。他买来咸带鱼，切成段搁上作料在锅里焖，一股特殊的气味从厨房弥散到整个单元。如今鲜带鱼不难买，还有几多人爱吃咸带鱼呢？他媳妇如果在家，一定会弄鲜带鱼来吃，他是趁媳妇不在家，才敢让咸带鱼登堂。那跟他童年的记忆有关。记忆里总有那么一股焖咸带鱼的气息，坦率地形容，就是一股臭烘烘的味道。他爱那味道。

他童年时，母亲焖咸带鱼，意味着必定配米饭，那是多么美妙的一餐啊！

那天不是周末，儿子却忽然在晚饭前回来，进门他就问儿子饿不饿，儿子的回答一如既往。儿子说是去参观了一个展览，就在附近，所以回家看看。“妈呢？”儿子刚懂事的时候就爱这样问他，其实往往儿子他妈只不过就在卫生间，或者只是到楼道里往垃圾桶扔个东西，那也要问。“爸呢？”这样的询问似乎很少。他告诉儿子他妈妈看姥姥去了。儿子用手在鼻子底下煽动：“什么东西这么臭？”当爸的就告诉他是焖咸带鱼呢。“这么臭的东西能吃？”“那你不是还跟你那些同学去吃过炸臭豆腐吗？”“那不一样。我可不吃什么咸带鱼。”“不知道你回来。你饿了去吃麦当劳吧。跟你说实话，我路过美式快餐店，老远就觉得有股怪味道奔鼻孔里窜，热奶酪的气味吧？我就反胃。”儿子心不在焉，进他那房间去摆弄电脑。趁咸带鱼和电饭锅里的米饭都没焖好，他进儿子屋，说：“能跟你讲个故事吗？”儿子笑了，那表情，显然是回想起当年，曾骑在他腿上听故事的情景。一晃，老子就鱼尾纹炸开，儿子就比老子还高了。“好呀！再听个故事也不赖！”他就讲起来：

那一年我六岁，还没上学。你爷爷奶奶，你玉春大爷都还在。你知道玉春大爷并不是我亲哥哥，是远房的一位叔伯哥哥。那一天傍晚，他忽然来了。原来他一直在你爷爷奶奶家不远的地方参加挖水库的劳动，劳动强度非常大，吃的只是窝窝头清水白菜帮子汤，那天工程结束了，他来看望亲戚，他运气好，那天咱们家正焖咸带鱼，也是今天这么个味道，那时是住在农村，平房，正房三间，当中堂屋一边一个灶，这边锅里焖咸带鱼，那边锅里焖米饭，东边西边屋里的炕就都烧得暖暖的了。你爷爷奶奶热情接待，他说：“哎呀，这么好吃，我怕得吃十碗饭！”你奶奶就说：“供你十碗！你吃够啊！”后来大家坐炕上吃饭，当时还有你大姑、二姑，白米饭焖咸带鱼，大家呼噜呼噜吃得那个香！我当时正学记数，我就记得你玉春大爷他吃了三碗就说饱了，任凭你爷爷奶奶怎么劝怎么让，他搁下扒干净的碗再不吃了……

儿子听了觉得无趣：“是不是又在跟我忆苦思甜？”当爹的说：“没讲完呢。”就接着讲：

玉春大爷坐一边吸烟袋锅子，我就过去跟他说：“大哥您吹牛！您哪能吃十碗呢？我记了数，您才吃了三碗！”他就望着我说：“我十碗吃不了八碗总没问题。这屋有护食神，你知道吗？”我好奇了，四处张望：“护食神？在哪儿？”他眨眨眼说：“小小的。你看不见啊！”他告辞走了以后，我就到处寻找护食神，开头，我觉得应该在灶台前方隔墙上放油灯的那个小龛子里头，后来，我连暖瓶也起疑，觉得也许那护食神就藏在暖瓶盖子里头，我把炕席都掀起来细看……你二姑就跟奶奶告状，说我搞破坏，我就没敢再折腾，可是，那以后很多天，我都在默默地寻觅那小小的护食神……

儿子的兴致提起来了：“护食神？咱们老家有这个民俗讲究呀？爷爷奶奶留下的老东西你不是还留着一箱子吗？能不能找出个有形有态的来？就是土法印的贴画，木板浅雕的也好啊，如果是镏金木雕或者铜胎的，那天在网上偶然看到个财神爷的古董，也不过清末民初的东西，拍卖价好高啊……”当爹的就白儿子一眼，儿子会意，笑了：“咱们不财迷！你老说的那话：‘小康胜大富。’对！我是想，护食神究竟什么造型？为什么小小的？咱们不说它的经济价值，咱们要肯定它的审美价值……”见父亲的表情严肃里又仿佛有些个感伤，儿子问：“当年你怎么不问问奶奶呢？玉春大爷说的那个护食神究竟在哪里呢？”父亲说：“后来问了，你奶奶也告诉我了。”儿子望着父亲眼睛，猛然心里有暖流淌过：“明白了。玉春大爷说的护食神，就是你。成年人看见眼前有孩子，食物要先尽着孩子吃，自己要克制……人类就是在这种最朴素的想法里，生生不息的啊！爸，我的理解对吗？”当爹的并没有点头。儿子说：“爸，一会儿我跟你一起就着焖咸带鱼吃米饭。”

2013 年 12 月 7 日　绿叶居

山草壮

他盼附近的地铁线路早日开通。街角那边早就围起高高的挡板,里面有两层的简易工房。人行道内侧原来栽种着一排海棠树,前几年春天曾是他来回溜达的地方,树下还有两个长凳,他也经常坐在长凳上看车水马龙。今年春天再去,海棠树全给挖走了。他懂,那说明树底下就是地铁工程。马路另一角建起高高的水泥搅拌站。挡板也出现在马路上,车辆到那地段要按闪烁的路标灯慢行。混乱的街景意味着好的前景。虽然至少还要半年甚至更长的时间才能有一个可供晚餐后从容散步的新人行道,这些日子他还是忍不住要到没有了海棠树的杂乱环境里去漫游,有时也还要垫张报纸坐到那长凳上,望着马路上的车流想心事。

那长凳,近日晚饭后,常有修地铁的工人占用。那日,他走过,长凳上的一个工人,还没摘去安全盔,抽着一支烟,见他,便从凳子中央挪到一边,意思是给他让出一半可坐。这是礼貌,充满善意。他没坐,站在那工人前面,有一搭没一搭说起话来。问答间,知道那师傅来自南方很远的省份。地铁施工纪律很严,进入施工区域绝对禁烟。问施工情况、进度,听那口气,是需要保密。

宿舍和食堂里也有不少规矩，所以他只能到这人行道来“饭后一支烟，赛过小神仙”。那师傅属猪，四十二了，媳妇在老家经营个小卖部，儿子属狗，马上就要二十岁了，他在这边媳妇在那边，挣钱的目的就是要为儿子娶媳妇做好充分的准备。儿子并不怎么争气，初中毕业不愿再上学，跑广东那边打工去了，现在跟一个姑娘住在一起，那姑娘他们见过，过得去，可是儿子私下又说未必娶她，唉！

那以后晚饭后散步，他就总愿在那长凳遇见那师傅。不是每次都能遇上，也还遇上几次。互询“贵姓”，知道对方姓张。他是退休人员。入夏，单位组织退休人员去承德避暑山庄游览了几天。回来家里又有些事，好多日子没有再往那人行道的长凳去。那天终于又有了闲空，漫步过去，远远的，就见张师傅站起来招呼他，忙加快脚步过去，竟有些亲人重逢的感觉。

张师傅问他：“怎么好多日子没过来？是不是病了？”他就说：“谢谢你关心！没病。身体精神更好了，因为去承德避暑山庄旅游了！”张师傅让出半边长凳，还给他铺上事先准备好的报纸，他坐下，注意到张师傅自己并没垫报纸，直接坐在长凳上。张师傅还问他：“我能抽烟吗？”他点头：“当然！”张师傅问：“看见山庄内午门挂的那个匾啦？康熙皇帝的御笔，他把避字多写了一笔，是不是？走之上头最右边的那个辛，他底下写成了羊字，他皇帝，就能乱写字，这么多年就都由着他！”他吃惊，张师傅怎么对避暑山庄如此了解？张师傅又兴冲冲地问：“去看烟雨楼啦？那楼名儿，是乾隆皇帝从唐朝杜牧的诗里受启发，给取的，‘南朝四百八十寺，多少楼台烟雨中’……”他不免猜：“你去游览过？去那里参加过修复工程？有亲戚在那边？”张师傅笑：“全没猜对。”

张师傅告诉他，这辈子，还没旅游过。就是北京，来做工这么多年了，只去过天安门，没进过故宫，没去过长城、颐和园。那他怎么对承德避暑山庄那么了解呢？道出谜底之前，张师傅先问：“你的书，包书皮吗？”他答：“我是有包书皮习惯的。心爱的书，给包上书皮，叫书衣，有时候，还会在书衣上写些评价、感悟。我儿子小时候好像也包书皮，但是孙子的书就不包了，看过随手一扔。”

张师傅就讲起自己的故事。他上学的时候，每到新学期发下课本，最快乐的一件事情，就是包书皮，会包得很结实，前后右边的两个角，会包成三角形的护封。是在初三上学期的时候，母亲病重，求医用药花费大，父亲就跟他说，只供他这一学期了，他也立志要早些外出打工挣钱给母亲治病，所以，那一次领到课本，他就格外用心地包书皮。包书皮需要挺括的画报纸，那是很不容易弄到的，幸好邻居家有个阿姨是县城里的干部，能给他上好的大画报。那次给他的画报，图文并茂地介绍了承德避暑山庄，他先细细地阅读了，再用来包课本，给语文课本包的书皮，他把有康熙御笔题匾的那一幅照片设法放在正中，看来看去，看得熟了，就仿佛自己进那匾下大门游过避暑山庄了。开头，因为是繁体字，他怎么也认不得繁体的庄字，那繁体，是草字头下面一个壮，他就把山庄念做山草壮。他也试图从字典上查，但他那小字典只能查简体字，虽然查到简体庄字可以从后面括弧里知道繁体字，但是从山草壮查起就行不通。上语文课答卷，他曾把避字那个部位也写成羊，结果老师扣了他分，他拿书皮给老师看，老师告诉他：“皇帝爱怎么写怎么写，我们不行。"这些少年时代的记忆，他永不会忘。

"王老，"张师傅招呼沉思的他："你看这马路上怎么又堵成停车场了？"他望着满街的车说："这不又到小长假了吗？又开始自驾游了。我儿子儿媳他们说是要去承德避暑山庄。"张师傅抽口烟，不像是回应他，更像是自言自语："什么时候我们这样的人也能假期旅游，世道就大好了。"

2013 年 6 月 16 日　温榆斋

大蒲扇

他一眼就看见，姑妈那一楼卧室窗外的空调室外机没有了。

姑妈一直没有安装空调，今年初夏，他不顾姑妈的反对，硬是出资给姑妈那单元的起居室和卧室都装上了分体式空调。但是安装一周后他去看望，姑妈承认除了安装好试用了一阵，始终就没再启动过，姑妈宣称："有电扇就挺凉快啦！"但说这句话时，却连电扇也没开，只倚在沙发上摇个大蒲扇。

他见姑妈之前直接去了小区物业办公室，见到经理便兴师问罪："保安是干什么吃的？窃贼偷那室外机居然发现不了！"经理满面笑容问他："您是不是还没去看您姑妈啊？"他听了解释，去看望姑妈，姑妈摇着蒲扇笑："有你这么孟浪的吗？那些个小保安比窦娥还冤！"原来是，小区里的幼儿日托站，头天屋里的空调忽然坏了，打电话给厂家报修，说是实在人手不够，最快也要两天后才能派师傅来，正是入伏的时候，热得比往年邪乎，急得负责的大嫂没个抓挠，恰好他姑妈路过，就问，他们那空调什么牌子？什么型号？听完一看，室外机一模一样，就说侄子给装的那空调她根本不用，闲着也是闲着，干脆赶紧让物业的电工给拆过来装上，不能让孩子们热坏了！物业的电工证实是那室外机的电机坏了，就把他姑妈卧室外的室外机收氟后给拆过来换上了，不到一个钟头，屋里空调恢复制冷，孩子们没受多大委屈。说好厂家师傅来了就给他姑妈恢复空调，他姑妈摇着大蒲扇呵呵地道："在我，那终究是个摆设。当年哪有空调？电扇都稀罕，什么暑天没经历过，我不惯用那玩意儿！"

姑妈保守？省吃俭用惯了不愿消费？他原来也这么评价过。但是越琢磨越觉得不尽然。

这姑妈于他非同小可。他妈妈生他的时候难产，生下他没多久就过世了。那时候恰好姑妈也生了个男婴，算日子比他大八天。姑妈就用自己的乳汁喂养两个孩子。常常是，两个娃娃一起哭，一起要奶吃，姑妈就一只胳膊搂一个，一个乳房供一个。他满月前，就跟双胞胎似的，跟表哥一起由姑妈喂养。满月后，爸爸才把他接回家，喂他牛奶，后来喂他稀饭，但是，隔几天，或者爸爸骑自行车把他送到姑妈家，或者姑妈竟自己骑自行车来，喂他人奶，这样直到他满了周岁，才断了姑妈的奶。当然他是直到长大以后才知道这个情况的。表哥也是长大才听说。他和表哥都考上大学以后，有回表哥说："其实我妈更偏向你。"原来姑爹跟表哥讲到，有一阵姑妈两个乳房不知道为什么出乳量不大一样，给他喂奶时，就总用奶水充足的那个乳房来喂。

后来他有了继母，双方能以礼相待，他心里头更认姑妈是亲妈。他大学毕业工作以后，就以实际行动报恩姑妈。姑爹去世以后，他甚至试着省略"姑"字就叫"妈"，但是姑妈制止了他，笑道：

“你有妈啊。我一辈子是你姑妈!”

姑妈应该有许多的理由忧愁,但姑妈在他面前总是那么乐呵。姑爹姑妈都只是一般职工,却含辛茹苦将表哥送到加拿大留学,表哥学成以后进了一家跨国公司,在那边娶妻生女,要接姑爹姑妈去加拿大享福,姑爹偏一病不起撒手人寰,按说姑妈更该去加拿大,姑妈却不去,只要求儿子儿媳妇孙女儿每年回来探亲,他们回来他自然必到姑妈家一聚,真是些快乐的时光,但是,头年表哥却发生了婚变,他去看望姑妈,本想批评表哥几句再安慰姑妈,没想到姑妈却主动提起这事,满脸舒展地说:“他们有他们的道理,有他们的生活。你们不也有你们的生活吗?”他和妻子组建的是“丁克家庭”,姑妈从未就孩子问题问询评议过。

他以前每次来看望姑妈,特别是跟妻子一起来的时候,总要拎来许多东西,后来发现姑妈那“多余”的笑评确是真话,姑妈只认苹果不吃芒果,只爱鸭梨不吃山竹,只喝普通香片(茉莉花茶)不尝龙井大红袍,那些广告做得山响实际效果可疑包装华丽的营养品,更是视为累赘,往往是在保质期到前将其拆开倒散再扔进垃圾箱,笑叹:“只有这样才能防止有人捡去骗人或者误食。”他妻子特意带去的进口巧克力,姑妈退还时说:“本想送给幼儿日托站,后来一想,用的或者还可以捐献,吃的怎好乱送?你们自己享用才是正经!”

三伏过后,一场秋雨一场凉。他又去看望姑妈,姑妈少有地向他提出要求:“你们给我买把新蒲扇来。我明年起好用!”他就让姑妈把那破了的旧蒲扇送给他作纪念。拿回家后,妻子摩挲着那变得光亮金黄的扇柄,发誓说:“咱们一定要满足她的这个要求。网上如果搜不到,就满城去找,再找不到,咱们就利用年假,飞到蒲葵产地去,一定要把上好的蒲扇送到她面前!”

2013 年 9 月 4 日　温榆斋

喊雁阵

她左手手背上长出两个瘊子。起初比较小，颜色也淡，工作忙，就没太在意。这些天瘊子忽然变大了。忙到网上查相关资料，越看心里越堵。去医院就诊，大夫说的跟网上查到的相符，开的药有化学成分，取回来备用，还是自己按网上查到的太平偏方来治，煮薏米粥，吃醋泡蛋，用香蕉皮擦……

老公为一个项目出长差，儿子期中考试，自己在公司的那份工作，下了班还得在电脑上继续一阵，老板可不算你加班，煮出的冻饺子惨不忍睹，只好再叫一贯讥为“垃圾食品”的外卖，儿子倒还吃得津津有味，吃完还主动来给她按摩肩膀，虽然闹不清穴位，享受着越过十五周岁的小男子汉的呵护，也就觉得轻松许多……

那晚儿子去看电影，起初她不放行，你这次期中考试总成绩从全班第七名降到了第九名啊，见儿子垂眼帘咬嘴唇的模样，才一挥手：“去吧去吧！”自己想听音乐，许久没用过的留声机，搁上当成宝贝的旧黑胶唱片，却放不出音来，给老公打去电话，却“您拨打的电话现在无法接通”，固执地连拨数遍，依然是那无情的声音，好烦！莫非老公他……自己终究是信得过，但公司里有闲言碎语飘进她的耳朵，总还是如同心尖上粘了柳絮……

于是给闺密荣荣打去电话，荣荣说："也正要给你拨呢！""心有灵犀一点通"不是？将烦恼倾巢泼出，最后提到手背上的瘊子："据说大的是公，小的是母，弄不好它们还要自动繁殖，甚至传染他人！烦透！自己按偏方治了半个月了，一点不见效！哪敢用西药，人家说明书上就把可能出现的副作用给你挑明了……"荣荣就跟她说："我有偏方！小时候，在农村，我脸上长了瘊子，你猜我妈怎么给我治的？她教我拍着巴掌喊：'大雁飞，瘊子追！大雁落，瘊子掉！'注意，'大雁落'要喊成'大雁涝'的音，土话才押韵嘛。我妈说，她年轻的时候，脸上就长过瘊子，姥姥就是那么教她的，她见着天上的雁阵，就跑着喊，后来，也没吃药也没搽药，瘊子自己就瘪了掉了，脸上光光生生大美女，所以我爸那大帅哥娶了她嘛……不消说，后来我如法炮制，瘊子也没影了！"她听了忍不住乐："这偏方！叫'喊雁阵'吧？好搞怪！我倒真想试试，不过，如今城里头，动不动雾霾罩顶，就是有那雁阵飞过，哪儿见得着？想必大雁也都躲着飞，我到哪儿喊'大雁飞，瘊子追！大雁落，瘊子掉！'……"

跟荣荣煲电话粥，不知不觉间儿子已经从电影院回来了，儿子是说着电话进门的，到她跟前就喊她："妈！爸给你打电话总不通，惊惊咋咋的，搞得我也以为惊悚片演在了咱们家！"她这才跟荣荣"拜拜"，彩铃立即爆响，是老公，她不由得先狠甩一句："干什么惊惊咋咋的？"几分钟后，才平心静气，道出手背上的麻烦，还有荣荣推荐的"喊雁阵"偏方，老公笑了："现在这个季节，就是蓝天白云，也没有大雁迁徙啊。不过，我出差的这地方不远，有个湿地公园，听说有几十种禽类呢，你们母子俩不如飞这儿来度周末，说不定这儿有小雁阵，够你喊一气的！”她就心疼花钱，又说：“怕你们也感染上，生出一群瘊子来！”老公说：“咱们小康胜大富，不当守财奴，你在网上想必也查出来了，瘊子这类东西，归根结底跟心情有关，‘喊雁阵’恐怕就是一种化解焦虑的心理疗法，心情舒畅，经脉大通，免疫功能必然提升，治什么病也得先从这个入手！至于传染，咱们之间是互相免疫的呀，那可能性几等于零！”

那个周末，他们一家出现在湿地公园，正观赏，荣荣发来彩信，她一看就明白：“闲言碎语—风过耳”“排名跌位—不在一时”“唱机失声—心音未泯”……闺密将她倾诉过的烦恼一一点化，正如翩飞的雁阵，身边有亲人，关怀有好友，她不禁开怀高喊：“大雁飞，瘊子追！大雁落，瘊子掉！”老公和儿子也跟她一起快活地喊……

信不信由你，再一周，她手背上的瘊子果然先瘪后掉。

2014年6月21日　绿叶居

竹排嫂

这是山东莱阳的一个镇子，一个很大的院子里，住着来自福建的老板，他经营竹排生意。他进料加工所制的竹排，不是在水上运行的那种筏子，而是用于建筑工地，铺放在脚手架上，供建筑工人踩踏的承重物。福建人为什么跑到山东做这样生意？莱阳哪有竹子，竹子要从南方进货，他为什么不就在福建经营？镇子里的人们，很少有人对此寻根究底，反正自改革开放以来，人员流动，离乡谋生，已是常态，镇子附近村里的男人，就多有到城市里当建筑工人的，留守的媳妇们，则有不少到福建老板这里来打工，造竹排。

竹排的原料，一是竹子，大货车运来竹子，卸下，先要破开，再截成一定的长度，然后在截得的竹板上打孔；再就是比较细的钢筋，用来将打好眼的竹板串起；固定的方式，有两种，一种是用能套住钢筋头的扳子，将露出竹排两边的钢筋头掰弯，箍定竹排，另一种是钢筋段两端有螺纹，然后将螺母旋进去箍紧。这是并不轻松的体力活儿，本应都由男子汉来干，但是如今镇子附近村里，留守的男子多是老弱病残，于是，形成了竹排嫂大军，她们生产出的竹排，隔几天就有大货车来装走，福建老板望着满载的货车远去，笑逐颜开，竹排嫂们则盼着运竹子的货车到来，那样，她们就可以继续挣钱了。她们挣的是计件工资，每天东方发亮她们就来，在露天干活，中午不回村，自带馒头，就着花生米，喝老板供应的开水，吃完喝完，稍稍再说笑一阵，再接着干，直到天光模糊，收工时当着老板点数，算下来，每个竹排嫂平均能挣 80 元，一个月下来，能有 2 000 多元的收入。这收入于她们至关重要，在城里务工的男人虽然每天的工资比她们高许多，但是要等到春节前，才能领足工资，若是大小老板拖欠，还得抗争一番，才能把钱带回家，因此，竹排嫂们每月一结的收入，便是家中老小生活的切实支撑。

羊群有头羊，竹排嫂里有头嫂，她男人恰好姓祝，从老板起大家就都叫她竹嫂，竹嫂五官端正，身体健壮，皮肤黧黑，嗓门特大。她男人在北京建筑工地干钢筋工。往往是，下小雨了，竹嫂带领妯娌们退进简陋的檐棚下，继续制造竹排，雨下大了，有的人不干了，她套个雨披，还干，直到瓢泼大雨倾泻而来，她才罢休。她儿子上小学，放了学，就来工地找她，她让孩子趴在制造好的竹排垛上写作业，后来，另几位竹排嫂也让自己的孩子放学过来，几个孩子一起写作业。竹嫂有时会去院外小店，买来小瓶的奶发给孩子们吃。

有次老板进的竹子，破开后飞出粉尘，显然那竹子是让虫子啃过了，老板还让制成建筑工地用于蹬踩的竹排，竹嫂就抗议："不行！建筑工人踩上去不安全！"老板说："知道你男人是干那个的，可哪能那么巧，偏赶上他去踩呢？再说，这样的竹片也不至于就会踩折！"竹排嫂们的男人都是在建筑工地干活的，听了老板这话一窝蜂反驳，一个说："她男人没踩上，我男人踩折了摔下来你偿命！"一个说："谁踩上也是个地雷！"竹嫂就跟老板说："我们还给你拿它做竹排，不过不是做建筑工地用的，做成养羊的那种！"养羊的竹排承重不用那么讲究，而且，竹片之间要留缝，好让羊屎蛋漏下去，当然，批发价也就低许多。老板不愿意："最近哪有来要那个货的啊！"竹嫂就做主："姐妹们，这批竹子咱们就给他弄成养羊的！"又对老板说："你不能黑心赚钱，你要有良心！做成的羊排给你码得齐齐的，早晚能销出去！"老板退让了："好吧好吧，你个竹嫂，还真惹不起你！"

来了个新手，原来是在鞋厂打工的，鞋厂生意不好，被裁了，来做竹排。为了计件多得，她穿竹排的时候，本该在上好螺母以后，用挫子把露出的螺纹挫花，以防螺母在运送摆放中震松，她却省略那道工序，直到收工前，才被竹嫂发现，竹嫂不依，那媳妇说："你倒比老板还狠，哪有那么巧的事，偏我做的就散架！"吵到老板那里，老板对那新手说："你的男人，是在城里收废品吧？你要不跟竹嫂她们一条心，我也不敢用你了。我出的竹排为什么供不应求？口碑那么好？就因为我这里干活的媳妇们，男人全在城里建筑工地干活，她们的心思，是质量的保证，你想干下去，就得听竹嫂的，连我也得让她三分！"结果，那天竹排嫂们加班，把那新手做的竹排一个个找出来加工，她们不再争吵，而是一起唱起了流行歌曲……

2014 年 3 月 13 日　绿叶居

果袋婶

乡里人都叫她果袋婶。

他们那地方盛产苹果。也产樱桃。樱桃熟了,就该给成千上万的苹果树上挂的青果套袋子了。那是一种内面抹有药粉的纸袋,开口处包有极细的铁丝,套住果子后,用手指将铁丝捏合包紧,别的套袋人一天下来至多套两三千个果子,她却能套五千来个。果子在树上有高有低,需要搬着一架人字梯移动操作,脚下先要快,先登到高处,再挪至半高,再下梯来平地套袋,那些备用的同样规格的纸袋,装在一个布包里面,挂在她脖子上,她在几乎不间歇的套袋作业中,不会因移动不慎而碰落任何一个青果。一整天的套袋劳作,也就午间略微休息一下,坐在果园边的土埂上,吃带来的麻酱花卷,喝些白开水。每套一个袋,挣五分钱,夕阳西下,她会领到二百多块工钱。到苹果长大了,又要一个个地给果子卸下纸袋,刚卸了果袋的苹果青黄色,需要经过一段时间日晒,才能变红。卸果袋她也是能手,一天下来计件工资差不多也是那么多。

果袋婶自家并没有果园。老公是木匠,到大城市里跟着工头搞装修。儿子上到小学四年级了，语文好，算术学不动。那天晚上，儿子看电视上播出一部老电影《我们村里的年轻人》，那是语文老师让看的，看完要求写观后感。电影里有首主题歌，头一句就是“樱桃好吃树难栽”，儿子打算就从那句歌词起笔，她偏过头看见那句子，就说：“写错啦！樱桃树有什么难栽的？该是‘樱桃好吃熟难摘’！”他们乡里，这几年新栽的樱桃树很多，确实，成活率很高，有的樱桃树在他们那里能长到五六米高，挂果期，满树圆珠子，红的透紫放光，黄的晶莹蜡亮，儿子跟着娘摘过樱桃，樱桃熟了，容易脱把儿，摘的时候，要万分小心，满头大汗一大晌，搁樱桃的篮子里也才刚满底儿，可不是“樱桃好吃熟难摘”吗？但是，人家电影里唱的，字幕上打的，听得看得真真的，就是“樱桃好吃树难栽”嘛，这作文可怎么写啊？母子俩抬一阵杠，最后果袋婶败下阵来：“就听他们文化人的吧！我没闲工夫置那个气！”

如今乡里，几乎人人有手机，果袋婶跟她老公时不时手机沟通不消说了，前些日子，老公回来一趟，把老旧的手机给了儿子，自己换了个新手机，说好不许儿子把手机带学校里去，儿子还是忍不住带去显摆，结果上课时候被老师发现，给没收了。儿子回家来不敢隐瞒，果袋婶听了往他屁股上抡了几炕笤帚。忽然学校老师给果袋婶手机来了电话，说是没收他儿子手机只是代管一时，要求以后上学别再带手机了。同时告诉她：“婶子，咱叔手机换号码了吧？镇上冷库给你打手机你关机，打到这个旧手机上，让转告你，约你去套苹果哩！”果袋婶就说：“哇呀，刚才是充电哩！咋谢你好啊，没得你转的信儿，这趟活计不就瞎啦！”老师就在那边笑：“人家说了，愿意包袋的人手有的是，可就愿意找你果袋婶嘛,干活麻利爽脆,质量有保障嘛!”

当地苹果熟了,摘下来存到冷库,有人来要货,就需要临时工来给出库的苹果套上塑料网袋,这些网袋在售卖终端很不受顾客待见,挑选时一定会捋下观察全果色态,上秤时更怕网袋占了分量,那些顾客哪里知道,出库装箱拿去批发零售的苹果身上所套的塑料网袋,正是果袋婶那样的农村留守者辛苦劳作,才得以套住果身起到保护作用的呀!果袋婶一旦坐到冷库外面的彩钢玻璃棚下,她一手取网套,一手取苹果,麻利地套放,就如同一架不会发生故障的机器,唰唰唰唰,除了午间短暂休息,十个小时的连续劳动,她能套出五千个苹果!

那种塑料网套,生产出来原是连着的,一卷 500 米,售价 10 元,一米可套 10 个直径 10 厘米的苹果,那么,一个苹果上的塑料网套,合多少钱呢?果袋婶把这道算术题,出给儿子,但是,更重要的是下一道题:她一天下来,可以套出 5 000 个苹果,人家每套一个,给她 2 分钱,那么,她能挣到多少钱?

儿子报出了令她自豪的答案。她奖给儿子一个苹果。那是头年被鸟儿啄过的,在取下套子让果实晒出红颜色的过程里,这种当地人叫作鸦鸠的鸟儿会来捣乱,有了啄孔的苹果,果园主人会留下自食,也会拿些给果袋婶这样的帮工作为奖品,果袋婶会把这些苹果妥善保存,自己舍不得吃,奖给儿子,见儿子啃着很满足的样子,就又说那句儿子听腻了话:“鸦鸠啄过的果子特别甜!”

第二天一早果袋婶就去冷库套苹果了。前些时候老公回来,给她带来一些创可贴和医用胶布,长期地套果袋,她十指最上截的皮肤都磨坏了。她轻易舍不得用创可贴，她扯断些胶布裹住手指，她又将用自己的双手十指，挣来问心无愧的工钱。

2014年7月9日　绿叶居

叉车叔

如今脱贫的农村，乡里男人见面打招呼，不再是:“吃了吗?”而是:“喝了吗?”在胶东靠近青岛的地方，这个问候的发音是:“哈了没?”

那个村里，有个男子，人们都叫他叉车叔，对面来的人问:“哈了没?”他含笑点头:“哈了哈了。”问的人跟他擦肩而过后，多半会捂嘴暗笑:“他那么个嘎咕人，真哈了么?”有的会扭头朝他背影故意追问:“哈了几瓶呀? 下蛤蜊哈的么?”他当然不再理会。“嘎咕”在当地方言里等同于吝啬。人家没诬蔑他。叉车哥和他媳妇，在村里从来不“随份子”，是“嘎咕”得出了名的。

叉车叔在镇子里的水果大库开叉车。其实，叉车叔小年青的时候，心气很旺的，也曾随离土赴城打工大潮，闯荡过不少地方，他的人生追求，一步步都是很具体的，也几乎都一一加以了实现，最早，看见小老板腰上别着“蛐蛐机”，就是现在已经绝迹的那种传呼机，有人想跟你通电话，就会发出蛐蛐般的鸣叫声，显示出对方电话号码，你就可以找个公用电话，给对方打过去，自己没当成小老板，但成了工友里头一个置备了“蛐蛐机”的人。后来出现了手机，第一代手机比大号香蕉还粗，傻黑傻黑，羡慕死了，于是从牙缝里省下钱，攒起来，终于到手机只不过扑克牌盒那么大，而且售价也不那么吓人的时候，买到了一部，跟现在的媳妇搞对象，第一回见面，就握着那个手机。媳妇搞定了，就攒钱盖房，因为见识过城里的抽水马桶，盖起的小院里，一角的卫生间，就装了抽水马桶，外面投资建了化粪池，每年请两次抽粪车。之后儿子落生了，两口子决心把他培养成大学生，头些年他外出打工，媳妇在家从鞋厂领来半成品，给鞋编花，每编一只挣两毛钱，每天埋头编九百来只鞋，能挣下三十来块钱，家里母子的嚼用，足够了，他挣的钱，自己只花费很小的部分，其余的，全用来投资孩子的教育，从五年级起，给孩子上最好的寄宿学校，中学到市里上的重点学校。孩子终于考上了外省首府的一所很不错的大学。但就在那一年，媳妇因为常年在炕上埋头编花，颈椎病严重了，再难挣得日常开支，他在外地打工的那家企业转型失策，亏损严重，于是，一为回家照顾媳妇，二为有份相对稳定的工作，就回老家，用积攒的钱买了辆二手摩托车，在镇上水果冷库当上叉车工，每天骑摩托上下班，有时，人们会看到，他骑摩托，媳妇在后坐上，搂着他腰，那一定是到城里的大医院，给他媳妇治那颈椎病。

儿子假期回家，常眼睛望着妈，道歉似地说："申请助学金，通不过。也是，家里比我困难的，好多。"他眼睛也不看儿子，不等媳妇开言，先说："你就别申请了。往你卡上划的款，只会添，不会减。"

儿子还剩一学期就要毕业了，也就开始找工作，假期没有回家，但是快递一个大包裹来，也同步打来手机，打到妈妈那个旧手机上，说从今以后就不要再往他的银行卡上续钱了，那卡上今后由他自己续钱，工作的事情有眉目了，面试情况很好，现在只等以后来通知。目前每天晚上到一家咖啡馆打工，已经能挣钱了，递的包裹里的东西，就是用第一笔工资买的，充气颈椎提升器是给妈的，鸭绒裤是给爸的。那天叉车叔回到家，媳妇先以为儿子也跟他通过电话，他说没接着，媳妇也没觉着诧异，他见到那鸭绒裤，抚摸着，就觉得儿子其实也跟他通了话了。

叉车叔在水果冷库里操作，活计并不太累，难耐的是库内库外的温度差。库里始终保持着零下五度左右，在里面需要穿棉裤、裹棉大衣。棉大衣库方提供，棉裤则需自备，他一直穿着条笨重的廉价棉裤，现在儿子递来轻薄但比棉裤更保暖的鸭绒裤，他试穿后，微笑，脱下，叠起，媳妇看不下去，嗔他："都说俺俩是一对嘎咕，我看你才真嘎咕，咋的？明天去库，还要穿那旧棉裤？"他这才决定以后穿那鸭绒裤。

儿子工作落实，签下很不错的合同，回家来探望。那晚，媳妇睡西屋那铺炕，他和儿子睡东屋那铺炕。打上小学起，除了冬天三口挤在一张暖炕上睡，其余二季都是儿子跟他这么睡。关灯后，父子俩都失眠。叉车叔忽然问儿子："你还记得那晚上，你埋怨我的话吗？"儿子反问："哪晚上？什么话？"他叹口气说："十几年前了，那晚墨黑，我本该拉四回灯绳，可是，只拉了两回。"那晚，儿子才十岁，他们睡一铺炕，忽然有蚊子在他耳边叫，他拉开灯绳，找那蚊子，很快找到，一合掌打死，赶快拉灭了灯。后来，儿子唤他："爸，我要尿尿。"他们的厕所，在院子西南角，屋子和院子黑黢黢，儿子害怕，他却冷冷地说："你就尿去吧。"儿子磕磕绊绊地摸黑尿完尿，回到炕上，埋怨他说："你打蚊子舍得开灯，你儿子上厕所你舍不得开灯！"

叉车叔等候儿子回答，儿子迟疑了一阵，轻声回答说："爸，我偏还记得。"那晚月亮很圆很亮很大，月光照进窗内，炕上仰睡的父子，眼里都微微闪着泪光。

2014 年 9 月 2 日　温榆斋

崖村驴

公司的六个小伙子约他去关外一日游。他们实话实说:“让你散散心,是第二位的。回来的时候,指望你开车把我们送回城,是第一位的。”他妻子去世快一年了,情绪消沉,人所共见。小伙子们约他往关外一趟,他把他们的好意,放第一位。嫁到外地的闺女电话里听说,也鼓励他外出活动活动。六个小伙子里,有位拥有一辆七座越野车。小伙子们到关外要足玩足吃足喝。知道他从不抽烟、喝酒,但当过兵,身体倍儿棒,所以一叠声地叫他德哥,把光棍狂欢回程的安全,托付给他。

六个小伙子都是白领,他是高压电工,蓝领。往关外的一路上,车主开车,请他坐驾驶座后头,小伙子们肆无忌惮,比着说荤段子,浪笑一路。他微笑着,似听非听。他理解这几个光棍,都是公司的骨干,条件都不错,只是一时还都没娶上媳妇,有的是女朋友劈腿了,有的是自己嫌人家了,有的是异地问题难以化解,有的是家长硬来作梗,青春烦恼,要在郊游中尽情发泄。他羡慕他们,他的青春期,戒律太多,哪能如此嬉皮?

那天小伙子们玩得很尽兴。四位蹦极了。他还跟他们漂流了两公里。晚餐本打算吃烤全羊，后来听说顺路有家驴肉馆，车主就把车开到了那家驴肉馆。大家围坐在一起后，他声明："我不吃驴肉。"车主有些尴尬："哟，德哥，对不起，来的时候该先问你一声。"他说："没关系。你们吃。我另点别的就是。"有个小伙子就问他："德哥你不吃驴肉有什么讲头吗？"他摇头："其实从来没有吃过。是进到这馆子才决定不吃的。"

小伙子们放开肚量吃驴肉，喝啤酒和白酒，他嘱咐他们："小心酒把驴肉催胀了撑着！"小伙子们给他点的核桃汁，时不时拿酒杯跟他碰杯，"祝德哥早续良缘"。

餐厅里的人声仿佛渐渐推远了。他回忆起三十多年前当兵的事情。这关外变化太大了。没想到往昔的荒川野地、穷山恶水，如今也开发成了旅游胜地。那时这边只有砂石公路，载他们士兵的卡车开过去，车轮下的扬尘二里路不散。现在是整齐的柏油路面，两旁的绿化带相当不错。他从路标上看到一个熟悉的地名：崖村。这家驴肉馆就在公路主干线与崖村支线的分岔口旁。多年过去，他把崖村忘记了，更把崖村驴忘记了。坐到餐桌旁，拒绝吃驴肉，是那记忆猛然浮现的开端。

那一年他十九岁。他们部队支农，他们那个班分派到崖村帮助生产队打井。他父亲在老家病危，部队准许他回去探望，料理完父亲后事，他准时返回。在这个岔口下了长途汽车，天已经转黑，虽是初冬，十分寒冷。从这个岔口往崖村，那时候连砂石公路也没有，只有土道，头六里是平的，后四里要爬山。他从崖村出来的时候，走下山，正好有公社的拖拉机往这边来，可是要回崖村那天，没能遇上拖拉机。虽然没有拖拉机，可是路旁有六七头驴，那些驴为了互相取暖,交错着挤站在一起。有个看驴的汉子招呼他,问他去哪里?他说去崖村。那汉子说:“解放军免费。只是崖村驴送一位大嫂去了,你得等它回来。”当时还有个从长途汽车上下来的人说是要去枣村,那汉子就到那群驴里去扒,扒出一头驴来说:“枣村驴在。你骑上去吧。三毛。”那人递去三毛钱,骑上,枣村驴就往另一边的土道上去了。原来,那些驴经过那汉子训练,每头驴专管前往一个村子,把客人送到后,自动返回。每当有客人要往某村去,汉子就从驴群里扒出相关的那一头来,如果扒不出来,就意味着那头驴还没有返回。“崖村驴回来啦。小战士,你骑上它吧!”朝汉子指的方向一看,那头走过来的驴似乎很瘦小,“骑上吧,它可有劲啦!浑身筋的驴爬山才利落啊!”他要付三毛脚力钱,汉子死活不要,“解放军免费,这原则不能丢!”

崖村驴背上有个简单的木鞍子。汉子笑道:“妇道人家是斜着坐。你要觉着那样舒服,也斜着。”他跨上去正坐着,问:“有缰绳吗?”汉子大笑:“摔不下你!”那驴等他坐稳,就自动转身,朝崖村走去。平路快走完,天黑得厉害,还飘起了雪花,眼看要上山了,那驴能走好吗?到山根,他跳下,搬那驴的头,意思是让它折回去,那驴却死活不转身,只等他再骑上去。他再骑上。那驴就熟练地在山道上趱行。眼前出现了村屋的灯火。终于进了村,那驴停下来,似乎在等他给予进一步的指示,他就朝他们班住的那个院子指了指,驴眼能看见他的手势吗?但那驴竟准确无误地停在了院门口。他下了驴,要把驴推进院里,心里想着喂它些东西,那驴却四蹄抓地怎么也不进院。他说声“谢谢”,那驴就转过身,管自下山去了……

他忽然非常后悔，他跟他妻子感情那么好，那么多年，互相讲过许多以往的故事，可他怎么竟一直没把崖村驴的记忆打捞出来，与她共享？

那天开车回城，一路上六个小伙子有的呼呼大睡，有的打着饱嗝……副驾驶座的那位不停地在手机上发着微信……他稳握方向盘，嘱咐自己：等回到家，再把那崖村驴的回忆细细咀嚼。

2013 年 11 月 26 日　温榆斋

美容牙套

春节前，小时工小宋宣布她和老公小尚都不回乡，让我松了好大一口气，像我这样的空巢老人，超过一周没有人帮忙，生活质量便会骤降。我让小宋从三十休到初三，初四再来，她却只休了两晚，初二下午四点半就又来帮我。平时，小尚是跟着包工头搞装修的，小宋则一天赶三处做小时工，上午是到一处写字楼里某公司搞卫生，中午到一位女士家里收拾屋子再做午餐，下午到我这里，收拾屋子，做晚饭，有时还要洗衣服。

初二那天来了，我跟她说："何必跑来？冰箱里有现成的，取出搁微波炉转转就成。你初四来洗回衣服就好，初五晚上讲究'破五'，你再跟小尚聚聚，也不必来。"她就笑："聚什么啊聚！今年不聚了！"这话有点怪，我也没大在意。

初五她来，先洗了积攒的衣服，然后又包饺子，我说："这'五'非用饺子'破'吗？我可是一概不讲究这些个的。"她强加于我："还是要包几个。知道你喜欢吃我蒸的渣肉，给你带来一碗，放心，不辣的，再给你焖一碗米饭，配一盘青菜。"小宋只管给我做晚饭，并且准备好第二天中午吃的，她自己一向并不在我这里吃，所以问她:“今晚你们怎么‘破五’?你跟小尚还要麻、辣、烫么?”她说:“就是渣肉米饭,跟你一样免辣。”我说:“小尚受得了寡淡?”她说:“让他自己辣去!”这话又怪,我仍没大在意。

小宋在厨房包饺子,关起门。她有时炒菜会关门,包饺子何必?我从书房去厅里续茶水,忽然听见她在厨房里大声粗气打手机。四川人,尤其四川农村妇女,多数嗓门大,说笑起来像吵架,本可以不去打搅,但厨房里面小宋的声息,却分明带出愤怒,我不得不敲厨房的门,小宋从里面拉开门,嘴还在对着手机讲:“把大叔都惊到了……啥子瓷砖那么敲竹杠?再给你划五千,我这边就成空钵儿,敲起叮当响了!……”

不待问,小宋讲了实话:小尚回老家了,不是回到乡里,现在怕回乡,因为回去没个一万上下的应酬,面子上下不来;小尚是回县城了,他们两口子出来打工二十几年,省吃俭用,终于在县城里买了两套商品房,一套留着老了回去住,一套给跑深圳打工的十九岁的儿子备着,儿子那套暂就让它清水房,自己那套,小尚是回去,一个人要瓦工、木工、漆工、管工……全套本事,争取在元宵节前,装修出来!此事对乡亲们保密,对我原来也不想说。没想到的是,现在好多材料都涨价了,小尚带去的银行卡上的钱划净了,还不够,让她再把手里银行卡上的钱划过五千去……埋怨归埋怨,从两眼放光两颊透红,看得出她内心毕竟还是为多年挣钱能到这般地步而自豪。

第二天小宋一进门就神色不对。我问她怎么回事,她说没给小宋划五千,怕是要给别人划出七千了!使劲咬嘴唇,两眼泪汪汪。我问:“有人诈骗你?”她说:“我自己闯祸了!”

原来，是中午她到那家帮忙，雇主是位在家里开公司的女士，平时去了，屋子里总一片凌乱，收拾起来十分费力，那天光餐桌上就乱放着无数杯盘碗盅，她去了抓紧清理，及时倒了垃圾，然后准备做午餐，那女士和她的一位闺密从内室出来，忽然，那闺密一声尖叫，找一只高脚酒杯，不见，问小宋，可看见那酒杯里的美容牙套了？小宋懵懂了一阵，才终于明白，那闺密临时把自己的一个小小的美容牙套，搁那酒杯里，而她却以为那只是一粒橘子籽，当垃圾清理掉了……她慌忙跑到那层楼楼梯拐弯处的垃圾桶去找，偏那收垃圾的已经将桶里垃圾全部清走，再惶急地跑到楼下，门口保安说收各楼垃圾的车子已经开走好一阵了……只好回到雇主面前，雇主正继续向那闺密道歉，那闺密紫胀着一张脸双眼喷火，那闺密有只犬齿变形发乌，特配了那么一个美容牙套，社交场合必得戴上的，造价是七千块，而且，钱不钱的另说，再配一副的周期怎么也得一个月，这一个月她怎么去场面上？因予人形象不雅的印象而在生意上造成的无形损失，如何计算？……小宋吓得不知如何是好，最后那雇主也没让她再做饭，只说让她明天去了再理论。

我努力地想象那个小小的牙套，相信失主的报价不虚。我本想安慰小宋：那雇主对杯里牙套有告知的责任，但又想到小宋作为家政服务员更有请示的义务啊……七千！我可怎么帮得了她！但愿明天那雇主饶恕她的过失，要么，小宋七个月不领她那边的工资？

小宋坐到沙发上，跟我说："大叔，我要哭！"我说："你就哭吧！"她果然放声大哭，我望着她，心中涌动着大悲悯。她如何告知小尚？还要不要划过五千装修材料费去？在她和小尚的哀乐中年，这副美容牙套该受到怎样的诅咒？……

小宋尽情地哭着，肩头的一块大披巾滑落在地上，我帮她拾起，她收住哭声，很快地，她平静下来，站起，把那块披巾在肩上放平整，嗔怪我说："大叔，我初一那天逛庙会买的，这几天天天披着，你怎么总没夸过？上头的牡丹好艳，咯啊？"她眼里还有泪花，但是已经漾出了坚强的光芒，我心中责怪自己，怎么就没在意那块给她带来那么多快乐的披巾呢？忙夸赞道："牡丹真的好艳！"

2013 年 3 月 23 日　绿叶居

徐胜马利芳

和大学舍友餐聚，见面后纷纷问他："怎么，家里还是原来的？"他不以为怪，他刚坐下，也问身边的："二婚了吗？"餐聚间说说笑笑，还维系原配的，居然只有他和另一哥们儿，其余三位，两位二婚，一位刚刚离异，没来的那位发大财的，据说原配倒还没怎么样，二奶和小三已经掐得不可开交。世道已经跟父母那代不同，如今你看电视上的征婚节目，凡申明自己还是一张白纸的，几乎无一能够牵手，征婚嘉宾报告自己的情感经历若少于三次，选择方往往会流露鄙夷，就连主持人和评议嘉宾，也会对证婚者报告出的交往史提出这类的质疑："你们好了几年，难道就没发生更进一步的事情吗？"若回答是最高境界无非牵手拥抱，则会代为叹息，甚至由此批评学校性教育的缺席。情感与婚姻彻底私人化，是社会进步，白头到老与多次爱情多次婚姻，都属正常人生吧。

席间那位刚刚离异的舍友，说自己是净身出户，如今在运河边一处楼盘租住，忽然问他："你还记得初中时候同学，叫徐胜利的吗？"他说："对呀，有那么个同学，你怎么认识？"舍友就说，徐胜利和他媳妇，都在他住的那个楼盘物业公司工作，他跟徐胜利聊过天，有次不知怎么就聊出了这层关系。舍友说："没想到你原来是在运河边上的中学。听徐胜利说，你们那中学，升学率特低，你毕业后居然考上名牌大学，全校轰动。如今他也上网，查你的词条，见你成绩那么大，高兴得不行！"他就问："徐胜利如今过得怎么样？娶了个什么媳妇？"舍友说："看样子，他对自己的生活挺满意的。他那媳妇，叫马芳。"他听了不由得"哇塞"一声。

说实在的，他早已把徐胜利马芳两位中学同窗忘怀。他一度十分笃信"知识改变命运"一说。受了高等教育，他确实过上了比较高等的生活。进入大公司，坐飞机就跟搭乘公共汽车一般，上午从北京出发，睡一觉抵达法兰克福，夜里却又是在开罗给家里通电话。近年利用节日长假，带着老婆孩子游了西边欧洲，又游了东边日本美国，至于新、马、泰，早不新鲜，澳大利亚新西兰刚去过，计划中的是马尔代夫和关岛。他绝不说"一生只爱一个女人"的妄语，有若干女人爱他，他也爱其中的若干，露水姻缘于他是情感旅游，"爱一处地方就留在那里"则是谵语，至少到目前他还珍视自己的原配和家庭，旅途劳累后回自己家，彻底地放松下来，是幸福感最强烈的生命时段。现在舍友忽然提及徐胜利和马芳，而且，舍友感叹道："你那两位同窗，聊起来，不仅没坐过飞机，没出过境，他们的旅游足迹，最远也就是北戴河。我有时会看见，他们一起下班，各骑一辆自行车，男的在前头，女的在后头，各自的自行车车座上，夹着一个不锈钢饭盒，那应该是装他们每天中午的饭食吧。他们的生存状态，跟我们，特别是跟你相比，是不是也太那个了？""是呀，太原生态了啊！"

确实，太原生态了。高二的时候，徐胜利和马芳就相好。一个并非帅哥，一个绝非校花，但是放学的时候，总是徐在前面走，马紧跟在后，同学们后来多次发现，两位在运河边手拉着手，他见着过马芳买了烤白薯，递给徐某人吃。于是，有回他和班上另一男生，逮着个机会，就冲到二位身旁去起哄，又在不少同学在运河边嬉戏时，用削铅笔的戳刀，在白杨树干上刻下了“徐胜马利芳”字样，是故意把两人的名字掺合在一起，结果徐某人倒没怎样，马芳气哭了……肯定是马芳到班主任那里告了状，班主任，一位那时候也还没有嫁人的女老师，把他叫到办公室去批评了一顿：“一是刻树皮影响树木生长，二是随着那杨树生长，字会越来越大，你让人家越来越难为情！更主要的是，你脑壳里是些个不健康的思想，发展下去，非常危险！”但那危险因他后来考上名牌大学而烟消云散。

徐和马都没有考上大学。他们就在原住地继续他们的人生。他们结婚了。他们打一份普通的工，挣不算多的钱，养育他们的孩子，赡养他们的老人，估计听不到他们离异和二婚的消息，在网上输入他们的名字或许会出现一串相关的词条，是有这样那样的身份或成就的人士，但绝非他们，他们多半就会那么样地默默无闻一生。

有一天，他办完事，驱车路过运河，他停车努力寻找那株被他刻字的杨树，许多老树早被伐掉补种新树了，但他固执地寻觅，终于，在一株高大的杨树上，需要仰起头，才能依稀看到刻字，那最后一个字，笔画开裂得好厉害，但下半部分明显是个“方”字，于是，少年时期的无数往事，飞鸟般撞击到心头，他倚在树上，感悟到，有一种原生态的幸福，存在于这世间……

2014年3月13日 温榆斋

喜宴端盘娃

这个暑假俊杰好高兴！大表姐结婚，爸爸带他去参加喜宴，他奇怪妈妈为什么不去？爸妈都笑，说是咱们这儿农村的规矩，你大了就明白。到了八里路外大表姐嫁的那家，哟嗬，宴席从堂屋一直摆到院里，爸爸去了，人家就给他胸前别了一朵带燕尾签有绿叶陪衬的大红绢花，签上写着"贵宾"，俊杰就跑去问新娘子："大表姐，我怎么没那花呀？"新娘新郎听了都笑，有人来引着爸爸和俊杰去堂屋，安排在炕上第二桌，跟着就有人笑嘻嘻送来大绢花，给俊杰别在胸前，那签上写的是"弟弟"，俊杰好得意！

开席了！炕桌和炕下各桌，原已摆好凉菜，上热菜了，头四样是鸡、笋、鱼、肉。见那大盘整鸡俊杰就要下筷子，爸爸制止了，用眼色告诉他要等同桌岁数最大的先下筷子。那桌为首的是当地中学校长，也是大表姐大表哥的证婚人。校长学问大，告诉大家："咱们胶东这块，明朝时候摆席，要'鹅为先，鹅为上'，鹅肉是最尊贵的，但是后来鹅肉出席了，那是不是让鸭给取代了呀？也不是，你看今天上的头四道，不是鸡鸭鱼肉，是鸡笋鱼肉，有讲头呀……"但是一瞥俊杰，就不往下说了，爸爸等人忙说："都懂。"就都举杯给校长敬酒。是呀，喜宴头二道菜，有祝福洞房幸福的含意，“儿童不宜”，俊杰不懂也罢，但妈妈为什么不到？爸爸告诉了他那讲究，就是到新娘回娘家的时候，姨妈才上席。俊杰也不想把那些个规矩搞懂，大口吃香香，好快活！第五道上的是浇汁鲍鱼，席上每人一只，汤勺那么大的，校长说：“这是新花样了！咱们这儿虽说离海不远，以往就是阔人家的喜宴，也不见得有这个，如今人工养殖，价钱也不那么邪乎了，据说有个讲头，‘保证年年有余’哩！”俊杰兴冲冲吃那鲍鱼，却只觉得跟啃橡皮似的，这东西为什么倒比大肉贵呢？

俊杰正吃得上劲，忽然发现来上菜的，竟是同班的聪发，忙放下筷子，把胸前的红花点给聪发看，聪发并不理他，只是专注地摆放那盘炒菜。席上有人议论：“咱们这儿啥时候又兴起了这个，除了大人，还专找九岁的童子来当喜宴端盘娃？”爸爸说：“看哪，请了三个娃吧？小细胳膊，端那么大的盘子，穿行在那么多桌子当中，真跟演杂技似的。可他们一脸认真，腿脚麻利，也不见洒出了什么，好娃娃！”校长就说：“这应该跟西洋人婚礼上用儿童牵婚纱提花篮一样，又好比如今足球比赛运动员牵娃娃走出场一样，不是用童工，是借娃娃添喜。就是端盘娃洒了掉了，喜庆家也只当是‘潇潇洒洒’‘岁岁平安’。”

菜上齐了，俊杰去撒了泡尿，路过厨房，见聪发跟另外两个娃站在里头，各自端个大碗，里头有饭有菜，站着吃，吃得好香。那两个娃不熟，但也是一个学校的。俊杰走进去，本想再显摆一下胸前的大红花，谁知六只眼睛里全无羡慕，聪发更笑出声来：“你白吃白喝，我们自食其力，这是最好的暑假作业！”

回家以后，俊杰面无喜色，妈妈吃惊：“你吃撑啦?”俊杰闷坐一阵，忽然问：“村西建业哥是不是十八号结婚？我要去。”妈妈说：“他家跟咱们家无亲无故，素无来往，你爸跟我都不去，你去咋的？你这张嘴吃出痨病了不是!”俊杰就说：“我不也九岁吗？你们去跟建业哥说说，我去他家端盘!”于是道出在大表姐喜宴上见到聪发受到的刺激。爸爸就同意他去，妈妈不同意：“你以为端盘容易！又不是在自己家，那是十几二十桌的喜宴，一回兴许要端两盘菜，左右手不得闲的，我还见过两只胳膊各放两盘菜往席上送的呢，就你，不得砸人家多少个盘碗，赔钱事小，不吉利是不是?依我说，你还是老老实实在家写暑假作业是正经!”

可是，俊杰执意要完成这项自己选定的暑假作业，他自己跑到建业哥家报了名，人家热烈欢迎，回到家，他就拿自己家的盘碗练习，爸爸鼓励，妈妈挑刺：“你那是空盘，人家那可是有实打实的分量!”俊杰就在妈妈蒸出一笼包子以后，自己装出四盘，两只胳膊托着，在屋里跑圈儿，把爸妈都笑喷了。

当完建业哥新婚的喜宴端盘娃，回到家里，俊杰把装有一百块的红包交给妈妈，然后，就把那放在柜子上，大表姐婚宴得来的那朵大红花，收到抽屉里，在大红花原有的位置，摆上了从建业哥那里得到的一本童话书，望着，脸上绽出顶顶得意的笑容。

2014 年 7 月 29 日　温榆斋

手捻陀螺

那家人住着好大一幢别墅，女主人为了某种考虑，要把女儿的钢琴从一楼挪到三楼去。搬家公司都有挪钢琴的业务，但是女主人早就知道，有"要想平安换琴房，必得请来钢琴梁"一说，钢琴梁并非艺名梁梁或梁云迪的钢琴演奏家，他是个搬运工，起先受雇于一家搬家公司，他五短身材，膀大腰圆，络腮胡子，超厚嘴唇，堪称大力士，总是负责搬运体积最大、分量最沉的东西，遇到钢琴，总是以他为主，带着另外三四位师傅一起搬运，从未有过闪失，后来音乐学院大搬迁，需要把几百架钢琴从旧琴房挪到新琴房，他带队把任务完成得极为出色，名声大噪，就脱离那家搬运公司，自己注册了一家专门挪移钢琴的小公司，如今城里跨入小康的家庭，多有为独生子女置备钢琴的，富豪家庭更在别墅中摆设三角大钢琴，因此，钢琴梁的生意相当不错，当然，如果不是钢琴，凡特殊的重物，他那个小公司都承揽手工搬运。

那富家太太打通了钢琴梁电话，说当年钢琴进家，就是请他搬运的，第二天调琴师来调琴，说凡钢琴梁搬运的钢琴，不仅没有纹丝磕碰痕迹，而且调起来一定不会遇到异常情况，说明梁师傅不是仅仅靠力气，更多是用脑子，因地制宜地进行挪移，是把钢琴也当作一个生命来呵护的……钢琴梁还能回忆起那次搬运的情况，问明别墅楼梯的结构尺寸，同意接这个活儿，却提出一个附加条件，就是他儿子这几天放假，媳妇在超市上班，怕他也走了，孩子在租借房那边乱跑，因此，他带三个师傅来的同时，还想捎上他的儿子梁勇，希望能给他儿子提供一个做作业的地方，富家太太问他儿子多大，原来，跟她宝贝女儿一边大，都上小学五年级，就爽快地同意了："就带他来吧，他们俩还能一起学习，挺好的。"

那天钢琴梁带着三位师傅来了，富家太太忘了那孩子的名字，就笑称他钢琴小梁，又唤过女儿薇薇，安排钢琴小梁和薇薇在一楼大客厅落地窗旁的麻将桌那里写作业。

那边富太太给钢琴梁提要求，钢琴梁拿出卷尺，量楼梯的尺寸，拐弯的地方，量了好几次，精确到微米，量完直嘬牙花子，甚至提出："您干嘛非挪楼上去呢?"富太太也不解释，只表示她会多给劳务费。

这边钢琴小梁和薇薇坐在麻将桌边，各自摊开自己的课本作业本，钢琴小梁认真地做算术题，薇薇却尖着耳朵听那边的动静，生怕她妈妈改主意，冲那边大声嚷："就搬楼上！就要搬嘛!"她想的是，这一搬，还得请调琴师再调音，也还要再调整从音乐学院特聘的钢琴老师来家教的时间，她可以松快好几天了，啊呀，夜里做梦该不再有那些钢琴谱上的"蝌蚪"乱蹦乱跳变成癞蛤蟆的怕人情景了！

薇薇问钢琴小梁上的哪个学校？小梁道出那借读学校的名字，薇薇撇嘴："连区重点都不是呢!"就告诉小梁自己上的是什么名牌学校，虽然在市中心很远，但每天有雇的司机接送，那车可是宾利啊，听说过吗？小梁不懂什么是宾利，但是也很自豪，他指指窗外："我爸新买的！"那是一辆国产小面包，薇薇笑了："那也算是车？"做完三道题，小梁说："我要玩玩了。"薇薇说："好呀！我们地下室有游泳池，你想游吗？"小梁说："爸爸定的规矩，我做完三道题，可以轻松三分钟。"就从衣兜里掏出个木头削的手捻陀螺，在那麻将桌上玩了起来，薇薇也玩，总不能让陀螺久转，就愤愤地问："你会弹钢琴吗？"小梁摇头，薇薇用手指划脸皮："还钢琴小梁呢！叫你琴盲小梁还差不离！"这时候就听楼梯那边有钢琴梁号令另外三位师傅的声音，小梁就说："你家这台琴是奥地利生产的蓓森朵夫吧？比德国产的斯坦威还贵还重。"薇薇双手一拍："哇噻，你懂钢琴啊！"

那天那时候，薇薇的爷爷先坐在客厅沙发上打瞌睡，后来醒了，招呼薇薇："宝贝儿，小天使，我的报纸呢？"薇薇很不耐烦："不就在茶几上吗？"小梁就过去，从茶几上拿起报纸，双手递过去："爷爷，您看报。"薇薇爷爷接过去，惊讶地望着他，问："你是哪家的孩子？"薇薇就大声说："他是钢琴小梁！"又问小梁："你看他像不像只老了的喜羊羊？"小梁不言语，心想，我爸教我的，对长辈要尊敬。薇薇又告诉他："爷爷平时不住在这儿。他自己也有大单元。他要过生日了，多少岁呀？不告诉你，你自己猜。"小梁问："爷爷过生日，你送他什么礼物呀？"薇薇说："我画张画儿送他，他准特别高兴。"小梁说："我爸下月过生日。我要买个钥匙链送他。现在保密呢。"薇薇说："买什么呀！我有好多钥匙链，外国的，我去拿一堆来，你随便挑。"小梁说："我自己买。"薇薇问："你哪儿来的钱?”小梁说:“我拣饮料瓶卖废品,攒十来块了。我要买个他最喜欢的。我知道他最喜欢什么样的。”后来他们又写作业,又玩陀螺。

钢琴挪窝成功了。富太太付了钱,一边往外送钢琴梁一边就给调琴师打电话。那辆小面包车开走了,富太太发现薇薇手里捏着个东西,忙问:“那是什么脏东西?扔了洗手去!”那是钢琴小梁送给她的,钢琴梁亲手雕出来的陀螺。薇薇把紧握陀螺的手藏到身后,宣布:“我要跟钢琴小梁做朋友。我会邀请他再来跟我一起做作业!”富太太两条眉毛快飞出脑门,张开嘴巴半天合不拢。

2014 年 10 月 12 日　绿叶居

巴西木开花啦

繁蕙家客厅里的那盆巴西木开花啦！好花要共赏，她给微信群的朋友们发去信息，约请那晚能抽出工夫的朋友们观看她的即时直播，并且就此发表感想。巴西木开花是她未曾想到的，那盆巴西木才养了三年多，居然蹿出两个花穗，其中一个几天工夫就升得有两尺来长，而且开始斜伏，上面均匀分布着纯白的绣球状花苞，花球下还分泌出晶莹的蜜汁滴，煞是可爱！尚未张开花瓣，已经飘出沁脾香气。从网上查了资料，知道巴西木开花无论花体还是香气都绝对无毒，而且还能吸收消弭甲醛等有害气体。细筒状花瓣会在傍晚张开，入夜盛开，天亮后再闭合，花期大约会持续五六天。她约请众友人观看即时直播，是算好了时间，那天晚饭后花瓣会齐刷刷张开，她每隔五分钟传去一张照片，会以全景、中景、近景和大量特写来展现巴西木开花，还会有她和老伴用自拍器录下，在盛开的花木前跟众朋友问好的视频。

繁蕙的微信圈，绝大多数是大学同窗。他们在上世纪五十年代就读于一所工科学院，毕业后分配在与所学专业相关的单位，经历过相同的时代风云，陆续在上世纪九十年代退休。他们退休那阵，个人电脑还没流行，繁蕙是最早拥有个人电脑，并且迅速掌握汉字输入法的，她在本世纪初就开了博客，进行网聊，并且比较早就拥有手机，又在微博刚流行时就成了微博控，是最早一批网购控，时下她又成了手机不离手的微信控，当年的同窗，凡能联系上的，她都动员他们加入微信群，她若放下手机，那么多半不是坐在台式电脑前，就是手持平板电脑或阅读器，她老伴常笑她："你的老伴哪里是我，是数码工具！"

当年的同窗里，唯有长期跟她睡上下铺的慈梅，在这数码化的时代，彻底地落伍了。慈梅几年前在她一再动员下，才终于置备了一台电脑，她在电话里费好大劲教会了慈梅上网，她通过电邮给慈梅传去不少配乐的幻灯片，嘱咐慈梅给她回复，慈梅却只是给她来电话，说无论如何学不会汉字输入法，今后联系还是打她座机吧。繁蕙忍不住在电话里说："你当年是班里成绩拔尖的呀！怎么现在学个新技术这么费劲？其实你只要找个年轻人，到你身边指点几次，很快就掌握了呀！"慈梅竟马上挂断了电话，繁蕙这才意识到失言，慈梅中年丧偶没有再婚，独生子在十年前患脑癌去世，虽然媳妇对她很好，但是儿子和媳妇没有生育，七年前媳妇改嫁了，给别人家生了后代，慈梅哪里找能关怀帮助她的年轻人去！

同窗们都很怀念慈梅，她当年是班上最爱唱歌也唱得最好的，有"夜莺"的外号。慈梅不回复电邮，甚至也不置备手机，同窗们逢年过节或想起她时，给她打座机，虽然她的回应一开始总很高兴，但只要来电者道出"你一个人也真不容易啊""你闷了时只管来电话"等话语时，慈梅便会直率地告白："我一个人过得好着啦！我才不闷呢！我充实得很！”慈梅拒绝同情、厌恶怜悯，展示出其性格中以前不为同窗所知的刚强硬冷一面。

那天繁蕙在微信群里的巴西木开花直播，给都已步入八十岁的同窗们极大的乐趣。微信里七嘴八舌，有叹稀罕的，有赞花美的，有遗憾嗅不到香气的，有咏诗抒怀的，有调侃他们两口子老来俏的，有借此交叉对话的……一位男士忽然来了句：“你就该动员慈梅入群，由她高歌一曲！”繁蕙知道一个秘密，就是那男士当年给慈惠递过情书，没想到几十年后别的人一时都忘记了慈梅，他却从心底牵出了初恋的情愫，繁蕙忍不住就从自家座机打到慈梅座机，向她报告自家巴西木开花的情景，慈梅听了很高兴，也跟繁蕙报告她家阳台上有仙人掌开花，繁蕙趁机动员慈梅加入微信群，慈梅说新买的手机只用于上街时应急拨打救援号码，“我不入群也挺好的”，接着就结束通话。

巴西木开花的微信直播结束后，老伴见繁蕙满屋子找纸笔，就问他：“怎么？要返老还童吗？”繁蕙说：“正是。我要给慈梅写信。明天你先去打印巴西木开花的照片，然后把我写的信拿到邮局去寄，注意：第一，封口前别忘把照片搁进去，搁进去前别忘在背面写说明；第二，现在到邮局窗口投寄往往会不用邮票只打邮戳，咱们这信却一定要在信封上贴邮票；总之，信的形式越复古越好！”

抛开电脑、手机，繁蕙认真地给慈梅写起信来。这才发现提笔忘字，字体也幼稚得可以，但是，当年种种情景心绪，却返回涌荡心头，大学毕业后，各奔东西，她和慈梅远离几千里，但是她们一直通信，到二十几年前才结束了这种原始的联络方式。她知道慈梅现在订有一份晚报，每天傍晚必得下楼到邮箱取报，不管过些天慈梅从那邮箱里连同报纸取出这信时，以及回到居室拆看后是什么反应什么心情，反正繁蕙写信时心里暖流潺潺，巴西木开花啦，人生还剩几何？与同窗分享这桩乐事，就是当下生命实实在在的意义！

2015 年 5 月 11 日　绿叶居

辑四

隔岸花分一脉香

——“汉学与当代中国”座谈会的书面发言

就“中华传统文化的当代阐释”这一议题，我以《红楼梦》的当代阐释为例，发表三点意见。

第一点：应该以全球视野，确立人类共享文明的概念。

全球各民族有自己的语言，大多数还有自己的文字，以各民族母语写成的经典文本，既是本民族世代相传的精神瑰宝，也是全人类共享的心灵滋养。

比如产生于18世纪中叶的古典小说《红楼梦》，它就既是中华传统文化的集大成的民族经典，也是其他民族了解中华文化的一扇重要的窗口，它所包含的丰富内容与美学创意，应该是人类共享文明的组成部分。

这些年我在中国为向当代人推广《红楼梦》，做了不少努力。在告诉同胞们《红楼梦》是中华传统文化的百科全书式瑰宝的同时，我总是同时告诉大家，世界上各个民族都有自己的传统文化，其中的经典都值得尊重，各民族间交往，各自的传统文化的经典文本，就成为交往中的文化名片。在文学领域，比如古希腊有三大悲剧家埃斯库勒斯、索福克勒斯、欧里庇德斯以及喜剧家阿里斯托芬的杰出戏剧，印度有迦梨陀娑的戏剧如《沙恭达罗》，日本有紫式部的长篇小说《源氏物语》，阿拉伯世界有《一千零一夜》，意大利有但丁的长诗《神曲》，英国有莎士比亚的戏剧和十四行诗，西班牙有塞万提斯的长篇小说《堂·吉诃德》，朝鲜有戏剧《春香传》，德国有歌德的诗剧《浮士德》，法国有雨果的长篇小说《悲惨世界》，丹麦有安徒生的童话，俄罗斯有列夫·托尔斯泰的长篇小说《战争与和平》，美国有马克·吐温的幽默小说，古巴有何塞·马蒂的诗歌，等等。我是把《红楼梦》并列于其中，来向当下的中国同胞推介的。

以全球视野为前提，把中华传统文化放置在人类共享文明之中，我以为是中华传统文化当代阐释的一个基点。要避免给各民族优秀传统文化排座次。中华文化的当代阐释固然有利于提升民族自尊、自信，但不要将其引入狭隘的民族自恋、自傲情绪中。有种观点，就是今后的世界，将以中华文化为尊，为引导，我不认同。我的看法是，今后的世界，各民族的文化，特别是经过时间考验，证明是优秀的传统文化，又特别是其中的精华，将在平等的前提下，融汇为人类丰厚的共享文明，人类将在这共享文明的发展中，走向大同。

中华传统文化的融入人类共享文明，离不开世界汉学界的襄助。以《红楼梦》为例，从十九世纪起，就陆续有外国汉学界的努力，将它翻译介绍给中国以外的读者。《红楼梦》的内涵是与人类中所有善类的心灵相通的，但是，它的文本对于绝大多数外国人又特别难以消化，这就需要有耐心，除了汉学界不断地对已有的译本加以修订改进，并增加新的译本外，也需要有一些汉学家以红学为专业，写出学术著作，以及普及推广的通俗文章，告诉大家如何通过阅读《红楼梦》去理解中国传统文化。

第二点，应该重视90后、00后的新生代，面对他们，在对中华传统文化的阐释中要注入新的元素。

中国的90后这茬人，最大的一批当中，已经有不少在今年(2014年)从大学本科毕业，到社会上从事不同的职业，而且会陆续进入婚姻殿堂，生儿育女。00后这茬人呢，其中最大的已经进入中学，心智开化的速度非常之快。就生活形态而言，他们离传统已经非常遥远，他们普遍使用手机、电脑，电子化、数码化已是他们生活方式的常态。网上购物、手机阅读，成为城市年轻人的时尚。

中华传统文化的当代阐释，应该重视90后、00后这两茬人组成的新生代。无论在对传统文化内涵的阐释，和阐释的方式方法上，面对他们，都必须注入新的元素。

我在近十几年的推广《红楼梦》的社会实践中，非常重视跟这些新生代的沟通。以往对《红楼梦》的主流阐释，要么强调其表现了封建家长的包办婚姻导致的恋爱悲剧，要么强调其中有反封建的萌芽状态的新兴市民阶层人物，或将其概括为一部奴隶反抗奴隶主的阶级斗争教科书，这些阐释依然可以存在并继续繁衍，但是，却很难令年轻一代产生共鸣。当下中国的几茬年轻人，陆续被卷入了世界一体化的经济进程，在市场经济的运作中倍感压力，我跟他们谈《红楼梦》，就特别强调《红楼梦》里那“人生着甚苦奔忙"的终极追问，强调贾宝玉那"世法平等"的诉求，我强调要文本细读，从"迎春独在花阴下用花针穿茉莉花"这样一个以往被读者和红学家忽略的描写中，揭示出没有竞争力的懦弱生命也自有其不可取代的生命尊严与人生乐趣，这样引导年轻读者去领会《红楼梦》的精髓，取得了不俗的效果。另外，我特别注意面对看动漫、打电子游戏长大的这一代人，要摒弃那种说教式、灌输式的刻板讲述，把我对《红楼梦》探究的心得，像侦探小说那样，设置悬念，层层剥笋，加以表达，又总是注意平等相待，一再申明我的观点可能不对，仅供参考，结果受众甚广，吸引到许多年轻人，他们果然并不都认同我的观点，但是正是通过我的阐释，他们开始尊重《红楼梦》、阅读《红楼梦》。

建议国外的汉学界，也要重视你们那里的90后、00后的新生代，他们对中国的兴趣，不消说正旺盛地增长着，但是他们对中国的传统文化，首先是面对语言文字的障碍，会倍感隔膜，因此，除了继续高端的中国传统文化的学术研究，建议也能有部分的汉学家，腾出部分的精力，面对你们本民族的年轻人，讲述，或写出，关于中国传统文化的普及性的阐释，将中国这边普及传统文化的某些文本翻译成你那边的文字，也应是一种不错的办法。

第三点：应该鼓励创新，百家争鸣，凡能自圆其说的观点，都应给予尊重。

在中国，研究传统文化的国学，在中国以外的汉学，作为一门学问，一种学术，都应该鼓励创新，真正做到百家争鸣，要有"多歧为贵，不取苟同"的学术胸襟。凡能自圆其说的观点，都应给予尊重。

《红楼梦》里写到的大观园，有一副贾宝玉拟的楹联是："绕堤柳借三篙翠，隔岸花分一脉香。"我觉得这两个优美的句子，正可以用来比喻国学和汉学的关系，当代中国需要从自己的传统文化中汲取丰富的营养，以求得良性的发展，而汉学界也可以在将中国传统文化介绍给自己那个民族的同时，使中国优秀的传统文化更多更快地融汇进人类共享文明之中。

2014年10月　北京

今古一相接，长歌怀旧游

——李黎《半生书缘》序

北宋大儒张横渠发出宏愿："为天地立心，为生民立命，为往圣继绝学，为万世开太平。"我等一般读书人，难以承担如此大任，但在"横渠四愿"的鼓舞下，或许也能以绵薄之力，多少做点沾边的事。

比如，"为往圣继绝学"，一般读书人，系统地承继"绝学"，很难。但是，对"绝学"心存尊敬，以点滴之力，融汇进将割断的学问重续的时代工程中，还是可以有所作为的。

"往圣"的"学问"之所以会被遮蔽、践踏、湮灭，其中最主要的，当属政治因素。在宏大的"往圣绝学"中，我们现在只取小小一瓢，即中国现代文学，来观察一下。由于 1949 年形成的新格局，在海峡那边岛上，上世纪前半叶的现代左翼作家的作品，一度被遮蔽、禁制，不仅鲁迅的文章读者读不到，举凡茅盾、巴金、丁玲、艾青、沈从文等的作品，也成禁书。海峡另一边呢，改革开放之前，由于"不断革命"，跑到岛上或异域的作家作品，也多被遮蔽、禁止，有的如胡适，对于一般年轻读者来说，只知他是个反动派，被猛烈批判，他的文字，只在大批判文章中被零星引用以为靶环,想看到他作品的完整面目,极难。再如梁实秋,他的大名是让人知道的,但被"钉在历史耻辱柱上","丧家的资本家的乏走狗"是撕不下的标签,至于他写有《雅舍小品》,则不仅看不到,甚至连信息也不给。1949 年以后留在大陆的作家,沈从文不仅不再写小说,连作家的身份也被褫夺,只好去故纸堆里讨生活,研究古代服饰;丁玲、艾青、吴祖光等陆续被打成"反党分子"、"右派分子";巴金、曹禺头十七年还算太平,到了"文革",也被打倒;钱钟书因为懂多门外语,总算用他一技之长,去参与翻译领袖诗词,但他在 1949 年以前曾出版过的长篇小说《围城》,在进入改革开放阶段才获重印,那之前的三十来年里,连我这样的"文学青年",也并不知晓……

上面所提到的诸位现代作家,单个来说,或许有的难称"文圣",但合起来,应是一个时代的神圣文脉,怎能将其从读者视野中"扫地出门"?

于是出现了一些力图冲破禁制,将切断的文脉接续上的较为年轻的读书人、写作者。李黎即其中一位。她 1948 年出生不久即被舅舅舅妈带往台湾,在那里长大成人,经历过台湾"戡乱"的威权政治所实施的白色恐怖,其中包括禁读鲁迅及留在大陆的诸作家的书,但年轻的心,首先是好奇,读书本无禁区,奈何钳制至此?没有不透风的墙,你禁的人名书名,总会灌进耳朵里一些,你越不让看,我越想看!好奇心驱使下,就要寻觅,偶得"禁书",兴奋不已。但那时的台湾实在令人窒息,直到她留学美国,忽然在图书馆里看到书架上大片中国上世纪三四十年代的作家作品,惊喜之后,便联翩阅读,阅读之后,就想,有的作者还活在大陆,那么,能否有一天,去往那片祖籍之地,跟他们结识,当面聆教呢?

1979年,李黎来到进入改革开放新时期的中国大陆。邀请她的,是北京三联书店的总经理范用。范用当时起到的作用,就是把被政治震荡切断的文脉,尽力接续起来。当然致力于这项工作的机构和人士还有若干,但北京三联书店和范用,应该说是得风气之先,起步最早,着力最多。李黎那时候大陆知道她的人不多,范用真是慧眼识明珠,请到这位台湾长大、美国定居的不过三十出头的年轻女子,在北京做报告!范用好比巧妇,李黎仿佛金针,那场演讲,将中国现当代文学的断线,在新时期中得以接续,穿过时代的针鼻,将海峡两岸、大洋两头,原来破裂的文学衣衫,精心缝补起来,华衫再现,霓裳羽衣……我这样形容,当下的年轻人或会觉得夸张,那是不知那段历史时期所穿越过的隧道,曾是多么阴暗。

凭借范用的举荐,李黎见到了茅盾,她的第一本个人小说集,由中国青年出版社出版,茅盾先生为其题写了书名;后来又有中国作家协会孔罗荪等开明人士的帮助,她在那年和以后几年里,相继见到了丁玲、艾青、沈从文、黄永玉、王世襄、钱钟书和杨绛、吴祖光与新凤霞、丁聪和沈峻,杨宪益和戴乃迭、黄苗子和郁风、冯亦代和黄宗英、黄宗江和阮若珊……当然,她"不薄旧人爱新人",也很快就结识了刘宾雁、白桦、李子云、张洁等相对前面所开列的先贤辈分较小的作家,她自己称,其中年龄相对最小的一个,是我。所谓"最小",是与前面诸位相比,其实我比李黎大六岁,她称我为兄,我是不必谦让的。

说来有趣,于李黎,我是未见其人,先遇其夫。1978年,也是范用先生牵线,给我来电话,说有位台湾去美国定居的薛人望先生,虽是研究细胞学的学者,却又是位文人,读了我1977年11月

刘心武水彩写生：红螺寺一隅

刊发在《人民文学》杂志的《班主任》，想对我做次采访，建议我解除顾虑，接受采访，畅所欲言。我接受薛人望采访后，他将那篇幅很长的采访录署名张华，拿到香港一家杂志刊发了。那次采访中，他就告诉我，不仅他觉得《班主任》是个重要的文本，他那写小说的妻子李黎，也同样赞赏。1979 年李黎只身来到北京，我不仅在集体活动中与她见面，更邀她到家里做客，从那以后，我们成为极好的朋友，1987 年我第一次访美，就在他们圣迭戈家中小住，1998 年我和妻子吕晓歌同游美国，又到他们斯坦福大学里的居所住了很多天。

《班主任》不是好小说，但敝帚自珍，它确实是个重要的文本。写它的心思，是觉得“文革”把四个方面的文脉几乎全给切断了：外国文学、中国古典文学、中国 1949 年以前的现代文学、1949 年到 1966 年上半年的当代文学，每个范畴里或许留下零星的作家作品尚允许存在，其余基本上一笔抹杀，这样的文化政策，使得年轻的一代陷于愚昧，因此重呐鲁迅喊过的那一声：救救孩子！这个文本里的那种急于将四个方面被割断的文学重新续接上的内涵，不消说，正与李黎当时内心里那种“冲破桎梏读禁书”的情愫息息相通。这应该是我们一见如故的缘由吧。

李黎当年见过现代文学史上占有地位的作家后，来到我跟前，总愿跟我细说端详，有的内容，似不见于她后来的文章。比如她初见艾青，他们言谈甚欢，当中艾老忽然说失陪，去了另一间屋，关上门，移时许久才返回；那时艾老刚落实政策返回北京，暂住在简陋的平房里，李黎推敲，因为没有卫生间，艾老应该是到隔壁屋使用罐罐去了，她很为这样的国宝级诗人不能有好的生活条件而喟叹;她又跟我议论,艾老一侧额头上有个大包,按说很不雅观,但是想到那包里应该有许多的诗思,也就觉得不难看了……

1987年蒋经国宣布结束“戡乱”,开放党禁、报禁,那以后台湾的出版阅读禁区基本上不复存在。大陆也有很多良性的变化。但是李黎所结识的老一辈文学艺术家,许多都仙去了。2012年她又来北京,我们见面时不免板指逐一清点,硕果仅存者虽有,却陡生夕阳箫鼓之叹。

虽如此,“继绝学”之事,也还可以小处做起。李黎将她多年来这方面的文字,编为《半生书缘》,是对前辈文圣们的致敬,也是对后来的读书人、写作者承继文脉的一种提示。

李白当年写出的诗何等的好,但他不认为自己的诗才是凭空而来的,除了对现实的敏感与想象力的飞扬,对往圣的尊崇,对传统的继承,是他时时难以释怀的,他有多首缅怀早他二百多年的谢朓的诗,其中《谢公亭》是这样写的:

谢亭离别处,风景每生愁。
客散青天月,山空碧水流。
池花春映日,窗竹夜鸣秋。
今古一相接,长歌怀旧游。

我以为,李黎的这本散文集,多少有些李白此诗的韵味,不信你看。

2013年1月19日　时逢阴历腊八喝粥后　绿叶居

无语亦佳

——我和修晓林

曾发表过“将就是夫妻”的言论，现在想到“随便是朋友”，刚好可以配伍。

修晓林是我在上海的一位朋友。我们认识二三十年了。究竟是哪年开始交往的？想不清楚了。但是有一点很清楚：认识他的同时所交往的那些人士，一度也堪称朋友的，甚至算是好朋友的，到现在，所剩寥寥，其原因，主要在我吧，我这人性格比较“格涩”，长期包容我，太麻烦，也没必要。但是，晓林却始终没有厌弃我，甚至我有时懒得跟他联系，他也还是时不时地给我发手机短信和电子邮件，从不要求我回复，我有时会回复，他看到后的反应，就跟我次次回复过一样，依然那么白云自舒卷，流水自潺潺。

晓林是个“干部子弟”，跟他接触中，我从未感受到某些“干部子弟”的那种“派头”。晓林是个“兵团战士”，曾在云南锻炼多年，但他从未跟我慨叹过“蹉跎岁月”。晓林是个典型的“上海好男人”，买、汰、烧一把抓，还曾正儿八百地学过西餐烹饪，却又并没有若干“上海男人”的那种“娘气”。上海著名的文学评论家李子云大姐对我说过：“晓林是个男子汉。”这是审美话语，涵括了晓林那须毛发达的外貌、浑厚沉着的语音、矫健沉着的步伐、处变不惊的气度、敢于担当的品质。当然，也需指出美中不足处：他个头矮了些，设若他身高达到1米80，我觉得当编辑就可惜了，应该送上荧屏银幕，去塑造出令观众倾慕的“硬汉”。

作为上海文艺出版社的老编辑，他责编好书无数。我的长篇小说《四牌楼》和散文集《命中相遇》，是我自己最钟爱的两本书，都是他编的。已有不少作家写了关于他如何敬业的锦绣文章，我真不必再抛鲜花。

说来有趣。我跟晓林的交往，记忆中画面最鲜明的，却往往与我写书他编书无关。2010年上海书展，我应邀而去，后来写成《热影》一文。大暑天的去参加上海书展，我的心理动力之一，是听说修晓林伏案编书那么多年，所责编的书频频获奖，可谓硕果累累，但是在2004年以后，却被单位某关键人物压制，不予提拔，岂有此理嘛！其实我心中那抱打不平之愤懑，到上海后并无可发泄之机会，出面接待的是对晓林友善者，对我更是友善，而且仔细一想，我算老几？就是与那关键人士面对面，历数应将晓林提拔的理由，又能起到什么作用？闹不好还可能帮倒忙。替晓林抱不平的大有人在，其中更有位高言重者。好在晓林自己以编书为乐，对“位置”并不那么看重，如今退而不休，非为“补差”，心系文学也。

2010年去上海前，交代晓林两件事，一是到重新装修过刚恢复营业的和平饭店餐厅，预订座位，并在所预定的那天傍晚，陪我宴请从美国路过上海的老朋友薛人望、李黎伉俪；二是预购在上海大剧院演出的舞剧《周璇》的戏票，届时与我一起欣赏。这都与上海书展无关。都是我自费。李黎是台湾旅美作家，与李子云也是好朋友，李黎每到上海，子云大姐总要跟她餐聚，而晓林又是李子云的小朋友，因之在和平饭店餐聚时，我和李黎，还有晓林，都痛感席间少了一位应有之人，那就是2009年仙逝的李子云。晓林说起李子云去世前前后后的种种细节，大家喟叹不已。记得那天晓林预订到的靠窗座位极好，窗外便是外滩及浦东的万丈红尘。后来又与晓林同观舞剧《周璇》，散场后一起步行到我下榻的吴宫饭店。

我跟晓林的交往有个特点，那就是各随其便。随便的含意是无话不谈，这无话不谈，有二解，一解是我们之间想聊什么就聊什么，甚至涉及各自的某些隐私；二解是一时觉得“无话”，不想说什么，就绝不找些废言赘语来敷衍，竟可以久久地沉默对坐或并肩散步。记得我妻子在世时，因她身体不好，一次晓林来访热情接待后，见我跟晓林言谈甚欢，就到里屋休息去了，过了许久，她休息够了，回到客厅，见我和晓林面对面坐着，却既无一语，眼睛也各盯一处，各自想心事，不禁感叹：“你们这样好久了吗？”我如梦初醒，晓林只是浅笑。后来我跟妻子说：“无语亦佳，这才是真正的朋友啊！”

是的，跟晓林在一起聊天，快乐；跟晓林在一起相对无语，快乐；看到晓林发来的手机短信和电子邮件，快乐；没有及时回复晓林的短信和电邮，知道他不会在乎，快乐；忽然来了兴致，给晓林在电邮里传去许多我的近照，而他没有及时给予反应，也快乐……我们相互没有功利期盼，没有心理依赖，没有不可言之事，也没有必须交流之语，我们很随便，反正，我们永远是朋友。

2013年12月19日　温榆斋

把不确定确定下来

——丰土《欧拉冒》序

前几天丰土风风火火跑来找我，把我吓了一跳。

至少二十五年前，我们就认识。那时候他还没有这个笔名。掐指算算，那时候我才四十五六岁，他呢，才二十四五岁。我们之前最后一次谋面，大约在二十年前。为什么说多年不见，他忽然笑嘻嘻走到我面前，一声“刘老师”，把我吓了一跳？因为，我现在已经过了七十，脸上的老年斑在渐次增多，而他呢，居然还是二十年前的那模样，难道岁月的雕刻刀，只对我不对他？

其实，就在二十年前，我就知道，丰土经受的坎坷，已经非常富于戏剧性。那番坎坷居然并没有令他容颜衰颓，穿越诡谲世事，他依然青春焕发，笑容可掬，已足令我感慨，谁知他刚在我面前坐定，便递过一本长篇小说来，说是出版社给他印的试读本，请我先睹为快，并且，希望我给写个书序。

随手翻那书，书名古怪：《欧拉冒》。他忙解释：“欧拉冒”是夏威夷土语“永生之岛”的音译。那试读本前面，已有作家北村和电视人时间的序，正文后面更有文学评论家李以建的篇幅颇长的导读，都非常真切精到，还要我糟老头子写什么序？

丰土初识我的时候，我正任《人民文学》杂志主编，那时候，应该说是比较“庙堂”，也比较“中心”的，他跑来投稿，是个短篇小说，虽系无名小卒，也应以礼相待，没有压他的稿，拿去请编辑看，编辑眼睛一亮，交主任二审，主任也觉得不错，交终审的副主编，竟一槌定音，付梓刊发。我是期期大样都看的，看到他的作品顺利上版，水平与其他成熟作家相差无几，为他高兴。但我没多久就离任了，从“庙堂”换入“江湖”，很快地就“边缘化”了。自己“边缘化”了，却希望如他那样的年轻作家，能笔耕不辍，尽快成为文坛的中坚力量。也确实有若干当年我任主编时刊发出作品的年轻作家，后来笔锋愈健，成绩斐然，不仅成为我们这边文坛的翘楚，也获得了世界声誉。我自己后来自诩“边缘有光”，做“边缘人”，写“边缘文”，种所谓“四棵树”（“小说树”、“散文随笔树”、“建筑评论树”、“《红楼梦》研究树”），混迹于“江湖”，笃信即使是“文友”，也无妨“相忘于江湖”。我得承认，我后来把丰土完全忘却了，他也没有以继续发表出的作品，提醒我注意他的存在。

偶尔会想起改革开放初期，一起走红的那些文友，继续写作、发扬光大的有，因客观主观原因挂笔的也很不少。曾经的“文学青年”，都已人到中年，热情大都消退，不要说继续写作，就是继续阅读文学作品的，也所剩不多。然而丰土忽然坐到我对面，“一声《欧拉冒》，双泪落君前！”他对文学写作的热爱与执著，竟穿越纷纭世事而凝结为了这样一部呕心沥血之作！

别人让我写序要坚辞，丰土要我写序开始也是推辞，但是想到这是一个二十多年前就结识的文友，他提醒我，是那时在我家里，我请他吃开心果，那时候北京市面上还很难买到那种食品，他记得那开心果是1987年秋天我访问美国后带回来的，他觉得是给他提供了一种新鲜的味觉经验……忽然心头浮现出千年前杜甫的诗句："人生不相见，动如参与商；今夕复何夕，共此灯烛光……"我爱写作，丰土君亦爱写作，结识二十余年，他仍称我"老师"，其实翻翻他的《欧拉冒》就知道，他是在结撰崭新的文本，现在他应该做我的老师！

李以建写出的导读，已经把《欧拉冒》的文学价值，特别是其文本结构的别辟蹊径，条清缕析地阐释得非常充分了，我不可再来饶舌。我只想说，"欧拉冒"这个意向，一是从空间上展开想象与开掘，一是从时间上展开想象与探索，前者即追求"永在"，后者即追求"永生"，确实非常值得玩味。而整部小说的结构，有些像"俄罗斯套娃"，又有些像中国古典玩具里的"九连环"，似乎意在强调命运的不确定性，却又在那不确定性里面，去努力地求索确定的元素。

世上的小说多种多样，"真事隐，假语存"是一种写法，"真事无，假语喻"又是另一种写法，此外的写法如观世音现千手千眼，应可变化无穷。丰土这《欧拉冒》的写法，是否开创出了一个新的品类？大家可以讨论。

这序是构思好了，先拟出题目然后一口气写下来的，现在要收束，我想把题目加长为：《把不确定确定下来，再去探求新的不确定》，这是我对《欧拉冒》的感想，也是对丰土下一部作品的祈盼。嗳,就保留原来的题目吧。其实,我真够啰唆,杜甫早概括出了我们心中共同的喟叹:“明日隔山岳,世事两茫茫!”

2013年3月23日　温榆斋

* 丰土,原名王洪超,其长篇小说《欧拉冒》由法律出版社出版。

爱闻黎明喜鹊声
——我与《上海文学》

2009年，丽宏诚邀我在《上海文学》开专栏，于是我以《十二幅画》为专栏名称，每月提供一幅画与一篇长散文，打头那篇是《兰畦之路》，从记忆中打捞出一位被历史尘埃遮蔽许久的传奇女性胡兰畦，刊出后丽宏和责编张予佳，还有上海的朋友如修晓林，都告诉我反响颇好，到年底，12篇文章编成了一本书，交上海文艺出版社出版，晓林为责编，12幅画收了进去，但书名叫做《命中相遇》。

2011年我又在《上海文学》开了《人生有信》的专栏，2012年结集交江苏人民出版社，2012年则又开了《空间感》专栏，2013年结集交漓江出版社出版。没有《上海文学》慨然提供篇幅，我这些动辄万字上下的回忆性散文，怎能及时顺利面世？除非错字，我的这些文章他们一字不改，照登。但责编张予佳会在编辑过程中，就文章的一些细节问题向我询问跟我沟通，可见审阅是非常认真的。2013年我在《文汇报》《笔会》发表了一篇文章《回忆无禁区》，里面写道："对于一个有尊严的生命而言，回忆无禁区，而且，应该与人们分享回忆，将我们各自的回忆整合起来，也许，那就接近于信史。”但如果没有《上海文学》《笔会》这样的园地，无禁区的回忆又如何能供读者分享呢？我的感激之情，难以表述。

长期以来，我已经形成自己的生活习惯：上午睡觉，中午起床，下午或外出活动或读书听音乐，晚饭后散步，大约从22点坐到电脑前敲键盘，一般会在1点结束，但在《上海文学》开专栏写大散文，不仅是因为文思泉涌，更因为编者给予我最充分的信任最慷慨的包容，任我自由驰骋，因此往往会一直写到凌晨5点，一篇万把字的散文一气呵成，敲完最后一下，再用鼠标点击保存后，舒展双臂，没有疲劳感，只有大欢喜。这时东方的晨光或许会射进书房的飘窗，而窗外树上，会有雀鸟的叽喳，虽说是“吉凶不在鸟音中”，但总会在听到喜鹊的叫声时，不由得朝窗外望去，如果看到有喜鹊飞过或在枝头不住地翘尾，便格外高兴。

1978年，“文革”中被迫停刊的《上海文学》复刊，巴老在他家当面跟我约稿，我回北京后写出一个短篇小说寄给他，在复刊的第一期上刊出了，那篇作品并不成功，但那期刊物我保存至今，好比黎明鹊音，一直鼓励我在写作的路上当一名马拉松跑者。后来我有不少短篇小说在《上海文学》发表，如《这里有黄金》《洗手》《护城河边的灰姑娘》等，去年《护城河边的灰姑娘》的法译本被法国迦里玛出版社收进了它的袖珍本系列，我在北京一家法文书店也见到了，我一直没有忘记这篇小说是《上海文学》首发的。

2013年12月18日　温榆斋

感受到老建筑的呼吸
——蔡震《梧桐树下：南京民国建筑风情》序

我曾写过一本《私人照相簿》，开篇便声言我爱看老照片，首先是人物为主的老照片，其次是老的街景、老的建筑物的照片。面对这些老照片，其所凝固的那一瞬，会引发出我无限的遐想。从那一瞬往前，应该有着那些人物那些建筑的前史。对前史的探究，我以为是一种高尚的情趣。但是，老照片的局限在于，它凝固于久远的一瞬，从那一瞬以后，直到我们目睹它的一刻，悠长的时间里，空间的变化，人物命运的前程，建筑物兴废的后事，则都戛然而止。什么时候，能有那样一组画面，既将时空中有过的事物富于美感地展现，又令我们从中不仅能知其前史，更可穿越于定格的一瞬，感受到一种复杂诡谲的命运感？

现在我极其欣悦地看到了蔡震兄的南京民国老建筑系列图画。这一系列图画满足了我搁存已久的愿望。相信会有许多翻开这个画册的人士，获得与我相同或近似的感受。

或许有人会问：如今照相技术非常发达，要展现这些南京民国建筑，将其拍摄下来，略加技术处理，岂不就很好吗？但是照相与图画的区别在于，虽然前者也可有所作假，后者也可力求逼真，但照片总体而言是一种冷记录，而图画总体而言是一种暖记录。蔡震兄的这套系列图画，就是一种融汇进其大感悟、大体谅、大悲悯、大欢欣的以心暖物之作。

蔡震兄受到过严格的美术训练，画这些建筑，他可以采取的手段非常之多，中国宣纸画，无论写意还是工笔，他都擅长，而且举凡油画、水彩、水粉、版画……也都相当顺手，但是，他最后选择了铅笔淡彩这一相当偏僻、难以驾驭的作画方式。你细赏他这些画作，用几色铅笔削细的笔尖，一笔笔地擦绘，视角的选择，细节的铺排，浓淡的处理，简繁的取舍，可谓精心到绣花的程度。他在绘制过程中的心路轨迹，悸动于心灵深处的情愫，被一笔笔地体现在所描绘的客体中，因而那些客观存在的民国建筑，也便展现出了生命，我们似乎可以从画面里感受到那些老建筑的呼吸。是的，它们老了，它们是幸存物，但是，它们还活着。它们曾经是某些生命荣辱浮沉、生死歌哭的载体，又曾经是人间沧桑、历史无情的见证。蔡震兄的这些画，单挑出来是一个故事，整合起来是一个时代。

我注意到，在绘制这些民国老建筑时，蔡震兄虽刻意凸现老建筑本身，舍去了若干呈现于视野的事物，或淡化弱化了若干细节，但是，却也故意在画面上保留当下的印记，如广告牌、公共汽车、新潮雕塑，以及时髦的男女过客。这就更大大超越了老照片的局限。老建筑，新图画，往日时光，今朝潮流，读画，也就成为了读史，成为了吟诵怀旧之诗，成为了与时俱进之歌。

2014 年 4 月底，我在南京，蔡震兄引我到他绘制过的颐和公馆里去亲近那些作为文物保存下来，而又活用为酒店、餐厅、茶寮、咖啡吧的民国建筑，同时拿出一套以他画作试印的明信片给我看，我就进一步知道，他的民国老建筑系列画作不仅是绝佳的美术创作，更对南京的旧城保护、旅游开发是一种实质性的推动力。祝贺蔡震兄，感谢蔡震兄。蔡震兄画册要出版，命我作序，不推辞，不为难，因为确实有话可说。待画册印讫，得一册翻阅时，我会再一次沉浸到这些民国老建筑图画所传递的史感、美感与命运感中，捕捉老建筑的呼吸，思索新时代的真谛。

2014 年 5 月 17 日　温榆斋

荷花般高洁的理想与爱情
——长篇小说《荷香》序

辛亥革命已经过去百余年了，但它彪炳史册的功业仍然光照当今，传耀后世。今天，刚开蒙的孩童也知道革命先行者孙中山，稍微年长一点的学生更知道那个时代倡导的是“民主”与“共和”。实际上，我们每一个人都分享了辛亥革命给予我们的馈赠，那种顺应世界潮流，奋不顾身地结束帝制，开创一个新时代的大无畏气魄，已经成为我们现今思考和行动的一种比照方式，融铸成我们至为宝贵的民族基因。反映那个巨变时代的文学作品数量不少，且都各有其表现视角和艺术特点，现在呈现于我们面前的这部《荷香》，如古典长卷随轴徐徐展开，在湘绣般的工笔细描中，又注入了当代人的思考，别开生面，自有特色。

李晓东先生的这部长篇，让人印象最深刻的就是其中深切动人的爱情故事和坚定不移的革命精神。这种革命理想和挚爱深情的可贵之处，在于它像荷花一样纯真与专一，像荷香一般清新而飘远。以美好植物隐喻人格品质的寄想和称颂，从古至今，一直是不少文学作品采用的手法，《荷香》亦如此，但它又自有其气贯神通的刚劲文脉。

小说的女主人公以荷为名，她与荷花有着同样的外在形貌和内在气质，外观的“美艳”和内心的“真纯”，总是于“绵远悠长”之中，令人深深地钦慕，作者对这一荷花般形象的塑造，不是表层的怜香惜玉，也不仅仅是简单的托物咏唱，而是通过她的生死歌哭，赋予了对承载理想的生命价值之充分肯定。娇媚的荷花馨香怡人，淡雅贞洁，即便秋凉冬寒，荷花的冷香犹存于世上万物之间。哪怕它凋零跌落，即便陷入淤泥，那种特有的丰姿也深藏于泥土之下，留待来年发芽、抽叶、开花。

书中荷香和心杰两位主要人物，一位是仙女般的品貌，一位是君子般的品格。小说详尽描绘了身居长沙城的这一对恋人相知、相恋，共同为了人生理想奋斗，而又为了革命和爱情献身的故事。两位主人公在岳麓山相逢，有了懵懂的情感，经历大浪淘沙，为了革命事业奔赴异地，后又历经坎坷，在长沙重新相会，并且终结连理。在辛亥革命长沙攻城战的最后时刻，心杰为了革命事业毅然献身，而荷香也不愿独活，为了永远的心爱，随心杰而去。他们生长在辛亥革命昂扬激荡的年代，他们有着荷花那般清纯高洁的品格和美好纯真的爱情。这既源于人性本质的良善，又赖社会革命所燃起的理想之光的催生。

据了解，这是一部取材于那个年代真实人物与事件的小说，其中，有着作者童年记忆中许多美好的闪光点，数十年来，这些人物与事迹，存活于心，每每让作者难于忘怀，屡生挥笔之念。近年，作者终于了此心愿，以恢弘的卷帙，细腻的文笔，丰富的细节，清丽的文字，将所想讲述的故事、所倾心的人物，淋漓尽致地呈现了出来。这是一次从泥藕中奋力伸出荷茎，从湖面优雅地穿出并展开荷叶，再以饱满的激情将荷蕾绽放为荷花，并期待着岸上读者诸君能够品鉴的倾注心血的文学创作之旅，在时代的和风中，这盛开的荷花满溢香气，默默地期待着理解与共鸣。

《荷香》以长沙城为背景。这也是本书作者生于斯，长于斯的故乡。岳麓山脉、湘江柔波、天心古阁、湘春门、湘春街、湘菜、湘绣等景物，以及辛亥时期的民俗风情和湘人敢为人先的秉性，在作者笔下，都得到了相当生动传神的描述，作品具有浓厚的地域特色，传达出古城长沙的独有魅力，在全书场景的变换和人物的命运轨迹中，这种特色与魅力得到全景式的挥洒。作者对湘春门显然情有独钟，湘语云："千里湘江岸，唯一湘春门。"湘春门是镇守长沙北面的屏障，在悠长的岁月中，这里既是长沙历代藩王世居之地，也是达官贵人聚居之处，还是名僧藏经讲道的场所，历史悠久，文脉深厚。作者将湘春门作为小说中最重要的空间，人物活动和情节发展的必经之处，在描述过程中，作者恰到好处又自然天成地，对湘春门及其他湘地风物予以介绍和点评，使得整部小说富含独具特色的"湘文化"亮点。

也许有的读者会觉得作者对笔下的主人公过分地理想化了，但那个时代确实有着那样以炽热理想驱动生命的青年男女，而这样的人物和人生，也正是当下时代变革进程中应有的。书中那些受到正义的感召，为了国家兴盛和民族解放而拼力奋斗的艺术形象，是那个年代无数有志青年的写照，我以为，对当下的青年男女，也是一种激励，对于广大的读者，可以提供一种向上的力量。

读这部小说，仿佛手捧一杯沁人心脾的香茗，初读平淡，但细细品来，便觉甘甜醇厚，后味无穷。试看作者如何描写岳麓山的美景和气势：

> 岳麓山是南岳七十二峰之尾峰，山谷幽壑盘纡如巨木之根，林木繁茂如苍海之水。湘水浩荡，腾起漫漫水雾，将岳麓西岸笼在纱幕之中。即便是正午时分，阳光炽烈，山林幽谷也不能看得真切。深谷高峰翠色或浓或淡，似丹青高手有意为之。
>
> 山中四时之景皆有可得玩味之处。春之日，落蕊随风翻飞，风过留香；夏之日，翠色繁茂，或翠或绿，看似人工，实则天成。秋之日，红叶遍山，鲜红似泼，画图难足。冬之日，寒山转苍翠，更有队队寒鸦，点缀着淡灰色的天空。时或落雪，诸色淡去，唯有黑白二色，恰似一幅水墨画。

作者状景岳麓山的文字，可谓匠心独运，令人神往。正是在这样的诸多美妙风景画卷之中，动人的爱情故事徐徐展开，如诗如歌，引人入胜。

穿插于整部小说中的典雅诗词是作品的又一亮点。李晓东有着相当的古典文学功底，他的诗词清新淡雅，婉转绮丽，寓有深意。阅读作品过程中，不经意间，“忽见”作者这些别具一格的诗词，仿佛是游历美景山水，云雾飘忽，草木生翠，已是一翼飞亭，峰回路转，又恰遇一汪清泉，让人眼前一亮，不免流连其间，欣然忘返。

作品中有五十多首与荷花相关的诗词。这些咏荷诗词，角度不同，形象生动，韵律独特，意境优美，我还是第一次见到，一位作者能够写出如此多首的歌咏荷花的词作。此处撷取一首《荷香》：

> 翠盘含新蕾，玉洁文秀甘独醉。晨阳沐池美，清风幸过花仙睡。闪烁晚雷追，细雨唤出荷花魅。问人间谁悔？不识蓬裙珍珠水。秋来道觉愧，面黄肌残神形颓。任尔寒冻摧，为留腹子泥中跪。但凭冬雪贵，来年再借花为媒。游子客船归，烛红睡莲梦一回。

此首《荷香》是穿插于这部小说中诸多咏荷诗的代表之作。诗词造境，万亩荷塘里，碧绿的荷叶、清幽的香气与令人惊叹其美姿的红荷，正是小说中两位主人公纯洁坚贞爱恋的象征，此种文笔，是自然之美、青春之美与艺术之美的精妙结合。

据作者李晓东先生说，他写此书的目的，是为了将它献给1911年为辛亥革命捐躯的英雄们，弘扬他们那追寻伟大的人生目标，保持真实、淳朴、专一奉献的高尚境界，不惜牺牲一己推进社会进步的不朽情怀，他这厚重的文本，达到了他的追求，掩卷之后，荷香悠悠，忆昔抚今，多少思绪，缱绻心头！

2014年早春　温榆斋

以文字温润人心

——《神圣的沉静》自序

我生命的第一个记忆，是在母亲的怀中，感受到母亲身体的暖气，对面是一条乌篷小船，篷下，长我八岁的姐姐，短发，大眼，跪坐在船舱里，一只手撑着船板，朝我微笑。长大后，我把这记忆告诉母亲，她吃惊，说那情形是有的，侵华日军轰炸重庆和成都，父亲留守重庆，开始母亲带着小哥和阿姐以及我在成都，后来就辗转去往祖籍安岳，其中有段途程，是母亲抱着我乘一条大船，小哥阿姐乘一条小船，但那时我应该只有两岁的样子，人生的记忆，一般都在四五岁以后，我何以那般早慧？

其实那个记忆，只是一个萤光般的闪点，前后都没有更多的储存，我真正具有较连贯的记忆，也确是在四五岁以后。

那个萤光般的闪点，直到我如今度过七十周岁，仍未熄灭。它是一个象征，即我的生命历程里，母亲对我具有无可估量的影响力，而家族熏陶、手足情深、文明教养、相濡以沫，是扶助我生命向上的重要动力。

我后来成为一个作家。检视近二十来年的写作，其中有不少篇什，是写母亲的，其次是写父亲，以及兄姊，还有贤妻。虽然我在2012年出了40卷的《文存》，但其中并没有哪一卷专门将这些咀嚼亲情的文字汇聚一起，于是，趁柳鸣九先生邀我参加由他主编的《本色》丛书，就第一次汇编成了一册，其中有好几篇，是《文存》还没来得及收入，去年刚写成的。

我没有评估当下整个社会状况的资格与能力，不敢轻率作出世风日下、人情浇漓的结论，但确实目睹耳闻了不少血亲断交、兄弟阋墙、妇姑勃谿、夫妻仇杀、阖家互讼的现象，于是痛感唤起人们心底那份最淳朴的亲情，在当下是十分必要的。我们的社会把“奔小康”设定为共同的目标，但何谓“小康”？“小康”的标准难道只是人均收入？以我自身的社会经验，像我们这样一个小资产阶级家庭，穿越过百年的社会风云，一直保持着浓酽的亲情，坚守善良，维系情趣，自尊悯人，独立思考，以一技之长服务社会，以理性平和随遇而安，是社会的良性细胞。“小康”家庭应该都是注重亲情、友情、爱情的，要防止因权力、财富、贪欲、急功等因素而引起的变异，特别是要杜绝癌变，始终令其每一个成员人性中的良善美雅的情愫得以提升。

用文字匡正社会是很难的，但以文字温润人心是可能的。愿这册小书，能令读者在被戾气裹挟、冷漠刺痛时，多多少少感受到缕缕人间的温良之气。

2013年1月5日　温榆斋

不要对大头尖叫

——在百度文学成立大会上的发言

电影是在19世纪末开始出现的。在19世纪末的最后几年，巴黎的一个建筑物的地下室，外面贴出了海报，说这里放映活动影戏，买票可以观看。于是就有一些人买票进去了。进去发现也没有舞台，就挂了一大块白布，然后就开始放映，他们发现是他们所熟悉的照相动起来了，原来是活动的影像。当时最早拍摄并卖票放映的电影短片是《工厂大门》，表现工厂大门打开了，很多下班的职工涌出来，观众觉得很新鲜。还有《火车到站》，这些看电影的人坐不住了，怕火车轧到自己，然后火车从银幕一侧飘过去了，给最早的观众带来了大惊喜，从此世人有了电影文化的享受。

早期电影都是固定机位、大全景拍摄，似乎电影就该永远那么拍摄下去。巴黎出了一个电影迷，就是梅里爱，他后来成为一个电影艺术家。梅里爱自己花钱盖了很大的摄影棚，布置出奇怪的景象，像到月球去旅行呀什么的，请了一些演员，在奇诡的布景前面表演。前几年美国好莱坞拍了部故事片，讲他如何拍那些电影，后来很潦倒的事情。他那些电影开头有人看，后来为什么没人爱看了？就是他只会固定机位拍大全景。那样的电影很快就让观众觉得腻味了。他破产以后，拍出的那些电影胶片论斤约，当废品卖掉，有的就被压制成皮鞋底子。好在还有些侥幸留下，现在是电影博物馆里的镇馆宝贝了。

后来，据说是有摄影师搬动摄影机的时候，不小心把拍摄机关打开了，无意中拍了移动镜头，后来无意中拍到了大特写，放映出来以后，视觉冲击很强烈，于是，就有故意进行移动拍摄的，不仅拍摄大全景，还拍摄中景、近景、特写，乃至大特写，这样的电影面貌一新。

于是上个世纪初在巴黎出现一个著名的事件，就是头一次卖票放映有大特写的电影，结果在银幕上第一次出现了一个人的头部，也就是出现了大头，全场发出尖叫，有的观众就被吓得晕死过去了，后来有人问吓死又活过来的人：你怎么回事啊？他说我发现一个被切下来的头居然对着我微笑，比鬼还可怕。现在我们看电影心理上跟电影的拍摄者制作者早已约定俗成了，如果银幕上是一个人的头部大特写，不意味着这个头被切下来了，这个人一定是有身子和四肢，镜头拉开，展示他或她的全身，再推近，变成他或她的特写，都不以为奇。现在影视里特写镜头运用得太多了，不光可以拍一个人头，还可以逼近拍摄嘴巴、耳朵，乃至一颗痣。

任何一个新事物出现的时候都会引起恐慌，甚至引起本能的恐惧。后来我总结自己一生生命体验，就从电影发展史上的这一事件借来教训：不要对新生事物发出恐惧、排拒的尖叫。

早期的电影拍完后，都按拍摄顺序接起来放映，后来就有人把拍摄出来的素材灵活处理，不一定按照拍摄顺序接在一起，后拍的可以放在前头，新拍的可以放在后头，在甲地拍的和乙地拍的可以穿插在一起，就出现了被叫作蒙太奇的手法，上世纪二十年代苏联的爱森斯坦，被认为是蒙太奇手法的创始人，他那部《战舰波将金号》就是电影史上使用蒙太奇手法最早而且非常成功的经典，其中有很长一段展现敖德萨台阶上，沙皇士兵奉命枪杀起义者并殃及无辜平民，构成非常强烈的戏剧冲突，从此人们懂得，原来电影还可以这么拍，电影可以成为一种崭新的艺术。

我的父亲已经去世很多年了，他曾经是一个电影迷，当时他也追星，他追的明星在座的人可能都没听说过，他所追的是二十年代的中国最早的女电影明星王汉伦。王汉伦拍了《孤儿救祖记》，可惜拷贝找不到了，但留下了剧照。我父亲是她的影迷。我父亲在我成年之后向我透露他为什么娶我母亲，原因之一，就是觉得母亲形象和气质有点像王汉伦，这说明文化对人的影响能达到什么程度。

后来王汉伦几乎不再演电影了，只是在上世纪五十年代初，上海电影制片厂拍摄《鲁班的传说》，请她出演鲁班的母亲，只有很少的镜头，不说话，只有手势。我看了《鲁班的传说》，觉得她挺能演啊，那时候她已经算得老太太了，既然还能演，为什么不多演点？后来知道，王汉伦早年演的都是无声电影，银幕上角色嘴在动，然后出现字幕，告诉观众他或她在说什么。王汉伦是江浙人，不会说普通话（那时候叫“官话”），那时候全世界的电影都是无声的，前几年美国好莱坞拍摄了一部《艺术家》，故意拍成黑白的，故意还用角色嘴唇动后，打出字幕表示他或她在说什么，《艺术家》表现的就是有声电影出现后，不能顺溜说出道白的演员所遭遇的困境。有声电影在上世纪二十年代末出现了，一批能说漂亮“官话”的演员涌现了，王汉伦只好息影。明星息影，有的影迷也跟着息影，后来我父亲就不怎么看电影了，但是作为他的儿子，我比他好一些，我能够不断适应新东西发展所带来的后果。

后来电影从黑白变成了彩色。我认识的老一辈，有的曾在上海当过电影演员，拍过黑白片，比如口红，就是涂的墨，拍出来是一样的，省去许多化妆费用。不听她说，我哪会知道。拍彩色电影就不能涂墨充口红了。电影技术不断发展，传统比例的银幕看腻了，觉得不过瘾，于是出现了宽银幕，以后又出现了环形银幕、穹顶银幕。现在又有了3D电影，还有4D、5D、6D。3D是出现三维立体效果，然后是所谓4D，就是银幕上出现地震或者是大的爆炸震动的时候你的座椅会摇晃，甚至东倒或者西歪。5D是出现浪头的时候会喷出水雾，或者出现一片花海的时候会喷出香雾。6D是出现歌舞的时候台上会出来真人唱歌跳舞。我的父亲就是无声片消失以后，作为有声片观众就不习惯了，年轻人拉我去游乐场看6D电影，我觉得像杂耍，离艺术还有距离。但是也不可小看这个发展趋势，也可能发展来发展去，高级艺术电影也会吸纳这样的技术，达到很好的效果。

我觉得我们不要对一个新生事物出来，立刻心理排拒发出尖叫，仿佛文化的末日来临。我想到上个世纪在巴黎有一场著名的演出，有一个作曲家，就是斯特拉文斯基，他突破了古典作曲家作曲的模式，谱写了《春之祭》，在巴黎首演时发生了骚乱，观众本来是穿着正式晚礼服来看他们所习惯的舞剧演出，没有想到序曲一响就觉得是杂音，幕布拉开，场面非常奇怪，于是很多观众就发出尖叫，认为被非艺术亵渎，极度愤怒，而也有部分观众认可那是创新，就跟尖叫的对吵，直至发生肢体冲撞，剧场大乱，不得不出动警察来平息骚乱。但是现在《春之祭》成为了经典作品，在世界各地演出，再没有人对它发出尖叫。

由此我就表明我个人对网络文学的态度，我对它还不甚了解，它对我来说是一个崭新的事物，就仿佛一个观众头一回看到银幕上的大头。我有疑惑，但我不对大头尖叫。现在百度文学正式成立，把包括“纵横中文网”、“91 熊猫看书”、“百度书城”等子品牌整合成一个完整的平台。参加百度文学成立大会活动，能有机会跟网络作家对话，说荣幸有些虚伪，但我确实觉得有趣有益。我很感谢邀请方让我有一个活到老学到老的机会，获得了大量信息。

对于网络文学，我还是有很多迷惘需要解惑，但我劝告自己，不要对大头尖叫。银幕上第一次出现的头部大特写，那不是一个切下来的头颅在怪笑，那是一种新文化现象的诞生。网络文学凭借数字技术突飞猛进的发展，正以出乎许多人意料的状况呈现，可谓乱花迷眼，对之作出总体评价尚需时日，但它是一种新的文化现象，且不可阻挡，则已成定局。我视百度文学作为网络文学的一个宏大的整合体，在文学的创新、文化的发展方面，发挥它应有的先锋新锐的作用。

2014 年 11 月 27 日

辑五

《红楼梦》的真相与假象

看到这个题目，有人会疑惑：《红楼梦》不就是一本古典小说吗，有什么真相假象之分？是有的。

有人说，一百二十回的《红楼梦》还有什么真假？你家里的《红楼梦》、你所看到的《红楼梦》的封皮上，很可能是署的两个合作者的名字，一个是曹雪芹，一个是高鹗。这就是一个巨大的假象。曹雪芹和高鹗虽然都是乾隆朝的人，但是这两人根本不认识，素无来往，这两个人的生命轨迹没有过交叉，因此这两个人不可能在一起合作著书。所以，你所看到的《红楼梦》实际上是一个什么样的文本呢？它的前八十回大体上是曹雪芹的著作，八十回之后是高鹗这个人续写的，他的续写和曹雪芹无关。这是《红楼梦》的真相。但是一百二十回的本子流传非常广。所以红学界把一百二十回的《红楼梦》叫通行本。你阅读通行本的《红楼梦》也是一件很好的事情。但是你必须知道真相，一百二十回的《红楼梦》是在曹雪芹写的《红楼梦》八十回后，一个叫高鹗的人续写了四十回，是一个拼合的文本。

那么，问题就来了。有人就有可能会问，曹雪芹他写的《红楼梦》怎么只有八十回呢？他写没写完《红楼梦》呢？真相是这样的：曹雪芹是写完了《红楼梦》的。现在有一个巨大的误会，有些说法都是假象。比如，有人说曹雪芹的《红楼梦》只写了八十回，写了八十回就没往下写了。或者是他想往下写，可是他力不从心，他就病死了。还有种更离奇的说法，八十回以后他写了，但是后来他自己把八十回以后的内容销毁了。所有的这些说法都是不正确的，都是一些假象。真相是，曹雪芹他是写完了《红楼梦》的，曹雪芹的《红楼梦》一共是一百零八回，在八十回后有二十八回，他是写了这样一个《红楼梦》。他对自己这个有头有尾的文本，是很珍视的，他自己绝对不会去销毁自己呕心沥血的作品。八十回后的二十八回是遗失了，到目前为止，我们还没能找到。这当然是一件很遗憾的事情。

那么，当然就有人要跟我讨论，你抛出这么一套说法，你有什么根据？我是有凭据的。曹雪芹有头有尾的《红楼梦》在乾隆朝是有人读到过的，读了以后还留下文字，在历史上留下了痕迹的。当然，曹雪芹当时是在一个非常艰难困苦的情况来写的这本著作，他写得很艰苦，保存他的文稿也很艰苦。在这过程当中，他的有头有尾的文稿就不断有人去借阅，那么其中就有一部分，就是八十回以后的部分，就被借阅者遗失了，到现在我们也没有找到。可是，有人当时是看到了后面的二十八回的，看到过有头有尾的《红楼梦》，而且是做了记录的，不止一个人。曹雪芹的《红楼梦》最早是以手抄本的形式在小范围内流传。手抄本就是当时他用纸和墨笔写作，写完了以后，有人誊抄。可能有人借去以后说真好看，送还之前再把它誊一遍留下。那么，这样辗转就产生很多的手抄本。

乾隆朝有一个贵族，他叫富察明义。这个人就读过曹雪芹的《红楼梦》。他读的《红楼梦》是不是一百二十回的《红楼梦》，就是现在许多人都读过的那个通行本？现在我告诉你，富察明义他读到《红楼梦》的时候，高鹗还没有续书，还不存在一百二十回的《红楼梦》。他所看到的有头有尾的《红楼梦》肯定不是高鹗续的《红楼梦》，是一个真本的《红楼梦》，也就是曹雪芹写的那个全本《红楼梦》。富察明义接触到真相。富察明义他喜欢写诗，他把他自己写的诗精心誊抄编辑，编成了一个诗集叫《绿烟琐窗集》。因为他的诗不是写得特别好，欣赏的人不是特别多，所有没有付印，始终是一个手稿本，这个手稿本流传到今天，在北京的一个图书馆里面你可以找到，还被当作一个珍本完整地保存着。后来出了影印本。《绿烟琐窗集》里面就有叫《题红楼梦》的诗。还不是一首，是一组诗，有二十首之多。诗前还有小序，第一句是"曹子雪芹出所撰红楼梦一部"。你去研读这些诗，就可以知道，他所读到的是一个从曹雪芹那里借来的本子，他是从第一回到曹雪芹写下的最后一回全读了。读了以后，他就通过诗的形式记录他对这本书的印象，发出感慨。富察明义的这二十首诗包括小序，是每一个红学研究者必备的资料。

何以见得富察明义读过一部曹雪芹撰著的有头有尾的《红楼梦》呢？

咱们仅举两例。

先听一首："莫问金姻与玉缘，聚如春梦散如烟。石归山下无灵气，总使能言亦枉然。"什么意思呢？第一句，大家都知道，曹雪芹的《红楼梦》里面，它包含一个金玉姻缘的故事。就是书里面写到，当时金陵地区有贾、史、王、薛四大家族。薛家后来有个姑娘叫薛宝钗，薛宝钗从小带一个金锁。她的家长老往外散舆论，说我们家姑娘带金锁，有一个神奇的和尚说了，说我们这个带金锁的姑娘一定要嫁一个带玉的公子。带玉的公子是谁呢？就是贾宝玉。这是大家很熟悉的内容。但是，书里面构成了一个三角关系，贾宝玉是不是爱这个薛宝钗，想娶薛宝钗为正妻呢？不是的。贾宝玉爱的是他另一个表亲林黛玉。薛宝钗是他母亲的妹妹的女儿，是他的姨表姐。薛宝钗比他大一点，所以他在书里面叫她宝姐姐。林黛玉是他父亲的妹妹的女儿，比他小一点，所以他叫林妹妹，是他的姑表妹。这三个贵族青年的生命，在同一个空间里面就发生了感情纠葛。这大家很熟悉，我就不重复了。所以，书里面确实有一个金玉姻缘的故事。

因为现在人们读到的前八十回是曹雪芹写的，曹雪芹没有在前八十回里写出宝、黛、钗三个角色的大结局。那么高鹗他有一个续书四十回。高鹗就告诉你，最后是贾母同意了王熙凤的一个掉包计。最后，贾宝玉果然就娶了薛宝钗，林黛玉知道以后就活活气死了。但是，富察明义所看到的情节显然不是高鹗所续写的内容。他有这样一句诗，他感慨：不要去问金玉姻缘最后的结果。不要问，恰恰是他知道情况以后，他的一个口气。我们在生活当中也是这样，你们家最近怎样呀？哎，别问了。那就是说，你们家可能经济上遇到了危机、情感上遇到了危机、人际上遇到了危机，总之你头都大了。所以人一问，你就说不要问了。那么，这个富察明义看到这个全书大悲剧的结局，所以他写这样的诗就说，金玉姻缘最后结果这样呢，不要问了。很不好，结局很不好。

怎么个不好呢，他第二句就告诉你，他看到内容就是“聚如春梦散如烟”。聚如春梦就是八十回的内容，这些年轻的公子小姐他们在荣国府、大观园里面度过他们的青春，有他们的喜怒哀乐、感情纠葛，虽然他们之间也闹别扭，像林黛玉老是使性子，薛宝钗有时候也很不愉快，宝玉在当中受夹板气，虽然他们聚的时候有很多烦恼，但是总体来说，你看前八十回，他们还算是生活得美满的，总的来说，还过着锦衣玉食的生活，他们等于是生活在温柔富贵乡里面。所以叫聚如春梦。这个他看到了。最宝贵的是，富察明义告诉你，他不但看到聚的内容，还看到了散的内容。那么，他所看到的是一个悲剧的结局，所有的一切最后都像烟云一样随风而逝，散如烟。他看到的是一个完整的、有聚有散、有头有尾的故事。

那么第三句他就说了，他看到了全书的结局，是石归山下。《红楼梦》的第一回他就告诉你，在天界、在神话世界，有一块大石头。这个石头怎么回事呢，女娲补天的时候，其他石头都派上用场了，剩下这一块她没有用，是一块剩余石，一块废弃的石头。这块大石头在第一回里面，写书者就告诉你，通过一僧一道就把它带到了人间，它就幻化为通灵宝玉，在人间游历一番以后，在全书的最后一回，这块大石头又回到了神仙世界，回到了山下。回到天界以后，它有变化了。原来它是一个空空的石头，回去以后就写满了字。这些字连起来，就是我们看到的《红楼梦》。所以《红楼梦》实际上应该叫《石头记》。那么富察明义看到了全书的最后一回，是石归山下无灵气，也没给阅读者带来喜剧性的，让你一下子很高兴的阅读效果。这个富察明义就很感叹，他觉得读到最后应该让他懂得现实世界是这样地令人绝望，有没有什么出路呢？好像也没有通过阅读获得灵气。所以他说，虽然你这个石头能说话，虽然你从没有字变成有字，最后也枉然。他表达了一种无奈的、悲观的、消极的情绪。这是富察明义他的一个局限性。作为一个读者，他对曹雪芹文本内涵的了解不够透，这是另外一个问题。但是，他通读了《红楼梦》，他读全了。

有人可能还要和我争论，说你引这首诗来说明当年有人读过曹雪芹的跟高鹗续的不一样的《红楼梦》，还是不太能说服我。为什么呢？因为第一回里面就说了那个石头会回到山下。确实，第一回里面预先写到了那块石头会回到山下。有一个空空道人看到这个石头上好多字，抄录下来，把这个文本带到人间。空空道人还把抄下来的文本取了个名字，叫《情僧录》。富察明义可能是看了第一回就写下了这首诗。

那么好，我们再引一首。这首诗可以确凿证明富察明义所看到的《红楼梦》。第一，是完整的、有头有尾的《红楼梦》。第二，不是高鹗续写的《红楼梦》。我再强调一遍，根据红学专家的考证，富察明义的《绿烟琐窗集》编辑的年代，最晚的一首诗也早于高鹗续《红楼梦》那个时间。他写这些诗的时候，高鹗还没有续写《红楼梦》，他怎么可能去看到一个你现在看到的，有掉包计、林黛玉焚稿断痴情之类故事的书，不可能的。可是，他看到的也不是只是八十回的红楼梦，他看到的可是有头有尾的《红楼梦》。

你听这首诗，就更能说明问题："馔玉炊金未几春，王孙瘦损骨嶙峋。青蛾红粉归何处？惭愧当年石季伦。"

第一句,他是写读书的印象,就是《红楼梦》里面的贾家,过的是荣华富贵的生活。打一个比喻,是一种馔玉炊金的生活。馔,就是菜肴,他们家吃的东西都像美玉一样具有昂贵的价值。做饭本应烧柴火,他们就是直接烧的金子。可是这样的好生活是不是就一直持续下去呢,不是的,没有几个春天就破灭了,就结束了。所以叫做“馔玉炊金未几春”。实际上,你读前八十回你就可以看到,曹雪芹他在一再预言,比如说,三春去后诸芳尽,各自须寻各自门。又比如说,勘破三春景不长。他所写的贾府的荣华富贵的生活也就是三个春天的时间段。三春一过以后,这个贾氏宗族就要崩溃,就要毁灭。富察明义他看到的文本就不但展现了前面富贵的生活,也展现了后面毁灭的状况。

第二句最明显,王孙瘦损骨嶙峋。王孙就是指贾宝玉,贾宝玉他是荣国公的后代,当然算得上是王孙公子。那么王孙公子贾宝玉在前八十回,有这个“瘦骨嶙峋”的形象出现吗,是没有的。什么叫“瘦骨嶙峋”,这个人都瘦得皮包骨头了,“嶙峋”本来是指山上带棱带角的石头,这种石头上已经没有土了,更没有植被,带棱带角。就是说这个人瘦得不但脂肪都没有了,连肌肉都消耗殆尽了。整个是一个带棱带角的很恐怖的形象。那么在你所读到的曹雪芹的前八十回里面,贾宝玉以这个形象呈现过吗?是没有的。可见富察明义如果只读了前八十回是写不出这首诗的。前八十回你去检索一下,我最主张你去精读一下前八十回,前八十回是曹雪芹的原著。前八十回写到第七十八回,那个时候宝玉已经很痛苦了,因为已经抄检大观园了,他最心爱的丫头晴雯已经被迫害致死了,他写出《芙蓉女儿诔》去哀悼他最喜欢的丫头晴雯,他精神上受到很大的打击,但是他"瘦骨嶙峋"了吗,是没有的。那么在高鹗笔下,直到最后一幕,贾宝玉雪地里披个大红猩猩毡斗篷,跪到船前跟父亲贾政致礼,也没有"瘦骨嶙峋"的描写。可见富察明义看到的这个贾宝玉的形象,是出现在曹雪芹写下的后二十八回里的。实际上在前八十回书里,脂砚斋就在批语里告诉我们,贾宝玉在家族败落后,沦落到"寒冬噎酸齑,雪夜围破毡"的地步,那当然脂肪耗尽,"瘦骨嶙峋"了。这首诗后面两句的大意,是他所看到的后二十八回里,青娥红粉,全都死的死散的散,当年晋朝的那个富豪石季伦也就是石崇败落时,还有他一个侍妾绿珠为他跳楼殉葬,贾府到头来却连这么个情况都没有,因此石崇倘若地下有知,会感到惭愧——他比贾府那些主子们更糟糕,他还有人为之殉情,贾府却没有。这两句所概括的,现在一百二十回通行本里全然没有,可见富察明义概括的是他所看到的,曹雪芹借给他的全本《红楼梦》里的内容。

那么您现在所看到的一百二十回的红楼梦,是怎么回事呢?那是在1791年,北京有个书商叫程伟元,他开了一家书铺,这个人不得了,在出版历史上,这个人要大书特书一笔,他是书商,书商要赚钱,赚钱就要策划,你出什么书卖钱啊,当时有人卖一些手抄本,他就买,其中就有《红楼梦》,他看了以后就觉得非常有意思,非常值得印出来去卖,但程伟元又是一个会保护自己的人,他可能买到了一个曹雪芹完整的《红楼梦》抄本,就是跟富察明义看到的没什么大的区别,前面八十回写的贵族家庭荣华富贵的生活,那不要紧,可八十回以后写的却是这个家族的毁灭,主人公入狱了,王孙公子瘦骨嶙峋了,这怎么行啊,这太危险,所以他就没能把整个曹雪芹的《红楼梦》印出来，他保留了前八十回，可是书商有生意经，中国人的习惯是必须看一个有头有尾的故事，看戏也是，你必须有一个最后的大结局，所以他就考虑到我这个书印出来必须有头有尾，是一个完整的故事，他就找了一个合作者，找到的这个人就是高鹗，高鹗当时考中举人了，到京城来考进士，老考不上，“闲且惫矣”，年年考考不上是什么滋味？情绪低落，精神不太好，但有闲工夫，想要挣点钱，所以高鹗就愿意与他合作，他们最后就弄出了一个一百二十回的本子，这个本子在1791年，乾隆五十六年，用木活字版印刷，上市了，成本低，销得好。所以程伟元在出版界是一个人物，这个人在当时用最先进的一种印刷方式木活字版，第一次印刷了一百二十回的《红楼梦》，他和高鹗分别写了序言，现在很多一百二十回的《红楼梦》，前面都附有他们当时写的序。他们怎么跟读者说呢，他们说找到的这本书啊很有意思，但是一开始只找到八十回，后来又陆续地再找，最后从打鼓挑担收废品的人那里，陆陆续续买了一些残稿，他们觉得有点衔接不上，就加以整理，奉献给大家。所以这个一百二十回的《红楼梦》当时他印出来是没有署名的，就是前面有出版者的说明，说他是这么一个过程。一百二十回的《红楼梦》是有功的，功在哪里呢，没有一百二十回的印行，曹雪芹的前八十回就很难说能不能流传到今天来供我们阅读，所以说程伟元和高鹗在中国出版史上，在《红楼梦》的出版史上，在《红楼梦》流布的历史上，他们是有功劳的，这个要肯定，不能抹杀。

但是程、高二位也有很大的过错，过错在哪里？过错在高鹗本人的思想境界，比曹雪芹不知道低到哪里去，这个人的思想境界很差，这个人本身是一个官迷，也是一个科举迷，后来他帮程伟元张罗这个事，一百二十回的《红楼梦》，木活字版印流布之后，第二年又印一次，1792年，乾隆五十七年，又印一次，印的更多。第一次印以后，生意格外红火，程伟元高兴得不得了，银子哗啦哗啦地进，所以第二年重新再印一次，再印一次之后，就把前面一版加以改动，现在大家看到的一百二十回还不是1791年的版本，多是1792年的版本。红学界在红学的分支，红学版本学上，称呼1791的版本叫程甲本，1792的版本叫程乙本，现在看到的一百二十回《红楼梦》多数是根据程乙本重新改编的。这两个版本也可以合称为程高本，因为他是程伟元和高鹗合作的。他过在哪里：第一，高鹗的后四十回续书违背了曹雪芹的原意，不是一般的违背，极其严重的违背，不符合曹雪芹的原意；还有一个过错在哪里呢，他们当时也没有什么版权意识，也不懂得尊重曹雪芹，他们在出版时前八十回也有一些改动，有的改动可能不大，有的改动非常粗暴，随心所欲。所以，现在大家看到的一百二十回《红楼梦》，与曹雪芹原著的《红楼梦》是有距离的。目前市面上印行最多的《红楼梦》就是由人民文学出版社出版的中国艺术研究院红楼梦研究所汇校注解的，这个版本是目前市面上最流行的。这个版本的前八十回不是用程高本，既没有用程甲本，也没有用程乙本，它用的是一个古本，叫庚辰本，我在这里不再多说了，这属于版本学方面的学问，专业性太强，说多了你可能头就大了，简单地说吧，它是把到目前为止保存相对最完整的一个古本，一个手抄本，作为底本，构成他们这个本子的前八十回，后四十回他们用的是程乙本，1792年程伟元重新印的一本的后四十回，拼成的一个版次。到了去年(2010年),红学所他们有一个新态度,后四十回是不是高鹗续的呢?他们也拿不准,因为这个在红学界也是有争议的。包括它的原作者是不是曹雪芹,也是有争议的。现在你买一个新的人民出版社出版的红学所的本子呢,你会发现封面上印的是曹雪芹著,无名氏续,这个印法我是比较同意的。因为原来你拿一本《红楼梦》,封面书脊版权页上两个作者名字并列:曹雪芹、高鹗,好多人就以为《红楼梦》就是两个人合作,共同创作的一个作品。这是不合理的,他们不写曹雪芹著,高鹗续,就是曹雪芹、高鹗并列,这是不对的,这是一种假象,假象必须戳破,真相也必须知道。《红楼梦》是曹雪芹的作品,高鹗续的四十回严重违背了曹雪芹的原意。

说到这里需要讨论一下,有人说你的说法是不是太武断了,我觉得高鹗续的书挺好的,我看着挺过瘾的,林黛玉在潇湘馆里说:"宝玉,你好……",好什么啊,是好狠心,还是什么,就不说了,写得多生动啊,是不是啊?说我哭,哭湿了好多手帕,今天听了您的讲座,合着我的手帕都白哭了。你的手帕没有白哭,你的手帕湿了可以理解,高鹗的文笔不是一无是处,高鹗在表达宝黛的爱情婚姻悲剧方面,他还是完成了,而且他这部分文字的水平也是很高的,但是为什么说他违背了曹雪芹的原意呢,首先是把《红楼梦》当成一个单纯的爱情故事,这都是被高鹗误导,这都是些假象。现在咱们看红楼梦前八十回的脉络,宝玉和黛玉的爱情描写是充斥着全部文本吗?不是的啊,到小说第四十九回,对他们爱情的展开描写就已经基本上结束了,第五十七回又写了段紫鹃试宝玉的故事,那么,从第五十八回到八十回还有二十多回呢,占前八十回的四分之一，除了偶尔几句宝玉关怀黛玉的简短交代，讲的全是跟宝黛爱情无关的事情，是不是啊，怎么能说《红楼梦》就是部爱情小说呢？这是一种假象，我们现在必须跳出这种假象，获得真相。获得真相的唯一办法就是你要认真去阅读曹雪芹的前八十回文本，记得要细读。首先我建议从五十八回读起，五十八回到八十回这里面没写宝玉和黛玉的爱情故事，难道都是废话？不用读啦？不是曹雪芹的著作？不是《红楼梦》？

五十八回到六十一回写的什么啊？写到荣国府、大观园里底层生命的生死歌哭，写到姨娘和小戏子变成的小丫头之间的激烈冲突，特别写到争夺大观园厨房支配权的故事。整个贾府怎么做饭吃饭的，你读《红楼梦》，你注意到了吗？整个荣国府有一个大厨房，做好饭以后呢，给主子们送去，府里的公子小姐，一般都是要么跟着贾母吃，要么就跟着王夫人吃，后来王熙凤她是府里的大管家，她对这些兄弟姊妹很爱惜，就说每天走起来吃太远，干脆在大观园里设置厨房，这样就近地供应伙食，曹雪芹写得很细的啊，这是《红楼梦》呀，你不要以为这就不是《红楼梦》了，因为有的人他就是根据看电影电视剧或戏曲演出来认定《红楼梦》，而这些曹雪芹用很多笔墨来写的故事，在改编的过程中都被删去了，他读《红楼梦》的时候对这些篇幅一翻而过，因此我现在讲起这些情节，他就恍惚觉得不是讲《红楼梦》，这就是离开了《红楼梦》真相被假象瞒蔽住了。曹雪芹他用四回书来写这些与宝、黛、钗爱情婚姻无关的人和事啊，他铆足了劲写，抡圆了胳膊写，写得七穿八达、花团锦簇，你能忽视吗？他写到，大观园设立厨房以后，主管是柳嫂子，他用了很多笔墨来写，是很重要的一个人物，她在大观园后门进去的几间空房布置成的厨房，专门为公子小姐当然包括李纨的儿子贾兰和丫鬟们供应伙食，这是很重要的职位啊，关系到大观园里面主子和丫鬟们的生活质量，当然像黛玉宝玉等有身份的无所谓，反正不至于亏待他们，有一些丫鬟脾气比较好，那也就无所谓，但是另有一些丫鬟就很在意，有一个丫鬟叫司棋记得吗？她是贾迎春的首席大丫鬟，司棋她有别的故事，王夫人派人搜检大观园，从司棋那搜出来一个香囊，一封情书，这就犯事了，轰出去了，当然这是后面的情节，你要注意司棋是一个很立体化的人物，她在追求爱情婚姻自主方面可歌可泣，但是她在争取对厨房的掌管权方面，就很刁蛮，很霸道，她觉得柳嫂子管理厨房，只对怡红院的晴雯芳官她们好，对自己不利，她就寻衅滋事，派小丫头小莲花儿去厨房刁难柳嫂子，小莲花找到柳嫂子说你给司棋姐姐炖一碗鸡蛋羹，本来炖鸡蛋羹是件很简单的事情，但是柳家的不愿意伺候司棋，意思说头层主子一天到晚加餐，光伺候她们还不够呢，哪里还有伺候二层人物的富余，就说鸡蛋没有，小莲花儿可不是省油的灯，小莲花儿说没有鸡蛋我才不信呢，就在厨房里开柜子搜，一搜说这不都是鸡蛋吗，又不是你下的蛋，你凭什么不让吃？这种粗鄙的口吻很适合小莲花儿这个角色，那柳嫂子也不是好惹的人啊，说你妈才下蛋哩，两人就斗嘴，最终司棋听了小莲花儿的汇报，就大怒，尽管最后柳家的还是把蛋蒸好送去了，司棋却把蛋羹泼了，带着小莲花等到了厨房，实施打砸抢。《红楼梦》还有很多这类情节，写到府里下层人之间的利益冲突，写复杂的人性，因此，千万不要认为《红楼梦》只是一部爱情小说，《红楼梦》的内容是非常丰富的，是展现康熙、雍正、乾隆三朝清代社会生活的广阔的故事，是满汉文化的一部百科全书，这是一个非常要紧的真相。

还有一个真相，就是贾宝玉的真相，我们看高鹗笔下的贾宝玉就变形了，前八十回曹雪芹笔下的贾宝玉是很重要的一个角色，男主人公，他与当时社会的主流价值观念分道扬镳，当时社会的主流价值观要求男子必须立身扬名，要通过科举考试进入仕途经济，要当官，要发财，要在这个圈子里混，冠带揖送，宝玉对这一套烦都烦死了，因为薛宝钗劝他读书上进，他竟骂薛宝钗为国贼禄蠹，可是在高鹗的笔下，他就拼命扭转这个局面，他的笔下，贾宝玉变成个顺从社会主流价值观的乖孩子，贾宝玉就乖乖的学八股文去了，写他跟从塾师贾代儒学作八股文，怎么点题，破题，怎么往下做，而且高鹗笔下，林黛玉也喜欢八股文，跟贾宝玉说读一读做一做也有好处，你安身立名也有必要，大意是这样的。那前八十回里面贾宝玉说得很清楚呀，独有林黛玉从来不劝他立身扬名，林黛玉跟他之间的情感基础不是功名利禄，可是到了高鹗笔下写成什么了呀，林黛玉变成一个利欲熏心的人，鼓动宝玉去科举考试，完全歪曲了宝、黛两个形象。而更不像样子的是，高鹗还大写宝玉不但自己皈依了封建的主流价值观，还向其他人宣扬这个封建道德。他对他的侄女巧姐儿讲什么呀，讲《列女传》，《列女传》是一部从头到尾充满封建糟粕的书。在高鹗笔下，宝玉把《列女传》里面的一些楷模讲给巧姐听，其中讲了一种楷模，你们在高鹗续书中读到没有？记得吗？叫作“曹妇割鼻”。《列女传》里面有这样一个故事，我都不愿意讲出来，太可怕了！说是古代有一个妇女嫁给了一个姓曹的人，她当然可以叫作曹妇。她丈夫死了，她就要守节，她说我誓不嫁人，这本来倒无所谓，你守节就守节吧，不成，我长得那么漂亮，所以就老有男子会看我，他看着我的话对我的守节就是干扰，我得抗干扰，就先把头发剪了，她觉得不行，还是有人看我，她就把耳朵剪了，这就很可怕了，她觉得还不放心，另外她还觉得光是剪了头发剪了耳朵还不足以表达我的贞洁的这种力度，她就拿出刀把自己鼻子割掉了。大家想想看，大血窟窿，是没人看你了，可你这守节守到这种地步恐怖不恐怖？贾宝玉竟然就跟他侄女儿宣扬“曹妇割鼻”。这还是贾宝玉吗？这还是曹雪芹笔下的那个贾宝玉吗？所以呢，真相是，曹雪芹笔下的贾宝玉连续八十回不变，定下的人物性格基调他就是反当时主流价值观的，是一个具有一定的叛逆性的贵族公子。这是真相。而你现在所看到的这个后四十回里面的贾宝玉是假象，是严重歪曲了、扭曲了曹雪芹笔下的那个贾宝玉。

另外高鹗他这四十回进行了一个大逆转，本来曹雪芹的《红楼梦》是一个彻头彻尾的大悲剧，最后是家亡人散各奔腾，是落了片白茫茫大地真干净。可是高鹗怎么写的啊，他也写到贾府被抄家，皇帝也发过怒，但是跟挠痒痒一样，很快这风就刮过去了，最后贾家就沐皇恩、复世职、延世泽了，最后是个大喜剧的结尾。虽然他根据前八十回的伏笔，也只好写宝玉最后出家了，当和尚了，可是，当和尚了他不忘大雪天跪到父亲旅行的航船前，一跪泯恩仇。他本来是跟他父亲产生激烈冲突的，价值观上的激烈冲突啊，咱们在看八十回的时候都看过，而且电影也好，电视也好，舞台剧也好，万万不会放过这一场戏啊，贾政往死里打他，是不是啊，打他他悔改不悔改啊？他跟林黛玉怎么说的啊？他一点也不后悔，他不悔改。高鹗笔下的宝玉虽然出家了，出家以前不忘两件事，一个是为家族还谋取一个功名，还要进考场，去参加科举考试，还要给家里考中。还有给家里留下一个种，让薛宝钗生下一个遗腹子，叫贾桂。就是给家族完成了两个任务，一个是为家族延续为官为宰的仕途；一个是给家族延续血缘上的后代，然后再去出家，出家还觉得对不起自己的父亲，还披着大红猩猩毡斗篷跪在父亲的船前，意思是请求父亲原谅。这绝不是曹雪芹前八十回延续下去应该有的情形，这是一个巨大的假象，完全违背了曹雪芹的原笔原意。高鹗续书不符合曹雪芹的地方很多，今天由于时间限制不可能向大家一一汇报，我再简单总结一下：

第一，把红楼梦变成一部单纯写爱情婚姻悲剧的小说；

第二，把贾宝玉歪曲成一个最后皈依封建主流价值观念的人；

第三，去扭转原来曹雪芹笔下红楼梦大悲剧的结局，而把它想尽办法转变为一个喜剧。

最近我做了一件事，引起了很大的响动，就是我把我对曹雪芹写下又迷失的后二十八回内容的探佚，以续书的形式，尽可能地勾勒出来供大家参考，有的人气得要死，说你算老几，你竟然敢续《红楼梦》！我不是要去创造我个人的价值，我不是狂妄，我是实在欣赏《红楼梦》，崇拜曹雪芹，我希望通过自己续书的形式，提醒人们要追求《红楼梦》的真相。

曹雪芹的《红楼梦》是人类文明史上的奇葩。我曾经见到一个年轻人，这个年轻人看了很多书，说中国的小说都不行，我说怎么不行，他说你看人家爱尔兰作家乔伊斯，人家所写的那本《尤利西斯》，不得了啊！尤利西斯是古希腊神话中一个英雄名字，乔伊斯把他作为整部书的书名，是一个大的隐喻，然后每一章是一个中等隐喻，每一节是一个小的隐喻，每一句则又有丰富的隐喻，瞧瞧人家这本书！……《尤利西斯》前些年中国已经出现了两个汉语译本，爱尔兰作家乔伊斯确实为人类的共享文明作出了不朽的贡献，但是乔伊斯是十九世纪末二十世纪初的作家，离我们的曹雪芹已经很久远了，我说很惭愧，我只读过《尤利西斯》的中文译本，相比你读的是英文原本，体会就没那么深刻，他说他读的也是译本，没有读过原著，我说你没有读过原著，怎么就狂热到这个地步了，说起曹雪芹的《红楼梦》摇头像拨浪鼓一样，一说起乔伊斯的《尤利西斯》，则磕头如捣蒜，我说不反对你崇拜乔伊斯、喜欢《尤利西斯》，闹半天你也并没有读过外文原著，……我说我现在告诉你，你对曹雪芹的《红楼梦》撇嘴，是因为你没有认真地读过，尤其是没有进行文本细读，没有仔细地品味曹雪芹的前八十回，没有把《红楼梦》的真相与假象区分开。曹雪芹的《红楼梦》这个文本，采用了“真事隐、假语存”的文本策略，在世界上独一份，他的文本伏笔极多极佳，叫作“草蛇灰线，伏延千里”，好比在草丛里面，有很长的蛇在游走，一会儿露出这一段，一会儿露出那一段，因为草有时候遮住它，所以叫草蛇，全貌一下看不清楚，但是它是一个整体，仔细地去看，就了然于心了；什么叫灰线，就是手里捏一把灰，倒退着在平整的地面上划线，虽然断断续续，当中有间断的时候，但是到头来，它也是一个整体，能让人把握发展的逻辑。比如第七回第八回出现了一个叫茜雪的丫鬟，她因一杯枫露茶的事情被撵出去了，然后在前八十回里再没有她的故事，许多读者都以为她就永远消失了，仿佛曹雪芹是随写随丢，其实不然，脂砚斋就在批语里告诉我们，她的被撵是一个伏笔，伏延千里之后，在后二十八回里，有一回是写发生在狱神庙的故事，那一回里，她再次登场，是去到监狱安慰贾宝玉，而且那一回是"茜雪正传"，可见茜雪是一个非同小可的人物，只可惜包括茜雪狱神庙慰宝玉等情节在内的真本《红楼梦》后二十八回被借阅者迷失了，高鹗的续书里更根本没有相关的内容。这个年轻人听了以后，就懂得原来中国也有像曹雪芹这样伟大的作家写出过这么伟大的文本，就伏笔而言，有大伏笔、小伏笔、主伏笔、分伏笔、单伏笔、双伏笔、一石三鸟、一石四鸟，等等。他表示今后要好好去读《红楼梦》前八十回。这正是我所期望的。我希望大家听过我的讲座以后，去精读曹雪芹留下的《红楼梦》，去把握《红楼梦》的真相，而再不要为假象所迷惑、所瞒蔽。

＊此文根据2011年8月23日在宁夏的讲座整理而成。

《红楼梦》为什么“写女不写脚、写男不写头”?

《红楼梦》的作者,到现在为止尚有争议,不过多数研究者还是认同是曹雪芹。我个人也认为它就是曹雪芹的作品。此文不就《红楼梦》作者问题作探讨。此次要跟大家探讨《红楼梦》的文本。我认为曹雪芹通过《红楼梦》化解了他心灵深处的三个焦虑。

第一个焦虑,是身份认同的焦虑。即我是谁?怎么界定我自己。《红楼梦》的文本里,如果仔细读的话,渗透着身份认同的紧张,其叙述中不断地在化解这种焦虑。

第二个焦虑,是时空焦虑,时空认同焦虑。我生活在一个怎样的空间里?怎样的一个历史阶段里?当然这是我用今天的话语来表达。曹雪芹在开篇就宣称他所写的故事朝代纪年、地舆邦国皆失落无考,脂砚斋随即就写下批语:据余说,则大有考证。时空桎梏人生,怎么办?《红楼梦》文本解决了这个问题,化解了作者内心的焦虑。有研究者认为,《红楼梦》作者认同明朝反对清朝,又有研究者认为作者肯定康熙痛恨雍正怨怪乾隆,更有研究者认为作者整个儿反封建社会。这些研究成果都足资参考。但是,我认为到头来,作者超越了对明、清的褒贬,超越了对康、雍、乾三个皇帝的爱恨，表达出个体生命超越时空桎梏，达到心灵自主的一种宝贵的追求。

第三个焦虑，是文化认同的焦虑。曹雪芹生活的那个历史时期，满族虽然一统了中国，但是满族统治者拿不出自己的意识形态，结果等于全盘接收了原先汉族统治者的意识形态，尊孔崇儒，以读书上进、科举选拔来驯化治下的年轻学子。在《红楼梦》里，作者通过贾宝玉这个艺术形象，对这一套痛加挞伐，骂那些迷恋科举以求官职的人是“国贼禄蠹”。但是这并不等于说曹雪芹就全盘抵制儒家学说，对于儒教中的某些维系家族亲情的伦理，他不但不反对，还享受其中，比如第二十五回写他从私塾回来，卸下装束，就滚到母亲王夫人怀中，享受母亲的爱抚。第五十四回宗族欢聚，族长也是堂兄贾珍带领众兄弟跪下给老祖宗贾母敬酒，他本来可以不跪，却自愿而且愉快地参加到下跪的群体中。当然，书中的贾宝玉面对汉文化中的不同品类，他是有所选择的，对老庄，《西厢记》、《牡丹亭》那样的，他就特别欣赏。这其实也就是曹雪芹自己化解文化认同焦虑的路径。《红楼梦》的文本里，最能体现作者文化认同的一段文字就是《芙蓉女儿诔》。

现在我只集中谈谈《红楼梦》文本中，曹雪芹是如何化解他那身份认同焦虑，如何升华的？而我从中又学到些什么。

阅读《红楼梦》文本后，会发现两个非常尖锐的问题。有一位从台湾到美国定居的历史学家，他是一位著名的学者，也是一位著名的作家，而且研究《红楼梦》，他就是唐德刚先生。他曾经写过一篇文章，探讨《红楼梦》里一个很有趣的问题：《红楼梦》写女性，为什么不写脚？《红楼梦》里描写女性的文字非常详细，发型怎么样，发簪怎么样，衣服的样式、花边的镶嵌，面面俱到，但是里面就是不怎么写女人的脚，这是为什么？而且不仅是女子脚的问题，“写女不写脚，写男不写头”，还有对男子头部描写的问题。《红楼梦》中的男性主要写了贾宝玉，写贾宝玉梳辫子，但是贾宝玉留的不是清代官方规定的那种成年男子必须具备的辫子，第三回贾宝玉出场，就写到他“头上周围一转的短发都结成了小辫，红丝结束，共攒至顶中胎发，总编一根大辫，黑亮如漆。从顶至稍，一串四颗大珠，用金八宝坠角。”这是曹雪芹为贾宝玉这个角色量身定制的一种发型，在清代社会那绝对是非常孤立的情况。清代满族成年男子要把前面头发剃光，后面留头发编成个辫子。满洲八旗兵打下山海关，定鼎全国后，有个重大的措施，就是要求所有男子（尤其汉族的）要把头发留成满族男子的样式。当时有一句话叫作：“留发不留头，留头不留发。”那么后来全国汉族男子都要把前面头发剃光，后面梳辫子，是这样的一个发型。贾宝玉虽然梳辫子却“周围一转短发”前面有刘海，按说是绝不允许的。《红楼梦》文本里写了很多成年男子，除了贾宝玉，却一律回避写男子的发型。以至于后来随着社会发展，《红楼梦》被搬上舞台，拍成电影和电视连续剧，总是会遇到一个如何处理宝玉以外的男性角色的发型和服饰的问题。最后往往是如何呈现呢？除了贾宝玉的特殊发型以外，里面男性角色的发型就采取明代汉族男子的形态，不呈现满族男子的形态。当然后来也有导演开始采用满族男子形态，而有些观众反倒觉得不那么顺眼。这是很有趣的现象。

回过头来说说《红楼梦》中关于女性的描写。我们现在对女性的审美趣味有一个大改变。上世纪“五四运动”当中，男性审美观念有一个很大的变革，就是对女性脚的态度。在明朝——且不说更早以前——几乎所有男子的审美趣味，都是要求女子的脚必须缠得很小，越小越美。《金瓶梅》里，西门庆把玩女性，小脚是他重要的兴奋点，而女性要取悦于他，三寸金莲必须具备。到清朝，汉族男子对女性，基本上仍是这样的审美观。在蒲松龄的《聊斋志异》里，有许多男子把玩女性金莲的文字，但是《红楼梦》里却鲜有关于女性脚部的描写。

“五四运动”以后，新文化运动提倡“天足”，人们审美观点发生很大的变化，新式的知识分子男性坚决不接受裹脚的女子，家里父母包办婚姻的女子裹脚，即使娶来，也坚决不与其同床，最后多半离婚，他们要去爱“天足”的女子。但《红楼梦》表现的那个时代，三寸金莲本是到处常见的，许多男子还是以把玩三寸金莲为乐事的，曹雪芹为什么却偏要回避呢？

《红楼梦》的文本实在很特殊。这就是因为，曹雪芹在构思这个文本时，心中充满着焦虑，身份认同的焦虑。书中所写的贾府，包括四大家族中另外的史、王、薛三家，这些家族到底是满族的还是汉族的？贾宝玉等人究竟是满族人还是汉族人？你能够明快地回答我吗？书里的写法，真个是烟云模糊。在种族认同上，作者，也就是叙述者，充满了焦虑，不是他没能力写清楚，而是他不愿意写得很清楚。一个是种族方面的认同，他有心理障碍。另一个，请问，他所写的贾府，比如荣国府这些老爷太太，在当时社会里，是属于主子阶层，还是奴才阶层？一开始我们看到，写的是一个百年富贵之家，贾家当然属于主子阶层，但是往下细读，就发现在《红楼梦》的文本里，表达出一种作为奴才的凄惨、凄厉的申诉，这是怎么回事？你就会感觉到，曹雪芹下笔时有焦虑。他为自己家族和他自己的定位问题而焦虑。研究《红楼梦》一定要懂得这个文本特点。

《红楼梦》的文本特点在全世界全人类的文学史上都是独一无二的。"真事隐"，"假语存"，可见是虚构的文本。全人类的小说都是以虚构为特色的，不虚构不成为小说，不虚构的文学作品现在有个叫法，就是报告文学。但是曹雪芹虚构的《红楼梦》文本很古怪，作者脾气很犟。"假语"就"假语"吧，大家写小说都是"假语"，但他偏要把自己家族的一些真实的情况编织在文本里。"真事隐"，还要"假语存"，把真事存放在虚构的情节、场景和对话里，这是独一份的做法。

最明显的一个例子就是第三回的写法。如果你是个稍许了解封建社会伦常秩序的人，粗看也许无所谓，冷静一想，细推敲，就会觉得曹雪芹写得好古怪，往严重了说，这叫做情节设置不合理。曹雪芹写贵族大家庭荣国府，写林黛玉因为母亲去世，就送到外祖母那里抚养，送到荣国府。林黛玉是贾母亲女儿的亲女儿，很亲，所以林黛玉到了荣国府，首先去见贾母。只要读过《红楼梦》，我们都知道，贾母是住在一个单独的院落中，在整个荣国府里的西边。在第二回，"冷子兴演说荣国府"，交代了贾母有两个亲儿子，大儿子叫贾赦，正妻邢夫人；二儿子叫贾政，正妻王夫人。林黛玉到了荣国府要去见大舅二舅，小说里描写了，但是写得太古怪。邢夫人带着林黛玉去见她的大舅。大舅身份很高，小说里的荣国府，老一辈荣国公是开国功臣——故事里的王朝的开国功臣。当然没有达到最高的贵族级别——最高级别是亲王，而且世袭罔替，就是第一代是什么爵位，第二代不降，除非后来皇帝把你家抄了杀了，否则就是世代承袭那个爵位。荣国府当时没有这么高贵。荣国公死了后，皇帝问有没有儿子？有两个儿子。根据当时封建王朝的规则，大儿子可以承袭贵族头衔，当然要降级。原来是国公，到了贾赦，就降为一等将军，当然也很不错了。贾赦是长房长子，但是林黛玉跟着邢夫人去见贾赦时，是怎么写的？曹雪芹会写小说吗？小说虚构，要虚构得合理嘛。荣国公死了，他的遗孀贾母还健在，书里交代贾赦和贾政没有分家，那么，就应该写成邢夫人把林黛玉带到荣国府最重要的那个空间，也就是挂着皇帝御赐匾额的那个荣禧堂去，对不对？贾赦和邢夫人就应该住在那个地方。但是书里怎么写的？邢夫人带着林黛玉不但出了贾母那个院落，更出了整个荣国府的大门，到门外还要坐车，车停在了一个黑油大门面前，进那院子，才是贾赦和邢夫人的住处。怪不怪呀？林黛玉的大舅贾赦袭了爵，是一等将军，贾赦的母亲还活着，他不跟他母亲住，而是另外住一个院子，为什么啊？封建社会有这样的情况吗？不要说贵族人家，即使是农村富足人家，一位寡妇有两个儿子，又没有分家，那么大儿子不管母亲，另外到一个院子里住，也是很反常的。书里写到，邢夫人带林黛玉到了大舅家，贾赦在家，却说什么见面彼此伤心，所以干脆就不要见了。之后林黛玉回到荣国府，再去拜见二舅。二舅是皇帝念及贾家上辈是开国功臣，所以额外赐了一个可以当官的身份，后来就当了个工部员外郎，也不是什么不得了的官职，和他哥哥袭封一等将军没得比。书里写贾政斋戒去了不在家，王夫人接待她，于是读者发现是没有爵位的二舅和二舅母，他们住在荣国府中轴线上最显赫的空间里，不仅挂着皇帝御书的金匾，还挂着一副堂皇的楹联。贾政和王夫人怎么成了荣国府的府主呢？从书里后来的描写看，贾母固然不喜欢贾赦和邢夫人，但是对贾政也没有什么感情，对王夫人往往不以为然。曹雪芹写小说，为什么虚构成了这个样子？

这就是因为，曹雪芹在“真事隐”，即虚构小说情节的时候，他又偏要把他家族历史中的某些真实情况，记录到文本里，也就是他还要“假语存”。即使在某些篇幅里细心的读者会觉得情节设计不合理，他也在所不惜。

《红楼梦》是一部众多角色都有人物原型的作品，我研究《红楼梦》就是作原型研究。我当然知道，不是所有小说中都有原型人物。南美阿根廷有个作家叫博尔赫斯，他长期在图书馆工作，他的小说灵感很多都出自他的阅读体验，比如《交叉小径的花园》，是没有生活原型的，这也是一种写作路数。但是，《红楼梦》是有原型的，它取材于曹氏及相关家族的浮沉兴衰。简而言之，曹氏宗族在早期，在明代晚期，有一支从关内迁到了关外去谋生，关外满洲八旗兵膨胀起来想夺取全国政权，一开始并不顺利，打来打去的。在这个过程里，曹家的祖上被满洲八旗兵俘虏了，当时这样的汉人不多，后来他们随满洲八旗兵一起打进关内，最后满洲八旗兵定鼎中原，建都北京，统治全国，满清入关后的第一个皇帝就是顺治皇帝。

那么，曹家的祖上很早就编在八旗兵里面，有一些人说曹雪芹是汉人，后来他们家编入了汉军旗。不对，曹雪芹他们家是汉人，但被编进了正白旗，而满洲八旗后来又分等级，分所谓上三旗、下五旗，上三旗就是正黄旗、镶黄旗、正白旗。曹家祖上幸运，编入的是正白旗，属于上三旗。进京以后，这些满族人对早期一起战斗过的汉族人很信任，所以曹家祖上得到了顺治、康熙的重用。

康熙小时候(康熙是他登基以后的庙号，这里借用)不能跟着亲生母亲过，是跟着另外一群妇女长大的。当时清廷有一条规则，皇帝的孩子不留在母亲身边，要另外去养。怎么回事呢？道理很简单，宫中女性是供皇帝享乐的工具，任务是供皇帝消遣，给皇帝生孩子，做母亲抚养孩子不是她的任务，得交给内务府，派其他女人去养。这些孩子的母亲一年之中，只有在皇宫庆典大礼时，才能看到亲生的孩子。孩子通常都搁在另一个地方抚养。

康熙小时候就被放在紫禁城西边的南长街的福佑寺抚养，一群奶妈伺候着，还有一种角色叫保母(不能写成保姆)，这种保母跟我们今天所说的保姆不一样，是代替母亲的角色。康熙小时候，保母就等于是他的母亲，保母不止一个，但有为首的，那为首的保母使他尝到母爱。保母从小教他，要站如松、坐如钟、卧如弓，见人应该怎么有礼貌，懂得爱惜粮食，从小应该有慈悲心等等。保母是个很重要的角色。保母在清代会被称为“教养嬷嬷”，“嬷嬷”发音就是“妈妈”。《红楼梦》里写到的李嬷嬷、赵嬷嬷、王嬷嬷，都应该这么叫。但这发音到今天会有变化，一般人会发“磨磨”的音。根据琼瑶的小说《还珠格格》改编的电视剧里有个角色，荧屏上打出的字幕是“容嬷嬷”，发出的声音是“容磨磨”。这是怎么回事？这牵扯到现代汉语使用当中的很多变故。“嬷嬷”原来只有一种规范的发音，就是“妈妈”，但是上世纪一些人翻译西方文学作品，里面写到修女，便使用这两个字来表达，而且读作“磨磨”。于是反过来，影响到对清代嬷嬷们的称谓。同样的，“茜”这个字，原来只有一个规范的读音，就是读作“欠”，《红楼梦》里有个人物叫“茜雪”，里面有一个虚拟的国家，叫做“茜香国”，但也是由于翻译中的借用，这个字不读“欠”了，读成“西”，从西方翻译过来的小说里会有读作“丽西”的女子丽茜，电影《茜茜公主》，不读作“欠欠公主”而读作“西西公主”。“嬷”和“茜”现在成了多音字，这是近代以后才出现的文字现象。

那么曹雪芹的祖上，具体说是他的祖父曹寅，有个母亲是孙氏。孙氏就是康熙皇帝小时候的保母当中最主要的一位。《红楼梦》第五十三回写贾氏宗祠，有副对联是“肝脑涂地，兆姓赖保育之恩；功名贯天，百代仰烝尝之盛”，这就是“真事隐”中的“假语存”，把曹家当年起家是因为老辈子妇女“保育”过皇帝的真相记录下来了。康熙小时候很难见到生母，偶尔见到也难以从那里得到母爱。在他生长期给予他母爱的就是这个孙氏，可以想见他们之间感情有多深。康熙长大以后要找个陪读，谁来陪读？就是孙氏的儿子曹寅。曹寅陪着康熙一起玩，就是玩伴，北京话叫发小，你说是什么关系？所以后来曹寅成为正白旗里的汉族成员，立身清朝的一个皇家的服务机构——内务府。曹寅作为伴读，后来做了康熙的近身侍卫，再后来康熙就委派他官职，他被外派到南京，就是江宁，当江宁织造，负责在南京为皇家制造纺织品。江南养蚕，出上好的蚕丝，皇帝的龙袍，皇后妃嫔的服装，乃至床上用品、窗帘布幔，这些皇家的需求，都由织造府供应。表面上看来，织造官儿不大，实际上康熙对他信任得不得了。当地的最高官员对他都要畏惧三分,他从小可是陪着康熙长大的呀。他也经常向康熙递送密折,汇报一些官员的动向,也报告一些其他的事情。

曹寅后来还兼管盐政,而且现在我们图书馆有《全唐诗》,《全唐诗》是什么时候编制的啊?康熙朝,康熙让谁编制的啊?就是曹寅。他在扬州召集一些文士,搜集这些诗编制而成。据可靠的史料记载,曹寅在南京街上出现的时候,所有人看见他,都下跪的下跪,弯腰的弯腰,弄得他很不好意思,因为凭织造的官职不该享受这种待遇,于是,他在肩舆上,就总拿着线装书挡住脸,表示自己在阅读。

康熙是个精力旺盛的皇帝,生育能力极强。他亲自排出顺序的儿子有三十五个,公主有二十个,没有来得及排序的夭折的还有一批。后来清朝皇帝的生育能力越来越萎缩,到了咸丰,就是慈禧生了一个儿子。到光绪帝,是性无能。到末代皇帝溥仪,就完全丧失生育能力。康熙精力极其充沛,他六次南巡,皇帝下江南,当地的最高官员如总督或巡抚什么的,都会为他造行宫。有意思的是,康熙到江南六次有四次过行宫而不入,"曹寅住哪里?"他直接住到江宁织造府里去,也就是直接住在发小家里,这是很出格的,但皇帝有任性出格的权力。当时的官员看到这个情况,能不看重曹寅吗?不仅是看重,一定还很敬畏。有一年康熙到织造府以后,孙氏还健在,颤颤巍巍地出来要跪拜,她当然应该跪拜,皇帝来了呀,她是一个老奴才嘛。据可靠史料记载,康熙看到孙氏"色喜",很高兴,并且对围随在身边的重臣们说:"这可是我们家的老人啊!"当时他立有太子,太子随他下江南,他那样说更是让太子尊重这位老嬷嬷。按理康熙不该这么说,抚养他的保母是内务府派来的，孙氏的丈夫是正白旗所俘获的汉人的后代，属于包衣身份，包衣就是满语“奴才”的译音。孙氏嫁给包衣，自己当然也是包衣，身份是卑贱的，怎么能跟太子和重臣们说孙氏是“我们家的老人”呢？但是康熙确实对孙氏有感情，他情不自禁就那么说了，也被在场的人士记录下来了。当时织造府里萱花盛开，萱花在中国传统文化里，有“孝敬母亲”的含义，康熙触景生情，就当场挥毫，写下“萱瑞堂”的牌匾，赐给曹家。于是《红楼梦》第三回写黛玉进荣国府，她在贾政和王夫人居住的那个府第中最核心的空间里，见到皇帝为贾家题写的“荣禧堂”金匾，就属于“真事隐去假语存留”的笔墨。

历史上的真实情况，是曹寅得了疟疾，治这个病需要一种药——金鸡纳霜，当时中国有没有这种药呢？有的。谁有？康熙皇帝有，全中国就他有一点。康熙是从外国传教士那里得来的。得知曹寅得了疟疾，他心急如焚，对曹寅爱护得不得了，让驿马不停蹄地跑往南京送药给曹寅。那时候没有飞机、火车、汽车，不断换马，马不停蹄地往南京跑，还是需要很多时间，结果，药送到时，没有福气的曹寅已经咽气死掉了。按说曹寅死了，就让内务府再找另外的人充当江宁织造不就结了，顺治皇帝时候就立下规矩，内务府派出的官职是不能世袭的，但是康熙对曹寅一家的感情太深了，他就偏让曹家世袭。曹寅死了，还有个儿子叫曹颙，康熙就让曹颙继续当江宁织造。康熙对曹颙很看好，夸赞他文武双全，但是这个人很不争气，没几年，他又死掉了。曹颙死后，曹寅就再没有亲儿子可以世袭这个织造官职了。事情到了这种地步，按说康熙也就该叹息一声罢休了，但是康熙对曹家好到什么程度呢？

他居然还要曹家来当江宁织造。当时江南有三大织造，除了江宁织造，还有苏州织造和杭州织造。苏州织造当时是李煦，他的妹妹嫁给了曹寅，曹寅死了，家里只剩两代孤孀，就是曹寅和曹颙的寡妇。康熙肯定就想起了孙氏——曹寅的母亲、他的保母，孙氏当时已经去世了，但康熙还是要报答孙氏的抚养之恩，更肯定想起发小曹寅，他们真是亲如手足啊！于是，康熙就把李煦找来问：你能不能从曹寅的侄子中选一个人，过继给曹寅，来接管江宁织造？李煦就从曹寅的侄子里选中了曹頫，于是，这个人就算是曹寅和李氏的过继子，他就带着他的夫人，进驻江宁织造府，住进有"萱瑞堂"御笔题匾的正堂，继任了江宁织造。

李煦的妹妹、曹寅的遗孀李氏，在小说里化为贾母，而曹頫和他的夫人，在小说里化为了贾政和王夫人。当然故事设置贾府的空间，不是在南京而是挪移到了北京。在小说里，读者可以发现，贾母对贾政的感情很淡薄，灯节贾政准备了许多礼物到贾母跟前凑趣，贾母没多大会儿竟然就让他离开。第三十三回写贾政痛打宝玉，贾母闻讯赶到，大怒，说出"只是可怜我一生没养个好儿子"的话来。这种母子关系，就是按照生活真实中，曹頫乃李氏的过继子的情况来"假语存"的。儿子不是李氏亲生的，是过继的，但过继的儿子生下的孙子，祖母会非常珍爱，这是中国传统伦常的既定心态。包括现在也是一样，儿子虽然是过继，但孙子就认为是嫡传，丝毫不影响祖孙感情，甚至还会更加浓酽。小说里贾母对宝玉的溺爱，显然也是把真事用假语存之。

在真实生活中，曹頫有自己的亲哥哥，但这个亲哥哥并没有跟他一起过继到李氏门下。但是曹雪芹写这部小说，不能舍弃曹頫的亲哥哥这一支，因为这一支里有一个很重要的原型人物二奶奶，将其假语存于故事里，就是王熙凤，所以他在进行小说文本虚构的时候，合并同类项，把曹頫的哥哥写成是贾母的大儿子贾赦。在真实生活里，这个人和他的夫人并不跟李氏住在一起，那么在小说里，曹雪芹也就写成林黛玉去拜见贾赦，需要另去一处独立的院落。

关于曹雪芹写《红楼梦》的时候，在身份认同上的焦虑问题。曹雪芹家从根上说，是汉人，但是这家人很早就成了满洲正白旗的成员，跟满族人一起战斗，满洲定鼎中原后，一起分享胜利的果实。那么他根据家族的历史写《红楼梦》，怎么来处理故事里贾家，以及其余三大家族成员的身份，写成满洲八旗成员的故事？可是四大家族的成员却又流淌着汉族的血液。最后，曹雪芹决定在写的时候，尽量避免鲜明的种族符码。因此，他在写女性角色的时候，尽量不去描写脚部。满洲一统中国以后，在女性的服装上，对汉族不是那么苛刻，清朝汉族妇女大体上还允许按照明朝的方式穿戴。《红楼梦》里对荣宁二府中女性装扮的描写，除了脚部，其他部位往往不厌其烦，写得很细，写成类似明朝妇女的装扮，这也合乎清朝时许多汉族妇女的真实面目。曹雪芹自己家族及相关亲戚中的妇女，既然出身汉族，保持明式装束，是可能的。但是，其家族很早就投降了满族，并且被编制到满洲八旗里，那么，作为旗人妇女，若采取旗装，也是顺理成章的。旗人妇女是不缠足的，而且会穿一种独有的花盆底鞋，身上穿旗袍，头上梳“两把头”。在近代排演的京剧《红楼二尤》里，尤二姐、尤三姐是类似明代妇女的装扮，而王熙凤就是“两把头”、旗袍、花盆底鞋的旗装，汉满混搭，看上去很有意思。曹雪芹为了超越“我们这些人究竟是汉族还是满族”的身份认同焦虑，他笔下的妇女，就尽量不含鲜明的种族符码，写汉族女子不写三寸金莲，写满族妇女不强调是大脚，王熙凤也不写成旗装妇女。

但是如果读得很细心，就会发现，曹雪芹虽然总体刻意回避写女性的脚，但是也偶尔会出现一点关于脚的文字。他写尤三姐为了对抗贾珍、贾琏对她的玩弄，就故意放荡不羁，“这尤三姐……底下绿裤红鞋，一对金莲或敲或并，没半刻斯文……自己高谈阔论，任意挥霍洒落一阵，拿他弟兄二人嘲笑取乐，竟真是他嫖了男人，并非男人淫了他。”这是曹雪芹笔下唯一写到“金莲”的地方。书里的尤二姐和尤三姐显然都是汉族妇女，尤二姐被王熙凤骗到荣国府，带她去见贾母，贾母看完她的手，又让丫头把裙子撩起来，干嘛呀？看足。过去汉族对女性的评价，美不美，要从头看到脚，尤其要看“三寸金莲”。这一处没有出现“金莲”字样，但是也暗写到金莲。有一次写晴雯，她在床上跟别的丫头打闹，“穿着红睡鞋”，这红睡鞋是裹小脚用的东西，汉族妇女才有，满族妇女是“天足”，睡觉时不穿鞋。书里还常用“小蹄子”来蔑称丫头，仆妇讽刺丫头不愿跑腿，有“那里就走大了脚”这样的语句，就说明贾府里的丫头，有一部分是汉族妇女，缠足。当然还有些丫头是满族的，像贾母那边的粗使丫头傻大姐，“生得体肥面阔，两只大脚，作粗活简捷爽利”。不过这种涉及女性脚部的句子，在《红楼梦》整部书里真是凤毛麟角，不进行文本细读都会被忽略掉。

一定会有人问：书里的金陵十二钗，她们是“天足”还是小脚啊？书里有个女子邢岫烟，有次贾宝玉要到栊翠庵找妙玉，半路碰到邢岫烟,"颤巍巍的迎面走来",邢岫烟走路为什么颤巍巍啊?就因为她和尤二姐尤三姐一样,不属于四大家族,是汉族妇女,要缠足的。贾氏四姐妹,薛宝钗薛宝琴姐妹、王熙凤、史湘云,她们都是四大家族的女性,四大家族的原型都是入了满洲旗的,这些女性应该都是"天足"。曹雪芹写史湘云,她不仅爱女扮男装,更能在雪地上扑雪人玩,若是缠足难以想象。那么,林黛玉呢?她的母亲贾敏的原型是入了旗的,大约是大脚,但是书里写贾敏嫁给了林如海,林如海似乎是汉族官吏,那么林家是可能给黛玉缠足的,不过书里完全不写她脚的形态。读《红楼梦》要注意到,薛家进京,摆在第一位的目的,是要让薛宝钗参加宫廷选秀。书里没有使用"选秀"这个语汇,实际上就是告诉读者,薛宝钗即便有汉族的血脉,但她家很早编入八旗,是在旗女子。她到了十四岁,就有参加选秀的资格,林黛玉则未必。这也是薛、林两钗的重大差别。

《红楼梦》写女性尽量不写脚,写成年男性则基本上不写发型,除了贾宝玉的特殊辫子,不写别的成年男子的辫子。装束上,不写清代常见的长袍、马褂、瓜皮帽等。有时就会造成错觉,让人以为写的是明代的生活。有人认为《红楼梦》是排满扬汉的文本,我认为根据不足。曹雪芹在写法上尽量避免满汉的种族符码。他的家族根子在汉,却在改朝换代中成为满洲正白旗的成员。我家究竟是汉族还是满族?我究竟属于八旗后裔还是华汉子孙?他内心有身份认同焦虑,他通过巧妙的文本策略,化解了这个焦虑。他笔下所写就是第一回《好了歌》及其解析里所概括的人间悲喜剧,他笔下的贾宝玉就是第二回所说的那种秉正邪二气的生命，超越了种族认同，达到最高层面的生命关怀。

在《红楼梦》文本里，还能看出曹雪芹在身份认同上，除了种族认同的焦虑，还有一个焦虑，就是主奴身份辨识的焦虑。书里故事一开始就交代，宁荣二府是世代簪缨的钟鸣鼎食之家，开国功臣的后代，有着不得了的社会地位。接着故事往下流动，有些文字又透露出来，人物内心里总有与人为奴的自卑。书里写了一个现象，就是荣国府有个大管家赖大，赖大的媳妇叫赖大家的，那时候媳妇一般都没有名字，嫁给谁就叫成谁家的。赖大早上到府里上班，下班以后回家，回到一个什么样的家里呢？巨大的宅院，宅院附带着花园。赖大有个儿子叫赖尚荣，成长的过程跟贾宝玉不相上下，本来赖尚荣作为奴才的后代，长大后也应该到荣国府服役当差，但是被免除了这项义务，于是赖大就给赖尚荣捐了官，当上了县太爷。为了庆祝儿子当官，赖大还专门在家里大宴宾客，贾府里的老爷少爷，以及社会上一些有头有脸的人士，都去他家做客。进到荣国府，赖大是高级奴才；出了荣国府，他就是社会上的富豪。而且书里写得很有趣，赖大他妈还活着，赖嬷嬷带着仆人来到贾府请安，见了贾母、王夫人，又去见王熙凤。这个赖嬷嬷跟王熙凤和贾琏转述她对赖尚荣说的话："你那里知道那奴才两字是怎么写！只知道享福，也不知你爷爷和你老子受的那苦恼。熬了三辈子，好容易挣出你这么个东西来……你一个奴才秧子，仔细折了福！"这是带血带泪的话语。《红楼梦》里赖大家的这种情况，其实是贾家相当于皇家地位的一个缩影。曹雪芹家，正是那样的情况：在被征服的汉人面前是统治者正白旗里的成员，在满洲皇帝和正白旗旗主眼里，他们却不过是被征服掳获的下贱的包衣奴才。正因为如此,《红楼梦》里才会有关于赖大家的这种描写。在关于宁国府焦大醉骂的那段情节里,也透露出贾家上一辈是如何浴血战斗,千辛万苦挣来家业的,而焦大在艰难岁月里,自己喝马尿,把找来的水奉献给主子喝,也恰是往昔曹雪芹祖辈作为忠仆效力满洲主子的缩影。“你那里知道那奴才两字是怎么写!”其实所传达的正是书中贾家,即生活真实中曹家的心声。就真实身份而言,曹家几辈都不过是“奴才秧子”,作为主子的皇帝,可以如康熙那样对曹寅信任溺爱,也可以像雍正那样对曹頫严厉打击。到乾隆朝,曹家卷进弘皙逆案,乾隆如以沸水浇灌蚁穴,曹家的毁灭竟连档案也无留存!“奴才秧子”罢了,主子的喜爱憎恶信用毁弃只在一念间。曹雪芹写《红楼梦》时,会有这种身份认同上的焦虑:主子还是奴才?富贵还是卑贱?但是通过他设定的文本策略,特别是通过他塑造的贾宝玉这个形象,把这份焦虑终于化解掉了。

我读《红楼梦》,当然特别注意曹雪芹对贾宝玉这个形象的塑造。贾宝玉对世上众人的看法,是惊世骇俗的。曹雪芹写书的时代,是一个神权社会,但贾宝玉却毁僧谤道,深知他脾性的袭人就此劝诫他,他表面上答应,其实何尝改正。那时代当然更是一个皇权社会,贾宝玉却毫无通过读书科举跻身权力中心的意愿,不仅骂那些往权力中心攀爬的人是“国贼禄蠹”,更身体力行地主动亲近远离权力的社会边缘人,如秦钟、蒋玉菡、柳湘莲等。那时代是父权社会,贾宝玉却和他父亲贾政在科举、结交等方面发生激烈冲突。那时代是男权社会,贾宝玉却宣布:女儿是水作的骨肉,男人是泥作的骨肉。我见了女儿,我便清爽;见了男人,便觉浊臭逼人。对那个时代似乎是天经地义的男尊女卑来了个彻底的颠覆。贾宝玉对女性的崇拜又并非盲目的，他有三段论：女孩儿未出嫁，是颗无价的宝珠。出了嫁，不知就怎么变出许多的毛病来，虽是颗珠子，却没有光彩宝色，是颗死的了。再老了，更变的不是珠子，竟是鱼眼睛了。他深切感受到，闺中的青春女性，无论小姐还是丫头，没有深受社会主流价值的污染时，天真烂漫，显示出生命的本真之美，但是一旦嫁了人，就开始参与社会主流价值体系的运作，灵魂就开始锈蚀，再往后，则生命的本真之美尽失，如死鱼眼睛迅速腐烂。贾宝玉对自己的身份定位，完全超脱于那个时代的一般规范。他的装束包括发型是独特的，他的话语具有强烈的个人特色，他和丫头们好，小厮们见到他没礼貌，他无所谓，他的弟弟贾环设毒计要烫瞎他的眼睛，他却从来没有考虑过以后如何与兄弟分割家产一类的问题。他自我身份的认定超越种族、主奴、贫富、贵贱的框架，他的此类表现传扬到贾府以外："时常没人在跟前，就自己自哭自笑的，看见燕子，就和燕子说话，河里看见鱼，就和鱼说话，见了星星月亮，不是长吁短叹的，就是咕咕哝哝的"，可见贾宝玉的自我身份认定升华到了"自然之子"的高度，他是独一份的生命存在，不受世俗身份定位框架的摆布，他要与天地宇宙融为一体。

我阅读、研究《红楼梦》，不仅是要学习曹雪芹写小说的心思技巧，更要学他那化解身份认同焦虑、时空认同焦虑、文化认同焦虑的深邃思想与途径。首先是自我身份定位必须超越俗见，我越来越清楚地认定，我就是我自己，首先要做好我自己。现在这个社会中，难，人的生存是很艰难的，最艰难的还不是在于挣钱难、

刘心武水彩写生：珠海渔女

出名难，获得真爱和真朋友难，最难的是真正做成你自己，这是很难的。人们在种种因素的影响下，一直带着假面生存。谁的生存是容易的啊？我曾经写过一篇散文《心里难过》，清夜扪心，独自难过。但不管如何艰难，如何难过，我立誓一定要成为有尊严的人。

＊此文根据2014年4月16日在上海复旦大学中文系演讲整理而成

世道人心是不能量化的
——对话《解放日报》记者

记者：进入了大数据时代，似乎一切事物都可以用数据衡量。您觉得这是不是一件好事？

刘心武：数字化几乎已经渗透到各个方面，大到航天技术，小到我们的日常生活，比如我们用光盘听音乐看电影，那些曼妙的声音、绮丽的画面其实全是一连串数字记录的回放，量化的程度越高越细，效果就越好。

无论是整个社会的发展还是我们自身生活质量的提升，进入到自觉、严格、细致、准确的量化程序，得以用数字化体现出来，这都是可喜的。

记者：但当人们都在为大数据时代的到来而欢欣鼓舞时，您却在一篇杂文中泼了冷水，指出很多人现在都陷入了一种新式社会病——"量化焦虑"。

刘心武：所谓一则以喜、一则以忧，凡事有喜必有忧。量化带来的喜不必多言，忧的则是当量化渗透到社会各个毛细血管后，就使得一些人形成了数据迷恋，做什么事都进入一种思维定势、取舍模式。就像我写过一篇叫作《一把米有多少粒》的文章，讲一个老太太要煮饭，她抓了一把米，可老觉得要数一数这一把米到底是多少粒，她才能指挥保姆煮饭要用多少米，这就很荒谬，成了一种病态心理了。

记者：这个例子很夸张，但现实生活中确实不少人存在一种数据依赖，比如出门穿什么衣服不是到外面亲身感受冷热，而是依靠“穿衣指数”、“阳光指数”；一天过得好不好也不是问自己的内心，而是看“幸运指数”如何。

刘心武：能不能万事都依靠数据，都量化？我看不合适。就像过去看病，没有现在这么现代化的条件，医生基本都得先给你测体温、量血压，拿压舌板看喉咙，用听诊器听一下前胸后胸，然后再问一些基本情况，跟你讨论讨论，最后再做诊断。现在这样的程序很多都没了，更多是靠化验、靠机器检查，更加追求用数字和指标来诊断。虽然这样更为直观，可有时候一圈检查下来，也让病人感到挺吃力、挺折腾。特别是一些通过问诊可以判断的小毛病，好像现在不经过那些机器的检查检测，拿不到数据，就没办法诊断了。说实话，我这一代人还不太习惯，总觉得缺了点什么。

记者：数据有用，但它是没有温度的，替代不了人与人之间充满温情的交流。

刘心武：所以不能什么都量化，人的生存不是都在量化的覆盖下，还有很多非量化领域。

记者：在您看来，哪些是不能量化的？

刘心武：最不该量化的就是情感，情感要是都量化了那是最糟糕的。就像爱情这种情感，你不能光用“星座配对指数”来判断俩人在一起合适不合适吧，也不能用爱你的人给你买了多大的房子、送你多贵的车子、为你花了多少票子来衡量人家对你的爱有多深吧。

情感里面蕴含着很多微妙、难以量化的因素。我们想象这样一个场景：一对年轻的父母站在婴儿床前，孩子睡着了，他们先看看孩子，然后两个人对望一眼，之后再看看孩子。这是人类生活中很常见的一个画面，你怎么量化？这不光是他们两个眼神交流中短暂的一瞬，它把恋爱、婚姻、生育中的美好的东西，全都集中体现出来了。如果你一天到晚都在算计、在量化，忽略了这些非量化的东西，夫妻间就只剩下吵嘴或是讨论钱的问题，就会错过人生的很多美好。所以在情感领域，要尽量排斥量化，享受那些非量化的美好，这是非常重要的。说实话，在这个领域里面，我们失守的空间、阵地太多了。

记者：著名哲学家任继愈先生也曾提出，不是什么都可以量化，比如《红楼梦》写一个女子的外貌，不能说眼睛多少厘米，鼻子多高，腰围多少。

刘心武：这就说明不光情感领域，在审美领域里，很多东西也是不能量化的。而现在比较让人忧心的是，因为追求量化刺激，很多人正在丧失审美愉悦。我与一些年轻人聊天，他们中的很多人都喜欢打电子游戏，我就问，他们的快乐是怎么来的？他们告诉我，他们的快乐就在于不断地赢得网币，还有游戏中的排名。这两样全是量化的东西。

记者：这种量化带来的快乐往往是短暂的。

刘心武：相对于审美愉悦来讲，也是浅层次的。十多年前，我和老伴到巴黎卢浮宫参观。当我们站在米洛斯的维纳斯雕像面前时，老伴激动得不得了。那时她快六十岁了，居然双脚轻轻一蹦，两手一拍紧紧握住，然后就一动不动地盯着雕像，活像个小孩儿。因为她从小就在书里、影像资料里看维纳斯石雕像的图像，终于有一天她真的站在了原作面前，你想她的那种快乐、那种欣喜，能用数字来衡量吗？那完全是一种非量化的审美经验。这也成了她去世以后，我回忆她的一个亮点。

还有一次，我在博物馆看古瓷器展览，就听到有人不断问“这件值多少钱”“那件值多少钱”，顿时败兴。要知道，在审美领域很多东西是无价的、是非量化的，在审美的时候，“无价的”应是第一个门槛。

记者：其实隐藏在这种量化追求背后的是一种功利心。就像有时人们读文学作品，首先考虑的可能也是“这本书是畅销书吗”、“这个作品得过奖吗”这样的问题。

刘心武：这不是读书的前提，只可以作为一个参照。现在自己从各种读物当中作出审美判断的人越来越少，这本书得了多少奖啊，发行量是多大啊，作家在富豪榜上排名第几啊，往往都被这些东西牵绊住了。

记者：还是要多想多做一些看似无用的事。

刘心武：这就涉及到了另一个不该也难以量化的领域——哲思领域。哲思、形而上对很多人来说都没有用。形而上其实不是哲学家和学者的专利，对于普通人来说，有时候也需要静下心来，运用哲学思维好好想一想，“活着是为了什么”，“我死的时候会不会有遗憾”，“要怎么做才会少些遗憾”。

让我特别郁闷的就是，现在有的文化消费品一点哲思都不提供。比如，电视剧写宫斗、职场竞争，宣扬丛林法则，讲的都是“怎么上位”、“怎么排他”、“怎么争宠”，这些当然也是社会生活的一定反映，有其部分合理性；但也不能都是这些东西吧。

记者：做什么事都用量化思维的话，结果可能就是像您说的这种哲学思考的空间都被实用主义、工具主义挤压了。

刘心武：我有时候会到学校里给大学生讲《红楼梦》，他们的一个普遍性的思维误区就是，一本《红楼梦》养活那么多人，研究者啊，推广者啊，太可笑了。我总会听到有人问，“《红楼梦》能当饭吃吗？”“你研究《红楼梦》能解决失学儿童的问题吗？”

饭是可以量化的，一日三餐，一顿吃几碗，能摄入多少蛋白质、多少纤维，折合成多少卡路里，这些都能算出来；可问《红楼梦》能当饭吃吗，这种思维却是十分有害的，因为它是单一的价值判断标准，就是实用性。有些东西的价值难以量化，却往往比能够量化的更有价值。

记者：前些时候，网友评选出了让人“死活读不进去的十本书”，《红楼梦》竟高居榜首，是不是这也和量化思维有一定关系？

刘心武：这件事我觉得一点不奇怪，我不要求所有人都来读经典。现在人们倾向于选择娱乐消遣式的文化消费品，这是可以理解的，因为社会竞争激烈，压力都很大，适度放松，不能苛求。

对这个话题，前一阵子王蒙先生也说过，“读不下《红楼梦》是读书人的耻辱”。他的话很重，我不是很同意他的说法。我觉得读不下去就不读算了，这不是耻辱；但是如果不尊重它、不敬重它，这是我不允许的。你可以不读，但你要懂得这是一个用我们母语写出来的整个民族的经典文本，你的血管里流淌的，应该有祖先传下来的这种文化内涵。

2000 年,英国的英中协会请我去伦敦图书馆给伦敦市民讲《红楼梦》,那是一场公益演讲,来了一百多个人,算挺多的。有一对老年夫妇,先生是邮局职工,太太是护士,他们听后来跟我说:“听说曹雪芹是中国的骄傲,《红楼梦》跟莎士比亚的戏剧一样伟大,我们想了解中国文化最有代表性的东西,坦率来说,今天你讲的这些我们听不太懂,但我们心里涌动着一种对你们文化的尊重和敬畏。”

记者:您讲的这件事让我想起来,前年英国搞了一项民意调查,评选最让英国人感到自豪的“英国符号”,结果莎士比亚得票最多。

刘心武:这就说明了文化在这个国家的地位。再讲一件事,我有一次在伦敦大学的校园里散步,碰到一个学生就随机问了他一个问题,我说:“英国养这么多研究莎士比亚的专家,你觉不觉得荒谬啊?”这个人听完神情很奇怪,觉得我是一个怪物,他说:“莎士比亚是我们英国的骄傲啊,原来有一位贵族说过,宁愿失去国土,也不能失去莎士比亚。这是英国人的共识,没有讨论的余地。”然后我问他喜欢读莎士比亚的作品吗,他的回答跟我们那个“死活都读不进《红楼梦》”几乎一样,他说有的作品他也读不进,但是你要说莎士比亚不好他就会跟你拼命。再反观我们自己呢?差距真不小。

记者:您刚才提到了三个不能量化的领域,情感领域、审美领域、哲思领域,如果在这三个领域都搞量化,会有什么不好的影响?

刘心武：这三个领域都是我们生而为人我们应该进入的领域。现在有人完全就是在世俗领域里面生存，一生这样度过是很划不来的。情感都量化了，就没有真正的情感了，没有纯洁的情感了；审美都量化了，你就永远不懂得什么是美；哲思都量化了，人就成了空洞的工具，活着的意义就丧失了。我们生活在量化的环境当中，很容易忘记还有非量化的、宝贵的东西，我希望今后我们能少丢失，有的还要把它找回来。

还有一点，我们不是单独生存的，我们总是要和他人、群体共同生存，这其中的世道人心也是不可量化、不易量化，也不必量化的，量化之后反而会妨碍你把它看透彻。你说良心多少钱一两，道德多少钱一斤？这些能称重定价吗？

记者：不能机械地量化，否则就会被数字牵着鼻子走，陷入量化焦虑。

刘心武：量化是有必要的，而且有的量化也无法抗拒，它很强大；但我们自己要有非量化意识。情感、审美、哲思，没人强行束缚你，这些都是我们自己在丢失。参观博物馆时，是我们自己总在那儿想这个值多少钱，所以还是要自己走出这个误区。

记者：怎么才能走出来呢？

刘心武：还是要多做一些无用的事。就拿我来说，父母给我的教育里就有很多宝贵的东西。比如在我家，经常是父亲拉胡琴，我唱京剧，大家一起聊《红楼梦》，一家人去看戏、看电影，回来以后讨论，偶尔也有哲思空间，大家议论一下生老病死等终极的问题。

即使在阶级斗争最厉害的时期，只要有机会，有展览我一定要去看，有音乐会一定要去听，有戏剧演出一定要去观赏。当时我们国家对外国古典文学的翻译控制得很严，翻译的作品出一本我就想办法读一本，比如巴尔扎克、雨果、契诃夫、托尔斯泰等大文豪的作品，还有《红楼梦》，我都是很小的时候就读了。有了这些文化的滋养和积淀，就不管外界怎么阴雨晴雪、世界如何焦躁不安，还是会守住内心的一些东西。

记者：守不住，就容易陷入焦虑。

刘心武：自我过分量化，当然会焦虑了。为什么我们现在感觉比以往更常有焦虑感？仔细审视便会发现，我们所焦虑的几乎全是可以量化的东西，而且焦虑的具体思维模式，也是十分数字化的。

人们老怕自我量化的结果是一个劣等生，总是担心社会的大戏院已经客满，自己找不到座位；有时候虽然有座位，但又想着坐前排、坐包厢、坐首长席。

记者：这种量化焦虑似乎已经成了一种普遍的社会心态，结果越比越焦虑。

刘心武：一位熟人跟我说，他一度曾为自己的住宅里只有一个卫生间，而昔日有的同窗家里却享有两个甚至两个以上的卫生间而陷入自惭形秽的焦虑。但一次他却在仍住在胡同杂院、如厕还需出院的一位同窗家里，感受到了其家人间无法用数字量化的那种温馨亲情，之后他就醍醐灌顶般清醒过来，再不让几个卫生间之类的量化焦虑破坏自己的心情。

在数字化时代，一个人在精神上能自觉地保持些不必也不可量化的、与数字无关的情愫，那真是一种福气。而且，这样的人多起来，人际间也就不必将一切都加以量化了，这样才能氤氲出以情感和诗意交织的非量化因素，我们的生命也才会因此获得更高层次的尊严和美感。

2013年12月6日

谈《飘窗》及自己的写作历程

我的长篇小说《飘窗》2014 年 5 月出版以后，颇受读者欢迎。总有人问我：你这些年不是在研究《红楼梦》吗？怎么又写起长篇小说来了？其实我研究《红楼梦》的目的，恰是为了向母语经典学习，在生活素材积累得比较丰厚时，来写长篇小说。写长篇小说，进入技术层面的时候，我觉得讲故事、设置悬念还是很重要的。我在《百家讲坛》讲《红楼梦》尝到些甜头。《百家讲坛》的栏目组曾把红学会的专家几乎全都请来讲《红楼梦》，播出并且制作光盘，根据央视索福瑞的统计，收视率不高，有的几乎为零，不是他们没有学问，讲得也很认真，但是那种讲法只适合大学课堂或学术会议，不能引起电视节目受众的兴趣。我是很偶然的机会走进《百家讲坛》，考虑到要面对也许是不耐烦的、没有知识准备前提的观众，因此我必须首先激起他们的兴趣，我在设计的时候就注意设置悬念，开头十三讲就是揭秘秦可卿，收视率很快就上去了。我的相关书籍也是这样的特点，让读者就像读丹·布朗的推理小说一样，生出兴趣。一般民众，特别是年轻人，原来可能读不下《红楼梦》，我的讲红只是一家之言，目的并不是要求听众都来认同我的观点，但我激发出他们对《红楼梦》的兴趣，因此，在推广《红楼梦》，促使一般民众特别是年轻人去找《红楼梦》来读，这方面我确实是做了有益的工作。

讲《红楼梦》时采取激活受众兴趣的叙述策略，现在自己写小说，更应该发挥这个长处。在《飘窗》里，我有意识地设置悬念，大悬念套入小悬念。每个出场人物都有他的故事，每个故事都有枝杈。过去我写的小说情节性也强，不是单纯的文本技巧展示，不是拼接、变形什么的，我是写实主义的文本，这种文本在八十年代后逐渐衰退，受马尔克斯等外国作家作品影响，很多小说创作是从想象出发。这种写法也好，很奇诡，使五十年代的一批作家取得巨大成功。但这种文本不提供人物画廊，只是以文本的颠覆、以意念的想象完成创作。后来是后现代主义，靠拼贴，时空迅速转换。这种文本我也欣赏，读了也拍案叫绝：亏他想得出来！

但我写小说还是写实主义的路数。写实主义有两个特点，一是用最笨的办法——过去叫深入生活；二是要提供丰富的人物画廊，要接触人，要有素材，要有人物库和生活细节库、语言素材库，不能完全靠想象，这是一度被人嘲笑的写法。我从那个时代过来，一直钟情这种写法。现在有些作家的全部素材来自阅读，更多来自想象中。

我是上世纪四十年代出生的作家，我尝试写作的时候，拉美魔幻文学还没产生，我受写实主义影响比较深。中国古典四大名著里也有魔幻的成份，总体上基本还是写实的。我青年时代对引进的作品也是欣喜若狂，外国文学读了很多，巴尔扎克、狄更斯、托尔斯泰、契诃夫等写实主义的作品对我影响很大。我的阅读史和写作史跟五十年代出生的作家都不一样。他们是纯洁的写作史,从改革开放后才开始写作。

我1958年发表出第一篇文章,在“文革”前我陆续发表过约70篇小文章。“文革”刚结束时,被打倒老作家还没解放出来,划右的作家还没改正,知青作家还在为返城而努力,那时我是出版社的编辑,能够写作,就写出了《班主任》。其实“文革”后期我就开始发表作品并且出版了《睁大你的眼睛》那样单本的书。

《飘窗》是写实的作品。书中人物的名字像《红楼梦》一样,也有很多隐喻。为人物取名我掌握两个原则,一是生活化,非常真实,尽量不重样;二是多少有些寓意。比如薛去疾坎坷一生,老想把这些“疾”去掉。我的人物库分几类,一类是深入接触的,像卖水果的顺顺,我去过原型他们租的房子,也吃过他们做的蒸包,这是比较深入的交往,了解他们的生命前史和现在的生存困境;一类是观察,小说中的报告文学作家、台商,回国经商的华人,也都是有原型的,所有这些原型不可能直接挪用到小说中来,会有变化;一类是比较难以真正深入的,像麻爷,写的时候想象的成份多一些。小说横扫了社会众生相,包括退休工程师、歌厅小姐、保镖、票贩子、论文枪手、黑社会成员、极左分子、海归创业青年……有评论说这是一部特别接地气的作品,包罗社会万象。这部作品篇幅不大,但是动用了我二十来年的生活积累。

我的写作,扎扎实实接触人,接触生活,过去的写实主义作家都是这么做。八十年代初我是北京文联的作家,那时的专业作家队伍充满名家,老前辈有萧军、骆宾基、端木蕻良、雷加、阮章竞、管桦等,建国后成名的一批作家有杨沫、浩然等。这些资深作家都主张深入生活。他们对我有一定的影响和感染。骆宾基就说，即使是写一个山区收购站，那人物都得有原型，提及的山区药材都要有根有据。当然从生活到艺术有升华，不能对号入座。有人说《青春之歌》里的余永泽就是张中行，这是调侃的说法。

但是现实主义流派后来遇到了困境，一是干预生活、干预现实，这就变得敏感；二是改革开放以后，年轻人的写作就像有“疯狗”（即现代派）追着，不现代派就被视为落伍。当然作家“疯跑”也“跑”出了很好的文本，也有的被世界公认。近三十年过去了，我认为现实主义写法到了该“激活”的时候。

我认为现实主义回归恰逢其时。讲完《红楼梦》之后，有很多年轻的读者追着读我的作品。我的助手从网上把看到的贴吧里的帖子，以及涉及我的微博，下载给我看，从评论的语气可以看出，有相当多的80后、90后读者：“耶，刘心武原来是老头耶，还写小说耶！”他们就查到我有“三楼系列”（《钟鼓楼》《四牌楼》《栖凤楼》），读完评价说写得好看，尤其《钟鼓楼》。

我觉得《飘窗》是激活写实主义的一次尝试。我不是固步自封。写《钟鼓楼》时已经和杨沫他们那样的线性叙述不一样了，是橘瓣式的结构，在文本上，我有一些自己的巧思，开始注重悬念。《飘窗》是强悬念的文本，有新的元素，语言上追求海明威式的简洁。我不搞语言瀑布，不造文字摩天楼，有时完全用对话推进情节，也不回避性的因素，这在以往的现实主义一度是禁忌。我有突破意图。不是无形中一不小心的突破，而是构造文本时主观的突破。

《飘窗》写得非常愉快，没有任何写不下去的苦恼。我的心智健全，只是年龄大了，有体力活的感觉。过去一天写一万字，现在一天几百字，有疲劳感。这也是控制文本字数的一个原因。

这部小说，我觉得某种深刻性在于，解构了庙堂和江湖二元对立的思维。江湖也不是我们想象得那么纯洁美好。看完之后读者会想，薛去疾这个"疾"究竟去没去？作品中最让人绝望的，是薛去疾对麻爷的一跪。这一跪，使庞奇的崇拜彻底粉碎，动摇了信仰或信念……有记者问我：这里的绝望，是不是也是您的绝望？庞奇最后要杀死薛去疾，是否别有寓意？作为叙述者，我要提醒读者，不能从大概念理解人物——每个角色都是独特的"这一个"。庞奇本来是和文化隔阂的，薛去疾对他有启蒙影响，而且是西方古典的人文思想的影响。但是小说最后，庞奇要杀薛去疾。这是启蒙的困境，更是启蒙的悲剧。我的作品不是否定这些，而是体现这些。

另外有一个始终在所有人背后的角色，就是资本。资本无处不在。薛去疾为什么下跪？所有的生命被罗织在资本之下了。这是全球问题。我们怎么办？中国的反腐，美国的占领华尔街，欧盟的困境，许多地方经济的衰落……这些现象背后都有资本运作。薛去疾跪的不是麻爷，而是笼罩全球的困境。麻爷只是资本的工具。

《飘窗》整个文本，采取《红楼梦》的写法，所谓地域邦国朝代纪年皆失落无考，小说中一概没有具体的年代，但能感觉到是当代故事。叙述者本身有意不凸显年代标记。二是几乎没有真实的地名出现，就是大都会。

我是写小说的人，不搞政治。无非是小说叙述文本大胆——

也不是胆大胆小的问题，我就是观察者、叙述者，是讲故事的人。所谓“大胆”，是驾驭的时候没有犹豫，只是中性叙述。我对夏家骏有些调侃，何司令是好人坏人，我在叙述上没有任何否定，没有讥讽。我是中性叙述，没有引导读者。我希望大家读了以后体味一些东西，体味多少算多少。可以有不同的解读。我要表现的，是每个人都有困境，我在写各种不同的生命的生存困境；以探索人性的文本，写人性的复杂和脆弱，这是很具有悲剧性的。我以为这才是文学的功能。有一种观念认为，所有人都应该投入政治，作家应该是公知，这种期望我能理解，但是不能勉强。

《飘窗》之前，我最后一个写实的长篇小说是《栖凤楼》，近二十年了。我从1959年写小小说，发表在《北京晚报》“五色土”副刊，现在也还经常写一些小小说，在《新民晚报》“夜光杯”发表，有的还被收入课本，2012年天津地区的高考语文题是我的小小说《掐辫子》，占了二十分，我试着做了一下，得不到满分。现在考学生很大程度上是考察思维方式是否敏锐。

写小小说是一种享受。我很珍爱这种享受，每年写几篇，都取自真实的素材。有人觉得，写这些成不了文豪。有亲友很真诚地劝我，到晚年了，再多出几个大部头多好。

写作是一种享受，我的人生目标不定位于文豪。我是一个边缘化的人，中心意识非常淡薄。我给自己的定位非常准确，我现在就是一个退休金领取者。我没有什么焦虑，没有创作任务。这么多年不写也没关系。我目前也不是专业作家，写作变得纯粹，成为生命的乐趣，使我能获得有尊严的生活。我从小喜欢写作，一路写来，有过坎坷，但坚持下来了，我为自己高兴。2012年江苏人民出版社出版了《刘心武文存》，共四十卷一千万字，从1958年第一篇文章收到2010年底，2012年我又出了《人生有信》，2013年出了《空间感》。

我经常会回过头来看自己的作品，像看自己孩子似的，很亲切，不是为了修订或挑毛病。当然，我在《钟鼓楼》里发现过错字，再版时改掉。

《钟鼓楼》是我的第一部长篇。1980年中国作协召开长篇小说座谈会，茅盾说，我们新的中短篇都有了，文化要发展，要尝试长篇创作。他问："刘心武来了吗？"我站起来，茅盾对我微笑着点点头。他鼓励我写长篇，对我来说是很大的激励。后来他宣布拿出全部稿费设立基金。我想，我一定要争取得到茅盾文学奖。

我是从北京出版社出来的，《钟鼓楼》完成后，自然要给北京出版社的《十月》先发，这是不消说的。一个副主编说，因为刊物提前组稿，排满了，只能1984年最后一期发上半部，1985年第一期发下半部。这样就错过了评茅奖的时间。我找了《当代》杂志的章仲锷，他答应撤掉当期的小说，马上安排在1984年内全部刊出。结果第二年评第二届奖，我就评上了。

茅盾对《班主任》特别肯定，亲自给我颁奖，《钟鼓楼》获茅奖后，是在北京国际俱乐部举行的颁奖仪式，茅盾那时已经去世。获得茅盾文学奖是很大的荣耀，名利双收。更重要的是，茅盾和我四目相对给过我激励。

第二届茅奖，第一名是李準的《黄河东流去》，第二名是张洁的《沉重的翅膀》，第三名是《钟鼓楼》。李準全票，张洁少一票，我少两票。结果颁奖的时候，李準病了，张洁有个人的事情，只有我一个人出席。这是一场别开生面的茅奖颁奖。

那年因为北京市有两个作家获茅奖，颁奖的时候，当时北京市分管文教的副市长陈昊苏上台讲话，他手里拿着一份《文摘报》，上面刚摘了我的《公共汽车咏叹调》，他很兴奋地说个没完，并且念起了《公共汽车咏叹调》。

《钟鼓楼》是在什么情况下写出来的呢？八十年代初，北京市文联要作家报深入生活的计划。我报了去隆福寺商场体验生活。有人批评，说老作家还去农村深入生活，为什么刘心武不去？王蒙当时是北京文联作协副主席，王蒙说农村需要有人写，城市生活也要有人去写。后来我写出了《钟鼓楼》，素材大都来自那儿的采访。我的兴奋点在市民生活这块。我没有在农村长期生活过，农村题材跟我的生命体验难以衔接。这部作品为北京风情作了记录，传达了来自底层的温暖，表达了人性善美的一面。

我非常后悔，由于非常羞涩，没有去拜访茅公。茅盾是一个严格的写实主义作家。他甚至认为非写实主义是不对的。茅盾倡导革命现实主义，他有一本书，《夜读偶记》，梳理文学史的脉络，认为是写实和非写实的斗争。

上《百家讲坛》、出《刘心武揭秘〈红楼梦〉》的书，带来很多争议。尤其是续写红楼。揭秘《红楼梦》就引起浪头了，但喜欢的很多。续书说好的不多，彻底否定的不少。我很坦然，我做了一件我喜欢的事，销售也很成功。梅耶荷德（苏联的一位戏剧家）的定律就是，所有人说你好是彻底失败，所有人说你坏那你可能还有些自己的特点，如果有的人非常喜欢，而另一些人恨不得把你撕成两半，那就是真正的成功，我的解读《红楼梦》就符合这个定律。

我还从事建筑评论的写作。王明贤主持中国十大地标的评选，邀我作评委，我接受了。我出版过《我眼中的建筑和环境》（建筑工业出版社）、《材质之美》（建材工业出版社），我的评论能从城市规划、设计风格一直谈到建筑材料的问题。当年我曾和高中同学马国馨一块画水彩，他后来顺利考上清华大学建筑系，成为吴良镛的学生，现在是中国工程院院士。

我的写作开始得很早。十六岁时，我在雪片般的退稿信中，终于发现一张用稿通知单。这一年，我的一篇文章在《读书》杂志刊登了，题目是《谈〈第四十一〉》。很快接到编辑部来信，大意是大文刊出，表示感谢。他们以为我是老学究，没想到是一个高中生。但是我的写作走过弯路，直到写出发表《班主任》，才算摸上正道。

总有人问我：《班主任》还有生命力吗？我认为，作品生命力是指有一代代读者来读。我的作品发表，一开始是同年代人读，有的现在还源源不断印下去。《班主任》是我的成名作。《剑桥中国史》从先秦一直写到“文革”结束，写到改革开放，关于我的内容有一页半，其中包括《班主任》、《我爱每一片绿叶》。也有一些中国人或外国人写史，对《班主任》不以为然，放在次要位置，或忽略不计，我无所谓。

《班主任》的深刻在于，“文革”切断了和四种文化的联系：中国古典文化、中国现代文学、当代文学，外国文学。打蛇打七寸。“四人帮”搞文化专制的罪恶就在于此。《班主任》力图重新把这四种文化接续下去，让年轻一代有健全的文化生活。茅盾喜欢我不是偶然的，他看出了《班主任》在那样一个历史阶段的特殊意义。很多人认为伤痕文学就是哭哭啼啼，其实《班主任》里没有眼泪，获取了最大公约数。

《飘窗》也试图“打七寸”，引发读者对当下世界无处不在的资本力量，以及资本与人性互动的思考，但不够厚重。我是有能力厚重的，但没有刻意去厚重。

《班主任》得到了那时主流批评家的一致肯定，但是我的第一个中篇《如意》却并不“如意”。后来我从《我爱每一片绿叶》、《如意》、《立体交叉桥》转移了文学的落点。《班主任》的诉求我还在坚持，但那种写法需要改进。我那以后就确认文学是写人性的，要展示人的生存困境，弘扬人道主义。没有任何事情可以使我停笔。我所舍弃的都是可有可无的，一些名分、待遇与我无关，关键是不可剥夺我写作发表的权力。

我不存在没的可写的问题。我只是觉得，力气没那么大了，写不动了，有这种惶恐。我的心态好，基本达到与世无争。我继续“种四棵树”，即坚持小说、散文随笔、建筑评论、《红楼梦》研究的写作。我的长篇小说大体都是常销书，揭秘《红楼梦》的系列的作品则成为畅销书。我被市场认可，这是多大的乐子！我去复旦大学讲课，三四百人的厅坐满了，还有人挤在门边站着听。我有这自信：我的生命价值，不用头衔什么的来证明。这也是我长期埋头创作积累出的效果。

2015年4月23日

＊此文根据《中华读书报》记者舒晋瑜的采访记录修订而成

捍卫个性
——与邱晓雨对话

黑墙，绿叶，个性

邱晓雨：您好刘心武，欢迎光临《环球名人坊》。

刘心武：您好，主持人。

邱晓雨：读了您的短篇小说《黑墙》，不禁想问：您是那种敢把自己家的墙，涂成跟别人不一样的人吗？

刘心武：嗯，是的，其实在这之前，还有一个短篇小说，比它发表得更早，是发表在 1978 年，叫作《我爱每一片绿叶》。

邱晓雨：也是关于人的个性的？

刘心武：对，那是一个很尖锐的故事，主要讲述的是在我们的那个年代的社会当中是否允许私人有自己的情感自留地，或者叫，保有自己的隐私，因为那个时代是不能有隐私空间的。我在里面写到一个中学教师，在他宿舍里有一个书桌，打开书桌的一个抽屉，里面是一张充满着整个抽屉底面的女子照片，很多人老想知道这个女子是谁，但是到小说最后也没交代出来这个女子是谁。他的做法在当时是很出格的，因为他有他的个人生活，有他的私密情感，《黑墙》是继承这个思想主题的延伸，在那个时代，我很多作品都呼吁社会要给人以宽松的环境，给个性生存的空间。

邱晓雨：我不知道是不是因为《我爱每一片绿叶》写在《黑墙》前面，和后面的主人公比起来，那个中学教师因为那张照片最后挺惨的。

刘心武：挺惨的。

邱晓雨：对吧，可是《黑墙》最后的结尾就会好一点，大家虽然争论了很久，有人想把他送到医院，有人甚至想把他送到派出所，可最后还是觉得人家的墙不关自己的事，既然搞不懂干脆就让他那样吧。

刘心武：对，这两个作品的结局差异就反映出了时代的进步。在改革开放初期，我们社会生活的变化是很迅速的，而且朝着好的方向变化。在《我爱每一片绿叶》里所描写的那个时代的悲剧，到了《黑墙》就变成一个黑色的喜剧了，虽说人们还有疑虑，还有一种打压的意见，但是拿他也没办法，只好把他包容下来了。

“我觉得还在倒退”

邱晓雨：不管怎么说，这个时代的中国人确实在变化，可以接纳别人和自己不一样的地方了。

刘心武：这非常的重要。

邱晓雨：我之所以一上来就问您《黑墙》，是因为我觉得《黑墙》反映了一种自愿麻木地从众或者被胁迫从众的心理状态。

刘心武：那您觉得到现在，《黑墙》所揭示的这个问题已经解决了吗？或者说是有很大的进步吗？

邱晓雨：我好像不觉得。

刘心武：我觉得还在倒退。

邱晓雨：您觉得是倒退？

刘心武：是的。

邱晓雨：就是说现在社会看似给人个性发展越来越大的空间，其实大家还是不敢跟别人不一样。

刘心武：对！在潜移默化中有各种力量都是在强制您去随从它。比如对名牌的追求，比如唱某种歌曲，这些本来都是个人的自由选择，可是就好像有一种很强大的力量在抓着您，把您往那儿拉，这个时候如果个体生命把握不住自己的话，就会迷失。还不如《黑墙》那个时候。

邱晓雨：那也就是说，在当今的中国社会想不从众就会过得很难？

刘心武：也不能这么说，我觉得全看您自己。

邱晓雨：就是说要看您的个性会不会迷失。

刘心武：对，在迷乱当中，您能够坚定地保持，哪怕是个人的独醒或清醒的话，社会还是提供了您维护自己的尊严、特色和个性的条件的。

邱晓雨：其实就像《我爱每一片绿叶》里面的男人，不管大家怎么对他，如果他坚持在自己的抽屉里放一张大照片，谁也不能管他。其实这还是要看，自己能不能准确地找到自己要的是什么。

刘心武：对，这个小说里面，他在那样一个险恶的环境下，包括"文革"什么的，他顽强地坚持在自己的抽屉里保留一张照片，这是很了不起的。在那个时候，他都可以做到这一点，而现在的社会整体已经多元了，比他所处的那个年代要好很多了，为什么我们不能够坚持到底，保有自己的一片自留地呢？

邱晓雨：所以要认准一件事，认清自己，这特别重要。

自定义：自尊、自嘲、自得

邱晓雨：我很希望每个作家都能描绘一下自己心目当中的自己。不知道如果用三个词儿定义您的话，您觉得应该是什么呢？

刘心武：我特别怕这种问题，这是一种青春问题，我经常看到一些明星档案中问您什么星座，喜欢什么颜色，喜欢什么花，用一句话概括您的性格等。遇到这样的问题，我还真不知道怎么回答。

邱晓雨：这样，您可以想想再来回答我，我可以给您说说其他人都会说什么。

刘心武：不用不用，您不用拿别人的例子来启发我，其实也可以回答这个问题的，但是今天这么说，过几天以后可能我又有个新的想法，答案就会变得不同了。

邱晓雨：那么就说说这一刻您的想法吧。

刘心武：按虚岁我马上就要七十了，走过的人生道路可以说也很漫长了，那我觉得对我来说，很重要的一个就是自尊，在任何情况下维护自己的个人尊严比什么都要紧，这是我七十年来生活的一个体验，很多时候我的痛苦、我的欢乐都跟自尊有关。如果别人伤害了我的自尊，我会非常伤心；如果我维护了我的自尊，我会非常骄傲，非常快乐。

邱晓雨：这是您很在意的一件事，是吧？

刘心武：对，自尊。第二就是自卑，我越来越意识到我的人生充满了缺陷，无论先天还是后天的。先天就是融在骨血中的，我的性格很急躁，大抵是家族前一辈里有人就很急躁吧，我怎么克服也很难摆脱它的基因源，有时候就是无端地火气特别大；后天呢，比如说我教育程度还不够，我的知识储备量不够，我的一些理论被实践证明并不完美等等，人生中太多的坎坷与曲折都曾经让我迷惑过。种种这些不足总是让我感到很难为情的，所以每当我在街上碰见那些粉丝或者崇拜者，他们拉着我的手摇着不放，表达他们对我的仰慕的时候，我就觉得无地自容，我就觉得其实他不知道，我有好多毛病呢。

但是我觉得我的这种自卑与自尊统一对立地结合起来，有着一种别样和谐的美感——没有自尊，只有自卑的话，人就不断自我否定，不断地消弭自身价值，这样就无法丰采生命，唯剩自卑的黑暗了；但是和自尊结合起来的话就会达到一种平衡，就是说您伤害了我的自尊，我是不能容忍的，但您真是指出我真正的不足，我是会由衷地表示感谢，这样对我的人生、我的创作都是宝贵的财富。

邱晓雨：这就不是那种最脆弱的自卑，而是内心的自省与叩问。

刘心武：我这个自卑呢，其实转换一种方式表达就是自嘲，一个不会自嘲的人，我觉得是很可怕的。

邱晓雨：敢自嘲是一种自信。

刘心武：嗯，这个自嘲它是化解自卑的通道。但会不会转化为自信呢，就仁者见仁智者见智了，但这起码证明了一个道理，我虽然有那么多的弱点、不足,我也有过那么多失误、过错,但是呢,我仍能够在跌倒后爬起来,掸掉身上的灰尘继续前进,这样的心态和勇气于人生是特别要紧的,这证明您仍是有价值有前途的。

邱晓雨:这就是一种将经历中的负面的东西转化成正向的动力,继续前进的心态,是吧?

刘心武:对对对,然后第三个呢,就是自得。人生一定要学会自得其乐,过自己的生活,不被外在的价值坐标或者外在的风潮、浪潮所左右,这也是我七十年来生活总结的经验教训。我也曾一度迷失过,被浪潮裹挟,被外在的一些价值坐标所迷惑,去追求所谓的目标。现在我终于发现,这些都是只供参考,您是要摆脱很多诱惑,逃尽很多误导,才能真正找到自己所要的价值体系和追求目标的。

所以我觉得这一刻用三个词概括的话,那就是自尊、自卑和自得。我现在就是一种自得其乐的心态,很少会有慌张的感觉,也可能是年纪比较大了吧,我既没有狂热与激进,也没有消失我生活中点滴的欢乐与淡然,这样的状态是比较好的吧。

邱晓雨:您是经历了什么样的事情才觉得自己应该做一个自得的人,不用太介意那些外界的指引的?

刘心武:那还是经过了一些大的风浪。

邱晓雨:这样才能深刻体悟到自己真的想要什么?

刘心武:对对对。

个体生命是时代和生活的人质,你逃不掉的

邱晓雨:如果不当作家,您觉得自己适合做什么?

刘心武：画家吧。

邱晓雨：您虚岁已经七十岁了，回顾几十年的写作生涯，写作给您带来了什么，又带走了什么呢？

刘心武：我的写作生涯应该说是比较久了，在上中学的时候就开始投稿，希望能发表东西。记得十六岁的时候发表了第一篇文章，是发表在《读书》杂志上的，《读书》杂志现在还在，是一个品位比较高的知识分子杂志，那时候定位也是这样。我是写了一本小说的评论投到读书杂志，是苏联的一个小说家拉夫列尼约夫的作品叫《第四十一》，后来也几次被翻拍成电影。没想到《读书》杂志当时就给我发表，发表以后，他们以为我是一个学究，因为第一就是能给《读书》杂志投稿的大部分都是学究型的人，第二就是，他们觉得能够去评论一本苏联小说，而且这本小说还不是主流小说，是当时苏联所谓"同路人"的作家的小说，而且《第四十一》这个故事本身也还是比较怪异的。

邱晓雨：按理说不是小孩应该会去看的东西，是吗？

刘心武：对的，小孩不应该看，一般也不会去看，更何况去评论了。所以他马上就给我回信，希望我多多赐稿，结果搞清楚我才是一个上中学的学生，他大吃一惊！我倒真是不吝赐稿，不断地投稿，不过就再也没有刊登过了。但是后来我在《北京晚报》、《人民日报》、《中国青年报》副刊上也有发一些散文、小诗歌、小评论什么的，那个时候我就挺狂的，我并不觉得我是一个十六岁的少年，就应该给《少年文艺》投稿，就应该订阅《中国少年报》，我那时候就订《文艺报》、《人民文学》杂志、《译文》什么的，挺狂的，就是一个狂妄的文学青年。

可是当时完全是懵懂的，是完全找不到自己写作的方向的，当时的意识形态怎么号召，我就怎么去弄，有关这个我想我自己也无法否定或者责备自己的，现在有一些年轻人发现，刘心武在写《班主任》之前，也发表过一些东西，就是“四人帮”还没有倒台的后期。我发表过一些中短篇小说，有一本中篇小说叫做《睁大您的眼睛》，写阶级斗争的，因此他们觉得，哟，没羞没臊的，他还写过这种东西，好像怎么怎么样，但是我一点也没觉得有什么见不得人的，我就是那个时代过来的人，那个时候我找不到方向，我只是单纯地想从事文学创作，但是人是环境的人质，就得承受环境的胁迫。

邱晓雨：对。

刘心武：个体生命是时代和生活的人质，你逃不掉的。我说我就想生活在唐朝，想跟李白结识，一起吟诗作赋，饮酒狂歌，那是不可能，时间的界定这就是妄想。所以我生在这一年就是生在这一年。

邱晓雨：李白也有身不由己写东西的时候。

没人是干净的，包括现在嘲笑我的那些年轻人

刘心武：空间，空间也是一样，如果我和欧·亨利一样生活在那时的美国，我写的短篇比他还棒，我结尾比他还出人意料呢。可是我就生活在这个地方，这个年代，我周围轰轰烈烈地在发生着“文化大革命”，历史形态就是无产阶级专政下还要继续革命，同走资派作斗争，我一个懵懂热血的年轻人，当时就是觉得他们讲得有一定的道理，于是我就皈依了。

现在看来当时的价值观是错误的，但我对自己那一段的生命，那一段的文学尝试，不像现在年轻人那样是一种鄙视诋毁的态度，因为那样的话，所有的人都要否定掉，因为没人是干净的，包括现在嘲笑我的那些年轻人，也许再过个十年以后，他们回过头来看，也会皈依自己曾经诟病过的一些价值坐标。是吧，我们每个人都携带着生命当中的污秽与缺失、空洞与寂寥度过自己的岁月，我也是很久以后才懂得这一点的。

但是自从“四人帮”倒台后，也就是我写出《班主任》以后，我觉得我找到了一个方向，找到了一个基本的定位，从那时到现在我就没有再改变过，我坚持下来了，我是这么来概括自己的写作生涯的。

邱晓雨：其实每一个人在一开始，都是无法明确找到一个方向的，要一直往下走，就要不断地摸索和努力，有的时候付出了努力，还有可能是在弯路上。

刘心武：对对对。

邱晓雨：大家都觉得自己年轻的时候，可能这儿不对，那儿不对。

《班主任》为什么石破天惊

刘心武：对，有的人现在看《班主任》就说这是什么啊，这也叫小说吗，这小说当时怎么能轰动啊，等等，这样的质疑和否定的声音是很多的。其实那就是他们不懂得了，很多事情是要联系着当时的历史背景来看的，比如说文本里面有一处细节写到，当时在马路的电线杆子底下，有人借着路灯光在底下打扑克，这样的描述在 1977 年出现在一个公开发表的小说里，而且这个小说还刊登在《人民文学》里，这是石破天惊的。卢新华的《伤痕》刊发于1978年8月的《文汇报》，那是《班主任》公开发表后的第九个月。在《班主任》和《伤痕》之间的九个月里，出现了一批质疑、否定“文革”的作品，而且已经形成一个文学潮流。《伤痕》的出现，为这个潮流提供了一个恰切的符码。从这时起伤痕文学的称谓便开始确定并流传中外，由于《班主任》出现得最早，并且从其内容来说，揭示了“文革”和形成“文革”的“极左”，对于年轻一代心灵的伤害，可划归伤痕文学，故被称为“伤痕文学的发轫作”。

我记得那时候有一个读者，是一个工人，他就拿着我发表文本的杂志，曲曲折折找到我家，看到我的时候激动得不得了，就是读者这样的一个举动，在那时也就证明我的文本写作是有很大突破性的。可是一旦您离开那个具体的环境，以现在的角度来审视的话，我觉得没有什么意思。就像是现在您觉得很好的东西，再过二十年人家来比的话，也没有什么意思，是吧。

在每一个具体的环境里面，会产生具体的文本，当时那个文本那么轰动，我觉得不是偶然的，也不是我生造出来的，那时候并没有现在所谓的高科技手段能在网上刷榜等等诸如此类的。就是在小说发表以后，天南地北的读者来信，蜂拥到编辑部，每天用麻袋装；如果对于没有启发性的小说文本，那些人会那么疯狂吗？当然不会的。所以我现在仍是敝帚自珍，觉得我那个时候能够发表这样一个文本是很不容易的，您要知道那个时候共产党本身还没有宣布改革开放呢，共产党宣布改革开放是1978年年底，《班主任》发表是1977年年底，差一年，而且那一年当中还要经历很多曲折的政治和社会的风浪，比如两个“凡是”。所以当我执笔言说的时候我觉得我找到了我的良知，找到了我的良能，我本着良知，凭着良能，创作出这样的一个文本，我不但没有后悔，仍旧敝帚自珍，引以为傲的。

跟着一个潮流走了一段以后，才逐渐发现自己的独立性

邱晓雨：所以说，如果您没有前面跟着大方向走的过程，也不会逐渐通过察觉和自省，找到一个自己真正想要的方向对吗？

刘心武：对对，您说得很对，人总是跟着一个潮流走了一段以后，才逐渐发现自己的独立性，没有人从呱呱坠地的那一刻起就能做到独立于当时的社会环境，我们都有一种特定的教养环境，要接受当时的教育熏陶，从里面挣扎出来是何其不易啊，所以我很珍惜自己青春期时的那些奋斗过程。

邱晓雨：那个是必然要走过的一段路程。

刘心武：嗯。

邱晓雨：然后才能到达这个站点。

刘心武：对。

邱晓雨：而且您刚才说那个时候，那种尺度，就像今天我们看大街上穿超短裙的女孩很多，谁都不以为意，但如果那个时候有一个女孩稍微穿得鲜亮一点，就已经觉得非常大胆了。

刘心武：对对，是那样的。

邱晓雨：真的是不一样，所以这就相当于您在那个时代敢涂一面黑墙给大家看。

刘心武：还是挺出格的。

邱晓雨：确实是挺出格的。

四牌楼,一个少年的灵魂震撼之地

邱晓雨：从十六岁一直写到现在,您创作了那么多文本,回头看,如果只能推荐给世界读者一部作品,您会选择推荐哪部?

刘心武：我的长篇小说《四牌楼》。

邱晓雨：理由呢,因为它是描述北京的么?

刘心武：《四牌楼》是我自己最珍爱的一个作品,《四牌楼》的遗憾是很深重的。一个是它被《钟鼓楼》遮蔽了光彩,因为《钟鼓楼》之前就获得了茅盾文学奖,所以一提刘心武,就得说《钟鼓楼》,就好像社会给的一个价值肯定,难道就因为得了一个奖吗?而且人民文学出版社每年都要再印这个《钟鼓楼》,因为这是得奖作品。所以这之后出现的《四牌楼》,虽然也得了一个奖,只是上海的一个奖,但却被获得全国茅盾文学奖的《钟鼓楼》给遮蔽了,这是它的一个遗憾。

第二个遗憾就是说,写《四牌楼》的那个时候,《四牌楼》您仔细看,它充满了一种温馨的暖光,那个时候我对改革开放以后北京的以及整个中国的社会变化,包括社会群体的这种状态,有着一种充满期望的、前瞻的情绪,我很珍惜那个时候的这种乐观的情绪,这也是当时社会状况一个真实的反映。而《四牌楼》呢,一开始就是有很多忧患。

《四牌楼》在时空上是展开的,《钟鼓楼》只是写北京钟鼓楼地区,一个小空间的一天的生活。

邱晓雨：对,它们的时间跨度是不同的。

刘心武：《四牌楼》描写的是上个世纪,整个一个二十世纪的故事,并且它讲述的是一个家族故事,由这个家族再辐射出他们的各种社会关系。而且呢,这个也是我当时研读《红楼梦》的一个心得的体现,它里面有很多真实和虚构杂糅在一起的成分。其实真实和虚构两者的并存并不稀奇,这部小说它融括了我的生命史与家族史。

邱晓雨:虚构的故事里,生命体验是最真诚的。

刘心武:嗯,我是有意识地通过虚构的形式,把那时的一些真实情况逗漏出来,透露出来,这是我一个很大的尝试。另外就是说这部小说在行文角度上很有讲究,它是用“你我他”三种人称交叉着进行描述,特别是第二人称,一般很少用。

邱晓雨:因为在行文中不好用第二人称来表达。

刘心武:对,因为这个文本是我三种人称交叉的试验,所以这也是我很珍爱这个文本的原因之一。

邱晓雨:看来这个试验您写起来很过瘾。

刘心武:嗯,这个文本在台湾有出版,另外其中一部分在法国也有翻译出版,但是引起的重视似乎还不够。所以我如果向读者,更夸张地说,向全球读者推荐的话,我推荐《四牌楼》,法文版把它当中很重要的一章,叫作《蓝夜叉》,翻译出来一个单行本,可以读法文的《蓝夜叉》。

邱晓雨:有的时候作家自己想推荐的,或者自己内心特喜欢的作品,还真的跟外界评判出来的不是一个体系。

刘心武:这也是毫无办法的。

邱晓雨:对。

刘心武:就好像现在一说刘心武连《钟鼓楼》都不提了,就是

《红楼梦》。

邱晓雨：是呀。

刘心武：好像刘心武就是一个研究《红楼梦》的人，或者说就是写跟《红楼梦》有关的文章的人。这我一点办法都没有，所以现在接受采访，我都说疲了，到您这儿呢，我现在也只好硬着头皮再说一遍，不说过去，就是现在我的写作也是种四棵树。

去《百家讲坛》完全是一个误会

邱晓雨：您说自己种了四棵“树”，前三棵树分别是小说、散文随笔和建筑评论，第四棵树才是大家所热议的红学研究。您 1993 年开始发表研究《红楼梦》的论文，2005 年到 2008 年之间，中央电视台《百家讲坛》录制播出了 45 集您揭秘《红楼梦》的系列节目，而正是这个系列，让红学研究这第四棵树一下子好像成为了您的全部标签。对于街头巷尾突然到来的各方关注，您自己如何看待呢？

刘心武：原来人这一生当中的追求，有的时候您苦苦寻觅付出却依然也得不到，有的时候您蓦然回首得来全不费功夫，现在这种影响特别大的状态其实并不是我想要谋求的，仿佛我现在有哪个准明星的待遇了，比如说我到一个风景名胜的地方去，就会有人看到我说：那就是那个人呢，就是《红楼梦》那个人。

邱晓雨：他就是《红楼梦》里那个人？

刘心武：不是《红楼梦》的肥皂剧里面的角色，他说的就是《百家讲坛》的意思，然后有的跑过来要合影什么的，搞得我也觉得挺滑稽的。

邱晓雨：您当时只是为了研究的吧，上《百家讲坛》之前能想到会这样吗？

刘心武：没有想到，没有想到，而且我到《百家讲坛》完全是一个误会，或者说是上一大当。

邱晓雨：为什么啊？

刘心武：好多人不知道，我跟您可以讲讲。就是您知道有一个现代文学馆，现代文学馆里面有个傅光明，他负责搞讲座的，他大概是在2003年就给我打电话，说他在搞一个关于《红楼梦》的讲座，那么他当然会先请《红楼梦》研究所的人，还有一些老权威，那些比我年纪大的，也有成就的人，比如说王蒙什么的。可是全讲完了，他也就没有资源了，于是他给我打电话，让我去讲，但我这人特别不爱抛头露面，不参加会议，不参加笔会，不参加研讨会，您在公共场所、作家活动当中很难看到我，就是说我是一个您不专门约的话，很难找到的一个人。

邱晓雨：我去过几次作协的会，确实没碰到过您。

刘心武：没碰到我，对对，您不会碰到我的。所以我就拒绝了，而且还是很粗暴地拒绝的，但是傅光明呢，他好脾气又有耐心。那么到了大概是2004年年底，他又一次邀请，他说您还是来讲讲吧，于是我就去了，我到文学馆讲的时候，就有摄像，我以为文学馆是自己的摄像用来存档的，其实那个时候他就是在跟中央电视台《百家讲坛》合作了，您明白吗？

邱晓雨：已经在录像，那是说节目出来就是《百家讲坛》了吗？

刘心武：录完节目不久以后，《百家讲坛》就通知我说他们把我那个讲座剪成上下集，然后搞了一组叫《红楼六人谈》，这还不是后来引起轰动的那个。

为了您，咱们录，我保准把这收视率给您弄上去

邱晓雨：最初的就是大家各抒己见吧。

刘心武：嗯，《红楼六人谈》，就是包括后来我的对立面以及对我很不满意的一些人，组合在一起讨论。结果呢，据说这两期播出以后，收视率奇高，他们很重视收视率，因为这两期一下收视率高，他们就来联系我说刘老师能不能再把这两集内容展开，因为我那是一个揭秘秦可卿，他们希望可以再多展开一点内容来讲一讲。和我联系的那个编导是个女孩子，是跟您差不多一个大学毕业不久的女士，我照例也是拒绝，我现在接电话的对话几乎就是，有没有时间，没时间；您行不行，不行；可以不可以，不可以；采访一次好不好，不好。

邱晓雨："不"字打头。

刘心武：我的拒绝都很直接，有的说我们这影响很大哦，对不起，我不需要那么大影响。您们影响很大，这一点我很尊重，也很佩服，但是我个人不需要那么大影响，我要那么多影响干吗，所以搞得很烦；可是这个女孩子呢，她跟您一样很平易近人，过来和我谈心，她讲她是外地的到北京来打拼，挺不容易的，现在不可能成为中央电视台正式的雇员了，现在好像游戏规则都改了，不容易进。

邱晓雨：确实很难。

刘心武：很难了，所以对她来说，把这个节目做好很重要，收视率提升对她是很重要的一件事情，讲了她很多具体的困难。说

得我心里特愧对，后来我就说咱们录。

邱晓雨：那她也算是找准人了。

刘心武：我说为了您，咱们录，我保准把这收视率给您弄上去。

邱晓雨：这种求助只有对善良的人才有效。

刘心武：后来，他们就派一个小组过来制作，因为这节目比较多，录完之后一下子就播出了十几集，我跟这小组合作得很好，她也是其中一员，大家相处得很融洽，收视率也就不断地往上升，所以影响就特别大；当然后来因为有人反对什么的，就中途停顿了，但是呢，青山遮不住，毕竟东流去，或者叫“两岸猿声啼不住，轻舟已过万重山”，因为受众、听众要求听，后来又恢复接着录，一直录到去年，加起来到现在已经有六十一期了。

我跳起来，我气死了

邱晓雨：那《百家讲坛》停播您讲《红楼梦》系列的时候您什么心情？

刘心武：挺高兴，真的是，我说太好了，原来我还找不到理由呢。有些反对的人说这玩意儿怎么就能播出来呢，我也就懒得再辩解什么了，现在不正好吗？一个上纲上线了，不光说我不对，还说他们台也不对，说《百家讲坛》，包括台里领导都形成了社会文化混乱，而且扰乱了文艺研究大方向。

邱晓雨：现在您说这个不会真的急了，但以前听到这个话就会很生气的吧。

刘心武：我跳起来，我气死了。

邱晓雨：那现在为什么能平静一点了？

刘心武：因为当时我是不知道他们上纲上线会造成什么后果，因为我跟你们不一样，你们是年轻的生命，没体会过去那些以阶级斗争为纲时代的大风大浪，但我是经历过的，如果一些话惊动上层，最后处置中央电视台的某一个领导人，然后再对我封杀，您说我很怕，我倒也不怕，但是烦不烦呢？

邱晓雨：因为不公平。

刘心武：所以我当时挺烦的，但后来渐渐觉得他们这么做也是可以理解的，他们有权利发表意见，我觉得要尊重他们的意见表达权，大家的意见思想都供大众参考，因为并没有形成我后来担心的那些后果，所以就开始心平气和了。

邱晓雨：就是说，大家都可以站出来说话，不管去批评谁。

刘心武：对对对，他如果只是种意见，我觉得无所谓。

成功是一半人喜欢你，一半人恨不得撕碎你

邱晓雨：我记得您谈过，说有一个苏联的艺术家，认为成功的标准就是一半人特别喜欢您，一半人恨不得把您撕成两半，您现在的状态应该就是这样的吧。

刘心武：对，这个艺术家叫梅耶霍德，是一个话剧舞台的导演，他曾经总结过，他说一个作品出来，如果所有人都说您好，就不是成功了，而是彻底的失败。

邱晓雨：很有皇帝的新衣的味道。

刘心武：如果所有人都说您坏，那您肯定是失败的，但是这些失败还是会证明您还有一些自己个人的特点的；他说如果一部分

喜欢得要命，一部分人恨得牙痒，恨不得把您撕成两半，您就是真正的成功，这叫做梅耶霍德定律。我现在就《红楼梦》这个事来说，我揭秘《红楼梦》和写《续红楼梦》，自己倒不觉得完全成功，特别是《续红楼梦》太难了，而且《续红楼梦》也不能说是喜欢的人喜欢得要命，目前客观地从搜集到的情况来总结的话，支持鼓励的意见是有的，但是批评抨击贬斥的意见却依然是占上的，应该说还是没有获得成功。

邱晓雨：我总觉得《续红楼梦》之所以有些难写，因为它是要揣摩曹雪芹的意思的。

刘心武：对对对。

《续红楼梦》基于对高鹗的四十回续书的不满

邱晓雨：因为当我读的时候，感觉到主要人物您写得并不是很放得开。但是小人物您写得就特别尽兴，比如像司棋这一类的丫头。如果说您要是创作一部全新的小说的话，一定可以写得很漂亮，但是这部文本凡是主线上的人物，我自己都能感觉到，您写的时候一定很拘谨，并且是煞费苦心地考虑每一处细节的。

刘心武：《续红楼梦》是一个特殊文本，我写这个文本并不是想凭借它创造我的个人价值，只是简单的基于我对高鹗的那四十回续书的不满。

现在有些跟我讨论这个问题的人吧，他没搞清楚前提，包括有的记者来采访我，都没把情况搞清楚就急着问，比如说刘老师，您干吗要改写《红楼梦》啊？我没有改写《红楼梦》啊！曹雪芹是写完了《红楼梦》的，他的《红楼梦》是一百零八回，但是很可惜他八十回以后的二十八回遗失了，现在我们所能看到是他的八十回，这八十回我一个字都没改过，怎么就是改写《红楼梦》呢，所以前提您得搞清楚。还有一个前提没搞清楚的来采访说，刘老师，您那四十回我觉得还不如高鹗的呢。我说您看看我的续书，我续的不是四十回，我续的是二十八回。所以说基本前提没搞清楚，就忙着来问，这让我很烦恼，我觉得最起码把前提搞清楚再问是对彼此的尊重吧。

寻找回来的世界——刘心武《续红楼梦》

邱晓雨：为什么会有《刘心武续红楼梦》这部作品的出现？你曾经解释过什么叫探佚，佚就是丢失的东西，探佚就是把丢失的东西找回来。那么《刘心武续红楼梦》，应该就是一个寻找回来的世界了。无论大家的评价如何，至少它都完成了你的一个心愿：那就是引起大家的兴趣，去仔细研读前八十回。我想在我们的听众当中，一定有很多人通过你的这种努力，从而对《红楼梦》有了更深的感悟和兴趣。

刘心武：我个人觉得高鹗的续书是不符合曹雪芹原笔原意的，有人就又要跳出来说怎么会不符合呢，他们俩不是一块合著的吗？其实曹雪芹和高鹗并不认识，也无来往，而且高鹗续这个书的时候，应该是在曹雪芹去世差不多三十年后的时候才开始续的，当然这个书是不是高鹗续的，现在还有争议，但大体可以断定是他续的，当时他和一个书商，叫程伟元，两人合作，在曹雪芹去世差不多三十年后的时候，把曹雪芹的前八十回，加上他们续的四十回，用活字摆印的方法印刷出来，所以才能一直流传到今天。

那么马上有人就说，高鹗的叙述挺好，您干吗否定高鹗啊？我说我平心论高鹗，高鹗的叙述他是有功劳的。第一就是说，没有高鹗的四十回续书，曹雪芹前八十回很难流传，因为无论古今中外，大家都喜欢一个有头有尾的故事，他使得这故事成为一个完整的文本，这是第一个功劳。第二个功劳呢，当时高鹗他们可能为了避文字狱，所以他后面主要是写宝黛爱情，特别是林黛玉的焚稿断痴情，魂归离恨天，写得特别地好。

邱晓雨：题帕三绝。

刘心武：题帕三绝还是曹雪芹写的。高鹗写林黛玉把那题帕烧了。那一段文字特别好，而且收获了很多人的眼泪。也是后来现代人改编成舞台剧、电影、电视必须要采纳的一个情节，形成一个作品的高潮，所以这些方面来说，他是有优点的。但是呢，我为什么还要把他这个搁到一边去再来续呢，因为我经过探佚研究后，得出结论是它不符合曹雪芹原来的设计。

我就是想把曹雪芹原来遗失的二十八回的基本内容和曹雪芹的这个设计，通过我这样一个叙述文本来告诉给您；告诉给您什么目的呢，就是促使您去精读前八十回。比如说就像您觉得《红楼梦》应该就是一个宝黛的爱情故事，黛玉是主要人物，在续书里面，这黛玉很快就仙遁了，这怎么回事，很多人很不习惯的。

“钗黛合一”代表三角的情感纠葛划句号

刘心武：先不说《续红楼梦》，我们看看曹雪芹的前八十回，特别要留意前八十回的第四十九回，四十九回离八十回还有多远呢，还有三十一回。在第四十九回，曹雪芹的安排就让宝黛爱情纠葛有一个收束，它是一个什么契机，说大观园又来了新的几个女性，有一位是薛宝钗的堂妹薛宝琴，这是一个完美的形象，贾母一看喜欢得不得了。

邱晓雨：是的。

刘心武：贾母把薛宝琴放在第一位了，就是说黛玉、薛宝钗都往后靠了，还有其他几个女性就更不用说了。那么这个情况下呢，宝钗就吃醋了，他有很具体的描写；黛玉呢，心平气和地接受这个事实。黛玉和宝钗、和宝琴关系是特别好的，宝玉就很苦闷，黛玉不和他闹别扭了，所以宝玉就去问黛玉，说是"几时孟光接了梁鸿案"，意思就是说，什么时候你们和好的啊？

邱晓雨：我都没跟她们好，你就跟她们好了？

刘心武：嗯，就是这个道理了。过去的红学家，比如说俞平伯先生就把这叫"钗黛合一"，这个时候钗黛就合一代表这个三角的情感纠葛关系到此就划句号了，没有了。哪里是我在续书里面不继续写宝黛的爱情啊，明明曹雪芹他在这里就结束了的。

当然在第五十七回，他再一次写到宝玉对黛玉的爱情，五十七回距离八十回还有多少回啊，也还有二十三回啊，你算算，二十三回在八十回里面占几分之几啊，很大的份额。那么五十七回写什么，也不是林黛玉跟贾宝玉闹别扭，是"慧紫鹃情辞试莽玉"，是紫鹃着急，她老觉得这婚事不能落实，她就去骗宝玉，她说林家来人要来接林妹妹走了，宝玉急得不得了，生一场大病。那就算是他写宝黛爱情写到五十七回，那么请问五十八回以后到八十回，还有宝黛爱情描述吗？几乎没有，只偶尔写一笔宝玉关切地问黛玉身体怎么样，完全没有波澜，而是去写了很多别的故事。

但是很遗憾，因为后人对《红楼梦》的印象不是来自阅读前八十回的原著，而是根据连续剧、电影、舞台演出、小人书，更或者是道听途说；所以说呢，很多人就觉得没有宝黛的爱情纠葛就不是《红楼梦》，那我问您五十八回到六十一回细读了吗？他写大观园里面的底层斗争，那些婆子、红楼十二官、小戏子之间的斗争；写司棋和秦显家的，他们勾在一起去和柳家的柳五儿争夺内厨房的控制权的斗争，多精彩啊，文字非常丰富啊。

但是对不起，绝大多数电影、电视剧里面一笔带过，没有，不表现，觉得那不是《红楼梦》重要的故事，所以有人看我的续书，不明白怎么贾芸、小红什么的他们那么重要，那是《红楼梦》吗？所以请您看前八十回啊，我续书的所有就是让您精读前八十回，前八十回小红跟贾芸是极重要的人物，他们的爱情是惊心动魄的，超过林黛玉和贾宝玉，是吧，小红遗帕惹相思。

红楼梦的“甄士隐”和“贾雨村”

邱晓雨：我们知道小说的写作方法之一，就是把生活原型升华为艺术形象，您的红学研究则是从金陵十二钗的最后一钗出发，倒推出秦可卿这个角色的生活原型。根据您所探佚的结果，秦可卿的原型是康熙朝被废掉的太子的女儿。那么在《刘心武续红楼梦》一书当中，林黛玉、贾宝玉、史湘云、薛宝钗、王熙凤、妙玉，这些中国人都很熟悉的文学人物，为什么命运的走向和我们之前所熟悉的高鹗续书大相径庭呢？

刘心武：有人就说，哎呀，我看着这个真是，刘心武可够残酷了，您看看一个一个写这个人死去，太残酷了。于是就设想刘心武这老头在屋里冷笑着，写死一个就得意地阴笑一下（笑）。这想象力也蛮丰富的，其实他是被高鹗写的续书俘虏了，不能接受这个结局罢了。但是高鹗的续却写得跟挠痒痒一样，他是写了抄家什么的，但很快就逆转了，贾府的问题全解决，就一个大逆转，便是一个大喜剧了。其实高鹗当时不得不那样续写，我觉得情有可原。

邱晓雨：是当时政治环境不允许呈现另外的结局，是吗？

刘心武：嗯，因为乾隆朝那个时候，文字狱很厉害啊，了不得的，所以对于那样的结局我觉得很理解；但是呢，在前八十回里面，您一定要搞清楚，曹雪芹就是做了这样的预言，比如说第八回，第八回是曹雪芹写的吧，我可一个字没改。

邱晓雨：对。

刘心武：第八回写贾宝玉和薛宝钗两人交换贴身佩戴物，薛宝钗看了他的通灵宝玉，他看了薛宝钗的金锁，这个时候有一首诗，古本《红楼梦》里面全有，这首诗最后两句是什么啊，“白骨如山忘姓氏，无非公子与红妆”，什么意思啊，白骨如山不是死光光吗，如山啊。

邱晓雨：所以死了谁，不是您阴笑着写出来的。

刘心武：嗯，有人说曹雪芹真伟大，他写封建统治者的结局。《红楼梦》写这个了吗？《红楼梦》没写这个啊！人家说得很清楚，死的是谁啊，就是贵族家庭的成员，无非公子与红妆，这不就是曹雪芹的预言吗，是不是啊，怎么会有人认为是我个人的意思呢？我是为了忠于曹雪芹的原著而创作的，高鹗他那后四十回是不符合曹雪芹初衷的。

好多人到现在跟我纠缠不清，我觉得您也应该特别注意我下面的论述：从生活的真实升华为艺术的形象，就是从生活素材到文本虚构，这是一个西方的文艺理论，被我们沿用很久，比如说什么典型环境、典型性格之类的。曹雪芹那个时代，这些理论还没产生呢，中西文化交流也没到这种程度呢，即便产生了他也不知道，何况没产生，对不对。

曹雪芹这个文本是很奇怪的，什么叫做甄士隐（真事隐），就是说，他把作品虚化了，他有虚构，当然要把真实的情况隐藏起来；可是呢，它和其他的作品又不一样，因为它又有贾雨村（假语存），他故意要通过虚构的文本露马脚给您看。

主持人：这就是您说的逗漏，对吧？

刘心武：嗯，或者叫透露，我还是不举秦可卿的例子了，因为秦可卿有争议。我现在问问您，如果您是红迷的话，写黛玉进府到她的外祖母家，外祖母是荣国府的老封君，荣国公的配偶，未亡人，遗孀，她住在荣国府里这很自然。那么荣国公有没有后代？有后代，小说里就是真事隐，就是说他有两个后代，一个是大儿子贾赦，二儿子贾政；那么荣国公死了以后，有没有儿子袭爵呢，是有的，大儿子袭爵，贾赦袭爵，一等将军，因为他不是铁帽子那种爵位，所以它递减，爵位要递减，一等将军。那么好，我请问您，封建社会一个母亲，她丈夫死了，大儿子袭了爵，应不应该跟她一起住？要不要住在荣国府的中轴线的主建筑群里面？

主建筑群的高等建筑叫做荣禧堂，贾赦应不应该住在里面，应该！那小说怎么写的，谁住在荣禧堂啊，是贾政和王夫人，贾赦和邢夫人住在荣国府外面的一个院子里。

邱晓雨：就好像一直地位都不如他们的那种感觉。

刘心武：为什么，您写小说虚构怎么能虚构成这个样子呢，不近情理啊。您要反映封建大家族的生活状态，您这个就是无稽之谈吗，对不对？

《红楼梦》，曹雪芹隐藏了线索的自传

邱晓雨：研究红学，进行探佚的意义到底是什么？您认为有四个层次，第一层，从中了解曹雪芹写《红楼梦》所处的康熙、雍正、乾隆三个王朝的大背景；第二层，了解曹家家族命运的起伏跌宕；第三层，关注曹雪芹本身的命运；而第四层，也是相当重要，就是了解曹雪芹在写《红楼梦》时的艺术思维和创作心理。《红楼梦》作为中国历史片段的一个缩影，带给我们的不光是文字的享受，更是对于中国历史存在的细腻触感。

刘心武：是的。书里写的，您说贾政袭爵了吗，没袭爵，只是当了一个小官，后面可能是升官了，升了以后他也没袭爵，为什么？就是因为在生活的真实当中，曹家的家世就是这样的，我做原型研究，贾母的原型就是康熙朝苏州织造叫李煦的一个妹妹，她嫁给了江宁织造曹寅，成为曹寅的夫人，曹寅和康熙，用北京话讲叫发小，从小一块长大。为什么从小一块长大？清朝的规矩就是一个皇妃，包括就是说您是皇后，生了孩子以后，不亲自带孩子的，孩子要移到宫外面一个地方，由一组人来——

邱晓雨：教育、抚养。

刘心武：嗯，抚养、教育他，那么这个时候呢，康熙幼年就被送到外面，福佑寺，现在还可以找到这个地方，在南长街那个地方，

那么他就由一个群体来照顾他，应当有两种保姆，一种保姆就是奶妈，喂奶的；还有一种保姆就是没有女字边的保母，这个保母就是教养妈妈，曹寅的母亲就是教养妈妈。

主持人：相当于家庭教师？

刘心武：对，家庭女教师吧，就是教您一些基本事情，比如教您站如松，坐如钟，卧如弓，教您怎么讲礼节，饭粒掉了应该怎么处理呀，这种教养嬷嬷。那么教养嬷嬷呢，她自己有儿子，就是曹寅，康熙要读书，需要陪读，谁陪读，就曹寅陪读，所以他们从小一块长大，好得不得了。但是呢，话说这个曹寅当了江宁织造没多久，他就得病死了，当时康熙还连夜让驿马给他送金鸡纳霜，他得的是疟疾，可药送到的时候，他已经咽气了。死后呢，康熙就让他的教养妈妈李氏的孙子，曹寅的儿子曹颙继续当江宁织造。

这是不合规矩的，因为这种内务府官员是不能世袭的，可是康熙他是皇帝，他乐意，他就让他世袭。可是这个曹颙他又很奇怪，原本好好的吧，当了几年，他又死了；死了以后，这个李氏就没有儿子了，没有儿子就算了吧，派另外一个人来当江宁织造不就好了吗，康熙对这个曹家、李家好得不得了，他就问这个李氏的哥哥，就是李煦，苏州织造，说曹家还有没有侄子可以过继过来，挑一个好的，让他继续当江宁织造，就找了一个叫曹頫的，已是成年人，已经娶妻了，带着媳妇儿就来了，就大摇大摆住在江宁织造的中轴线的那个建筑物里面了，明白吗？就当了李氏的儿子了；但是这个人呢，他可能还有他自己的亲哥哥，这亲哥哥家的儿媳妇，是曹雪芹熟悉的一个原型，非写不可，就是小说里面的王熙凤。所以在小说里面就合并同类项，他就把曹頫的这个哥哥也写成是李氏的儿子。

这就叫作真事隐，假语存，这是特殊文本、特殊现象，不懂这个，您不要读《红楼梦》。

邱晓雨：《红楼梦》其实相当于隐藏了一部分线索的自传。

刘心武：您说得太对了，就是他的自叙性、自传性，以及家族史的特点，全通过这样特殊的一种艺术手法体现出来了。所以我的续书也是顺着这个线索。

高鹗续红楼是帝王的一种政治手段

邱晓雨：确切地说续写《红楼梦》这种工作的性质，不像一个作家写小说那样，去通过戏剧性的构思来吸引人看。

刘心武：对。

邱晓雨：其实特别像一个考古学家，就是您要挖掘它的真相，还原它的原貌。

刘心武：对，曹雪芹生活在中国一个最黑暗的时代，一个文化最糟糕的断裂期，他以这样巧妙的方式写下这样一个文本，尽管他的后二十八回可能是实在难以流传。关于高鹗续书这个事情，学界有不同看法，比如周汝昌先生，我把他视为我的老师，但我们俩看法还是有些区别，他的看法更尖锐，他不像我从善良的愿望、好的方面去理解：认为高鹗之所以这样续，是为了逃避文字狱，是为了想办法让曹雪芹前八十回能继续流传下去。他说这是一个大阴谋，他也有根据。当然他那个证据确凿的档案还没找到，但是他的理论是很完整的，说那个时候，乾隆这个大政治家，搞文字狱是一个方面，另一方面把所有过去存下来的文献加以整理、钦定，再推向社会，这就是《四库全书》了，搞这种文化专制，也是政治的一种手段。

那么这过程当中呢，主持这文化专制的头目就是和珅，和珅自己是有文采的，他也懂文化，所以由他来帮着皇帝来完成文化专制的话，可以说是效率非常高，效果也非常好的。那么对待《红楼梦》这样一个文本，他们最后得出的结论就是说，与其禁止，不如改造。

我最后采取了一个最险的办法

邱晓雨：把它扭转过去。

刘心武：因为您要禁止的话，它已经开始流传，这故事很有趣，而且人类阅读有一个共同的心理，叫作喜阅禁书，越禁我越想读，您不禁我还不读了。所以就决定说，来把它扭转改造吧，就是从后面二十八回整个把它……

邱晓雨：推掉，重新写。

刘心武：嗯，把它所谓遗失掉吧。脂砚斋，也就是曹雪芹的合作者说，因为有人索书甚急，等于是给它灭掉了。然后由秉承和珅意志的高鹗，把它改造成一个言情小说，改造成一个宝黛为主题的爱情小说，这样呢，即便让它流传下来，也对统治者无害了；而且周先生找到一个资料说，高鹗续书的时候是一个屡次考科举都考不上的人，但是在续书完成以后，他就考中，还被重用了，而那一届的主考官就是和珅，这都是很微妙的巧合事情。周先生的这个观点可以参考。所以我们这样来看的话，就更觉得应该还曹雪芹的《红楼梦》以原本面目，这是一个很重要的工作，或者是很重要的一家之言吧，对吧，我在这方面，出于爱好，也还是做了一些事情。

邱晓雨：我记得有一部电视剧叫《寻找回来的世界》，其实《续红楼梦》这部书，我觉得您想做的事情，就是寻找回它本应该呈现给世人的样子。

刘心武：对对对，是这样的。

邱晓雨：那有没有琢磨的时候觉得特别费劲，怎么都还原不回来的地方？

刘心武：特别费劲，我跟您说，关键就在于，我最后采取了一个最险的办法。因为还原这些内容，虽然可以用现代语体来写，但是我就试图进入曹体；进入曹体呢，一则给我很大的乐趣，二则也给我带来极大的痛苦。乐趣在哪里呢，我就更能够去领会前八十回的那些妙处了，语言上的妙处，但是痛苦在哪儿，因为我是一个现代人。

邱晓雨：如果曹雪芹在您面前，让您有机会请教他，有什么是特别觉得搞不清楚，希望能跟他沟通的吗？

刘心武：我为什么回答不了这个问题呢，因为我觉得这是绝望的，因为没有这种可能性，真的没有这种可能性，我顶多只问他一句，跟这个文本本身的内容还无关的话，就是说后二十八回究竟是怎么迷失的，说索书甚急，谁来索的书？

邱晓雨：这个也是真相的一部分？

刘心武：是真相的一部分，这也是他个人和书的命运很关键的一部分。

邱晓雨：对，因为只有了解曹雪芹本人，才有可能对《红楼梦》

有真正的了解。

刘心武：只有他和脂砚斋才能告诉我们，说清楚怎么回事，怎么会索书甚急，怎么后二十八回就没有了，怎么就遗失了，怎么叫迷失无稿。

如果能成为这两种动物，我都很高兴

邱晓雨：下面有一个问题是每个作家我都问了的，我想想，大家好像也答了。但是确实不太好意思问，如果可以选择，您希望以什么样的方式死去？

刘心武：我希望就是类似心肌梗死这种，很干净利落，也不太破相，痛苦的时间非常短暂，不给后人和亲属留下很多麻烦。我觉得这种死法最好。

邱晓雨：好像韩少功也是类似，选择很突然的一种。

刘心武：我想不会是我一个人有这种选择。

邱晓雨：那如果死后可以转世，您希望转世成什么样子，这是不是又有点像问演员的问题了？

刘心武：对对对，问那些明星的问题。

邱晓雨：我知道确实它不太可能，但是这也是每个人的特点，就是如果可以转世，您希望转世成怎样的呢？

刘心武：我倒觉得这是您们青年一代采访的一种文化，只是我对这种文化比较陌生罢了，但是我并不反对您提出这样的问题。我喜欢两种动物，这两种动物，如果我能成为，我都很高兴，一个是熊，我特别喜欢熊，各种各样的熊，黑熊、棕熊、北极熊，熊猫更不要说了，考拉熊等等，喜欢熊主要是，我老觉得熊好像很憨，虽然有的熊它本身其实是很凶猛的，很强大的，但它并不以自己的强壮或者强大为荣，或者是以此震撼别人，多数情况下它都是显得憨憨的，我喜欢它这个劲儿。

另外的就是猫，猫呢，我觉得它特立独行，因为我们家养过很多猫，当然后来陆续都去世了，或者是走掉了，它就有这个特点，它不像狗一样，它不讨您好的，很高傲，所以我喜欢猫。

邱晓雨：我突然想起来一段有关猫狗的比较：人喂狗好多好吃的，然后狗就会想，人给我吃的，给我住的地方，那人一定是神仙；然后猫呢，如果人养它，它会想，人喂我这么多吃的，然后让我有睡的地方，我一定是神仙，这就是猫的想法。

刘心武：对，可能猫真的是这样想。

邱晓雨：可以这么说，就是猫更不愿意去奉承，它更有个性。

刘心武：对，猫始终保持自我尊严。

邱晓雨：所以您更喜欢有个性的生命。

刘心武：对对对。

邱晓雨：最开始您就提到了您的那个作品，叫《我爱每一片绿叶》，里面提到的那个人，他很有个性，但是生存环境因为他有个性而变得特别艰难；其实我看您的作品里面，容纳了很多不同人的个性，当然也包括了那些在社会上未必是好的一些个性特点。而且我看到有一个采访里面曾问过您，怎么看贾府里面的石狮子，然后您说这个石狮子很干净，但不是活生生的东西；是不是也就是说，人活着，其实没有完全的洁净，只有是这种不洁净的，才最鲜活，才值得让我们关注？

刘心武：这个我一谈起来的话，就会嵌入一些生命伦理，一些哲理方面的很深奥的话题了。从西方基督教的角度说，人都是有原罪的，但是一般的中国人没有宗教信仰，就没有这个观念，因此我们也往往希望别人是完人，是圣人，对自己怎么着就另说了。

但我觉得，人在整个进化过程当中，是携带着很多毛病走过这个途程的，我们的上几代人就有很多的罪源，很多不良的基因，到了我们身上以后，我们自己本身也携带这些东西，这就是人的本性。人性里面有没有与生俱来的恶呢，我觉得是有的，所以我觉得人的一生应该就是不断地反省自己、体察自己、净化自己的过程；您一定要追求美，但不要追求完美，您自己完美不了，别人也完美不了，人生是一个不断追求美，但是又绝对不去相信完美的过程。

那些女性内心的挣扎，我不会进行生命的裁决

邱晓雨：您的作品太多，但我还是希望大家不要想到刘心武，只是想起《红楼梦》，或者秦可卿。不过说到您对女性文学形象的研究，有些作品很值得关注，比如说《乔莎》，还比如《凤凰台上忆吹箫》，关于后者，您曾这样讲述过写作背景：中国大陆进入上世纪九十年代之后，商品经济的膨胀考验着每一个人的道德操守，某些女性从潜在的商品变化为直露的标价物，这些女性内心的挣扎值得探究；不要肤浅地表现这种生命现象，要以悲悯的情怀去观察、描摹。

您笔下的这些女性很虚荣，有各种各样的毛病，但是我看到您身为作家，并没有去批判或评判。

刘心武：我感谢您注意到这些，我的作品一般都很少会有批

判。我只是在写作过程当中探索人性，而且对于人性我们只能保持中立，包括人性当中的恶或者不良因素，因为我们自己身上也是携带这些的，我们对别人顶多点出，揭示出，并没有理由去审判别人，裁决别人，这是贯穿我到现在所有这些小说作品当中一个很重要的特点。

我特别不喜欢有裁决性角度的那种文本，所以我自己文本里面一般很少会直接写出这种东西。我可能会通过文本告诉您，我觉得什么是好，什么是美，什么是对，但是我不会反过来对那些不美、不对或者是有毛病的东西，进行一种生命裁决，认为它不应该存在，我所有的作品里没有这个东西。

邱晓雨：但是您会看到她们的难处，反映她们的纠结，这也是关怀。

刘心武：对，对。

邱晓雨：不光是小说里写，我不知道您平时看人是不是也是这样的心态呢？我问一下，您现在看电视吗，就是一些电视节目？

刘心武：我会随机性地看一点。

邱晓雨：因为现在电视相亲的节目特别火，然后我看到，也会想到您写的一些女性婚恋观那样的东西。是不是越到现在，比之您当年写的那个年代又往前走了，就是大家对物质、对精神要求越来越高，什么都想要，反而更纠结，现在会有很多人有这种婚恋问题，所以匹配不成功的人越来越多。

刘心武：对精神追求越来越高吗？

邱晓雨：是的。

刘心武：追求些什么呢？

邱晓雨：比如说要求两个人之间的契合，在价值观上的认同，我觉得其实还是有一些人要求这些东西的，但是物质又不放弃。

刘心武：物质也不放弃，这个我觉得无可厚非，因为现在是一个物化的时代，您搞商品化，必然就得物质化，而人们在这个时候又不放弃一些精神上的追求，这很自然，很自然；但是我看到有些人他仅仅只是在追求物质，并没有精神追求，或者说是降低了精神追求。

邱晓雨：就是说把精神追求完全放在另一边了。

刘心武：对对，我现在看到这样的现象还是很痛心的。

爱情的位置和性的比重

邱晓雨：您觉得在爱情这件事情上，现实的爱情应该有哪些因素？

刘心武：我在1978年前写过一部小说，叫《爱情的位置》，那个作品现在看来是幼稚的，但是在当时，它的唯一的爆炸性就是说，它恢复了“爱情”这个词语的正面性。

邱晓雨：所谓的正面性就是大家不敢给爱情一个位置么？

刘心武：就是公开的在标题里面就把这个东西正面化了，但是究竟什么是爱情，到现在整个人类都说不清道不明的。双方之间的情感里面，主要有两个困扰，一个是性的困扰，这里面性究竟应该占据一个什么地位。

邱晓雨：比重。

刘心武：在西方很早就有所谓柏拉图式的爱情，就是无性的爱情，这是一个极端；当然还有一个极端就是像《金瓶梅》里面的西门庆，他完全是享乐主义至上，这是两个极端，这两个极端之间有长长的光谱，在这个长长的光谱当中，哪一段是我们认为最合适的位置，这是我们要讨论的问题，这也是最难的。

就我个人而言，我相信有那种无性的爱情的存在，但是我觉得非常少，而且在多数情况下我还是存疑的。所以在光谱中画一个尺卡比例的话，尽管我会往心理方面多划一些，但是离无性的那个还是要远一些，这是很重要的一个尺度。但是过去这是不好意思谈的，我写《爱情的位置》的时候，哪能谈性啊，根本不能谈的。

邱晓雨：但是您有专门针对性的描写，就是这种性心理描写的小说。

刘心武：嗯，我探索过这个问题，因为我觉得这个还是很重要的。我有一个小说叫作《人面鱼》，台湾方面出版了，法国也翻译成法文出版了。它讲述的是一个女性她失去了本源的这种非常重要的性爱，她非常地悲苦。

《人面鱼》体现的就是，以性来衡量的爱情，是完全偏向到纯性的，尽管我是反对这样的爱情观的，这是一个困扰。另一个困扰就是财富，也就是物质状况，在过去也是不好谈的，过去一般就是强调灭物欲的爱情是最高尚的，是最高级别的，那么完全为物欲而困扰的爱情，也是失败的。那么在这个衡量当中呢，我的尺卡又要往轻视财富这方面多移动一些，但是我也不移动到顶端，要多移动一些。基本上我对爱情就是这样一个态度，但是这两个光谱当中的尺卡，会随着周围社会环境的变化，时代的发展，也应该是不断地调整。

邱晓雨：我看了《人面鱼》，那是您哪年写的，我忘了。

刘心武：《人面鱼》是 1997 年的作品。

宝黛之间的精神和肉体

邱晓雨：那个时候，别说那个时候，就算是现在，如果这件事不是小说，而是大家公开在谈的发生在身边的事情，可能还会有人不好意思去讲述的，因为很多女性内心会觉得把爱情和性这么紧密地结合在一起，是很耻于去表露的。

刘心武：会这样吗？

邱晓雨：会，我觉得会，就是从公众谈话的角度。如果真是好朋友，也许大家会很诚恳的；但是九十年代的那个氛围，大家会更介意吧？

刘心武：对，因为在这个问题上，大家不好公开来谈它，不好评论，所以这个小说并没有引起太大的关注。当然我写得很技巧，就只是通过心理描绘。

邱晓雨：对，内心的感受。

刘心武：而不是通过话语，对话什么来表达。

邱晓雨：还有一点我其实不是特别明白，因为每个人读《红楼梦》会有自己不同的感受，可能我开始看《红楼梦》的时候比较小，还不太懂，其实我一直不太明白，宝玉这样一个人对爱情和性的理解。如果说这个书里面，不管是作为曹雪芹对自己自传性的描写，还是当时的时代风貌，你看到他和袭人可以有肌肤之亲，但是对黛玉的那种情感就很纯。这是因为大家闺秀本身就应该被尊重，而丫鬟在那个时代，是可以让他们容许有这种肌肤之亲呢？

还是说对两个人的情感是不一样的，所以归类不一样？

刘心武：这个，两个因素都有，在那个社会就是说，一个男主人和他的侍妾发生肉体关系是不以为奇的一件事情。

邱晓雨：很正常，是吧？

刘心武：很正常一件事情，也不算什么；但是如果认为小说里面写宝玉和黛玉只是精神上的共鸣，而没有肉体上的欲望的话，是没有进行过文本细读的，您看他有一回写到贾宝玉和薛宝钗在一起，忽然发现薛宝钗那个雪白的膀子非常丰满。

邱晓雨：对，他说要是长在林妹妹身上就好了。

刘心武：嗯，他还说我也得摸一摸，这就说明他下定决心要完成木石姻缘，要娶林黛玉做正妻，他不是还说跟林黛玉一块读《西厢记》，要肌肤之亲的，当然他写得很含蓄。所以说认为贾宝玉和林黛玉纯粹是一种精神恋爱，而没有肉体欲望的话，恐怕是不准确的。

邱晓雨：也就是说在他们的爱情里面，涉及的这些很正常的人会想到的问题，其实是有，只是在描写上比较含蓄而已？

刘心武：对对。

我为什么习惯拒绝

邱晓雨：您身上有没有什么特点，是您自己觉得不喜欢的？

刘心武：我不喜欢自己，但是看怎么说了，我虽然不喜欢，但是我对自己又是谅解的，就是我不善社交，我特别害怕饭局，害怕扎堆的活动，害怕互相说一些客气话，互相揖让，我有时候也痛恨这样的自己，因为有点过了头。有些人对我很友好，很善意，可是我却因为惧怕，而加以拒绝，可能还伤害了他们，可是没办法，我改不了，所以我又包容谅解了自己。

邱晓雨：我见到过有的人，也是采访里面认识，说一到人多的地方，就生病，就害怕，就会觉得不舒服，但是越是这样的人，独处的时间可能越多，越能看清自己。

刘心武：我也不是说都一个人宅在屋子里的，也是会有一些我自己喜欢他，他也能包容我的朋友，一些朋友的聚会，顶多两三个人，三四个人，这种活动我还是有的，但它是纯粹的私人性的。

邱晓雨：所以说您不"宅"，只是不想应付那么多不认识的人或者是场面上的人，因为那是很麻烦的。

刘心武：对对对。

邱晓雨：所以您也不喜欢接受采访，我知道。

刘心武：对对对，但是我能理解你们做节目需要采访，凡是我所接受的采访，我都会很认真。

邱晓雨：有一个朋友叫"光影世界我来为您导航"，他说如果刘心武先生以曹雪芹的身份为《续红楼梦》打多少分？

刘心武：我认为曹雪芹来看我这个，那可能会打零分吧。

邱晓雨：不会那样吧。

刘心武：因为是我的书别人来往下续写的话，我也会不满意。所以曹雪芹看了肯定就会说，我不是没写啊，如果我只写了八十回，您这么续，我可能还给点分，我本来是有稿子的啊，我写完了的。

邱晓雨：哦他不会管丢没丢。

刘心武：对，他写了，他会觉得他自己那个是唯一的，不可取代的。

非主流的贾宝玉

邱晓雨：还有一位朋友叫作"598"，他说《红楼梦》很经典，有很高的文学价值，是本很实用的食谱，也是中国格式建筑的集大成者，更是不可多得的医学宝典，所以他想问您从里面学到的，觉得最主要的东西有什么？

刘心武：我对《红楼梦》最欣赏的呢，还是他塑造出贾宝玉的这个形象，我对高鹗后四十回最大不满就是他彻底歪曲了这个形象，他把一个对主流价值观念完全采取排拒态度的这样一个人物……

邱晓雨：退回那个主流。

刘心武：对！变成一个两进家塾，去学做八股文的俗人了。林黛玉也变了味，林黛玉竟然会说八股文也不错的，他们俩的爱情基础也被釜底抽薪了；而他去跟巧儿姐讲《列女传》，长篇大套讲封建道德，这完全歪曲了贾宝玉的形象。贾宝玉的形象是反对仕途经济的主流价值观念的，这一点是不稀奇，因为很多评论家老早就指出来了。

贾宝玉他本来是贵族社会当中的一个成员，而且作为男性，是贵族府第的一个继承者，可是他自己甘愿做社会边缘人，而且他所喜欢的人都是边缘人，包括男性里面的柳湘莲，蒋玉菡，秦钟等等，曹雪芹笔下的贾宝玉对社会边缘人价值所予以的充分肯定，以及对社会边缘人的这种关切情怀，是我在中国其他古典小说里面没见过的，在曹雪芹之后的一些文学作品里也很少见，是非常珍贵的，他在二百多年前就有这样一种众生平等的情怀，是很超前的。那时候狄更斯他们那些东西都还没影儿呢,更不要说什么雨果、契诃夫、托尔斯泰了。而高鹗的贾宝玉,做了社会主流人之后,还要再去出家,而那种出家本身在当时社会也是主流的一部分,因为您知道那个社会它既是一个皇权社会、男权社会,也是一个神权社会。但是您知道,曹雪芹笔下的贾宝玉,在前八十回里面对僧道……

邱晓雨:不是那么信。

刘心武:对,是诽谤的态度,袭人给他提意见,劝诫他,其中一条就是不许他毁僧谤道,所以他怎么可能最后真是去当一个和尚呢。所以我在续书中写他,曾经以为是有出路的,结果后来他很失望,对人间完全失望了,回归天界,留一个余音给读者去思考。那个时代富家后代成为一个社会边缘人的可能性是很小的,而且社会边缘人的生存是最艰辛的,您反对社会的主流价值,并且主动把自己边缘化,这是非常困难而且艰辛的一件事情,但是宝玉就要这样去做了,这是最打动我的。

深深的孤独和寂寞

邱晓雨:1988 年您 46 岁,正值壮年,写了一部叫作《白牙》的短篇小说,小说的开头是这样的:

"我决心做一个试验,整整一个月里一句话也不讲,头一天进行得很顺利,上班的时候,无论在大门口、走廊上、办公室和餐厅里,都做到了不吭声,虽然有人同我讲了几句简单的话,但我只用点头、摇头、微笑、板脸也就打发了他们。回到家里,妈妈照例在饭桌上唠叨,我只是低头扒饭,根本不去听。爸爸和弟弟本来就很少跟我说话，吃完饭，洗洗涮涮，我就倚在床上看书，然后睡觉，做了几个梦，梦里我也没开口。第二天我就开始遇到困难，困难并不来自客观，而来自我本人。下午在办公室里，我渐渐变得烦躁起来，本来似乎是应该同事们感到惊讶，我怎么两天没开口说话了，可到头来是我对他们感到惊讶，他们怎么连我两天没开口说话都毫无察觉。”

对了，《白牙》，好像今天咱们说到的几个作品都是有颜色的。

刘心武：红黄蓝白黑。

邱晓雨：对啊。

刘心武：有人劝我出一本《红黄蓝白黑》，我有作品叫《红蛙》、《黄伞》、《蓝夜叉》、《白牙》、《黑墙》，应该把这五个作品出成一本。

邱晓雨：对，是挺有意思的，里面有不同的颜色，如果浓缩起来，都会让您找到一些我们生活里有共鸣的感受，然后您把它放大，变成小说。《白牙》里面肯定会有一种孤独或者沟通的那种艰难，其实有点像您刚才说您性格里的某些东西。

刘心武：对对对。

邱晓雨：但是我在想，很多人在成长的过程中，包括写东西的过程当中，以及面对媒体多了，好像性格也会改变。您今天感受到的那种感觉，与您写《白牙》的时候的那种孤独感，会不会已经变得不太一样了？

刘心武：我仍然还是深深地感到孤独和寂寞。但是我觉得孤独和寂寞也是一种享受。

邱晓雨：很多人会觉得孤独很美。

刘心武：孤独也是一种享受，我并不觉得是痛苦。

邱晓雨：不光是您，很多人觉得，现在社会人与人之间的沟通变得越来越难，好像越来越不像以前。

刘心武：有这个问题，有这个问题，反正我就觉得现在沟通起来比原来是要更困难。

邱晓雨：为什么呢？

刘心武：因为现在的社会多元化以后，人的思想也会多元化，有时候别人跟您沟通的前提是完全不搭调的。

邱晓雨：道不同不相为谋。

刘心武：对，其实我也很尊重人家，我不会责备人家，但是就是说不来。

邱晓雨：最后有三个问题，我连着问，您可以连着答，一个是在这个世界上您最恐惧什么？一个是您觉得什么是幸福？最后呢，您说什么都行，就是这段访谈，是以您的话来结束。

刘心武：我最恐惧什么，我最恐惧的就是多数人都丧失了良知，这是我最恐惧的。我觉得在任何情况下，一个社会如果多数人都维系着良知的话，这个社会就还有希望，否则会崩盘的。第二个问题是什么？

邱晓雨：什么是幸福？

刘心武：什么是幸福啊，我觉得能够在生命短暂的过程里，做自己喜欢的事，而且不但自己喜欢，也能够让别人分享到快乐，并对社会作出有益的贡献，那么这样的生活就是幸福。

邱晓雨：最后您说什么都行，咱们的这个访谈，就用您最后的话来结束。

刘心武：我还是很高兴能有一个机会，通过今天的访谈和主持人，增加听友们对我的了解，尽管我说我自己乐于做社会边缘人，不愿意公众化，不愿意社交，但是毕竟呢，我的作品是公诸于世的，是存在于社会的，它就要任人评说，评说过程当中就应该有一个双向交流与沟通，那么这就提供了一个沟通的平台，所以我还是觉得很快乐。我希望，听友们能够通过听这段广播，增进对我的了解，我期盼能够对我更加包容，但是呢，我也不强求。

邱晓雨：您在乎别人说什么吗？

刘心武：我是一个无论别人如何评价也希望留有自我天地的人，同时还强调不审判别人。不过，世界上的大部分人是审判别人的。“评判”在英语里叫做“judge”，这词也可以用给法官的。我们不是法官，我们又都是法官，当一个人站在公众面前，其实很多人禁不住“judge”一把。您敢说您从不这么做么？

邱晓雨：这个世界里有一趟趟的班车，接着大家去往不同的站点，它们的站名是：入学，择业，结婚，生子，升官发财什么的。有的人在某一站心醉神迷，企图多游荡些日子，或者年份，结果是什么？那一定看见别人异样的眼光。您懒得去管别人的评价。但是大多数人懒不起来，人么，不免在别人眼里认识自己。于是乎，别人不把你当怪物，你就先带着行李，搬到怪物的圈里去了。

刘心武：捍卫个性，这才是人生的真谛。

2012年6月8日